AF150129

MANUELA
WEISS

Einfach zum Nachdenken

LEHRJAHRE & BEICHTEN

novum pro

Dieses Buch ist auch als
e-book
erhältlich.

www.novumverlag.com

Bibliografische Information
der Deutschen Nationalbibliothek:

Die Deutsche Nationalbibliothek
verzeichnet diese Publikation in
der Deutschen Nationalbibliografie.
Detaillierte bibliografische Daten
sind im Internet über
http://www.d-nb.de abrufbar.

Gedruckt in der Europäischen Union
auf umweltfreundlichem, chlor- und
säurefrei gebleichtem Papier.

© 2022 novum Verlag

ISBN 978-3-99107-890-6
Lektorat: Susanne Schilp
Umschlagfoto: Mikel Martinez
De Osaba | Dreamstime.com
Umschlaggestaltung, Layout & Satz:
novum Verlag

www.novumverlag.com

Climate neutral
Print product
ClimatePartner.com/16547-2201-1002

Teil 1

DAS LEHRJAHR

Mein Name ist Tom Springfield. Ich bin 35 Jahre alt und ledig. Ich hatte nicht die Absicht, ledig zu bleiben, doch leider ist mir nie die richtige Frau über den Weg gelaufen.

Geboren bin ich in Großbritannien, genauer gesagt in London. Irgendwann hatte ich den Drang nach der großen Welt und heute lebe ich in Manchaster in den Vereinigten Staaten Ich wohne und arbeite dort als Manager eines großen Unternehmens, George Hamilton Ltd., ein riesiger Immobilienkonzern mit mehr als 500 Angestellten. Und ich leite das Ganze. Ein ganz schön aufreibender Job. Dafür verdiene ich sehr gut. Doch mein Beruf wie auch mein Leben haben jede Menge Schattenseiten. Stress, Arbeit bis in die Nacht und niemals richtige Freizeit. In meiner Position ist es mir leider nicht gegeben, um Punkt fünf Uhr nach Hause zu fahren, zu Abend zu essen und ganz einfach zu entspannen. Und noch kein einziges Mal konnte ich Urlaub machen. Einige Wochen einfach relaxen und irgendwo in der Sonne liegen. Ach, wie gerne würde ich meine Koffer packen. nd für einige Zeit die Firma, mein Büro und die ganzen Akten einfach vergessen. Mein ganzes Geld habe ich in mein Haus gesteckt. Es ist ein großes Haus einige Meilen von Manchester entfernt, fast direkt im Grünen. Und wenn ich einmal die Nase voll habe von dem ganzen Druck, unter dem ich den ganzen Tag stehe, relaxe ich in einem kleinen, netten Lokal in der Nähe meines Heimes. Ich nehme dort einen Drink, rauche eine Zigarre und schalte komplett ab, sodass ich an gar nichts denke, nur meinen Körper entspanne und ein wenig seichte Konversation führe.

Der Name des Lokals ist „The Fifties" und es sieht genauso aus, wie es heißt. Eine kleine, halbrunde Bar mit bunten Hockern und einige, nur ganz wenige runde Tische mit niedlich aussehenden Sesseln, die mit rosafarbigen und blauen Überzügen bespannt sind. Und fast schon zur Einrichtung gehört Jack Smith, dieser alte Mann, der fast immer betrunken ist und der jedem, der es hören will oder auch nicht, die traurige Geschichte seines Lebens erzählt. Und jeder, der frustriert ist oder den das Leben wieder mal verletzt hat, hört ihm zu und dann lachen sie über ihn. Sie nennen ihn „alter Narr" oder „besoffenes Schwein" und sie amüsieren sich über seine Traurigkeit und über seine Tränen. Sie müssen über ihn lachen, damit sie sich besser fühlen und zurückkehren können in ihre kleinbürgerliche Welt und ihren eigenen Kummer. Damit sie sich wieder dem Leben unterwerfen können und die Prügel des traurigen Daseins ertragen. Früher habe ich auch zu diesen Menschen gehört. Ja, ich habe mich über seinen Schmerz lustig gemacht und ja, ich habe mich nachher besser gefühlt. Und nicht ein einziges Mal hatte ich dieser armen, bemitleidungswürdigen Kreatur gegenüber ein schlechtes Gewissen. Denn ich gehörte zu diesen miesen Menschen, die sich am Leid anderer ergötzen und die sich stark machen für den nächsten Tag, an dem sie wieder vor irgendwelchen anderen den Sklaven spielen und sich auf den Kopf spucken lassen. Weil sie Versager und Feiglinge sind und weil sie sich dann besser fühlen, wenn es jemanden gibt, der noch schwächer ist als sie.

Heute hasse ich sie alle und ich hasse mich selbst für jedes verdammte verletzende Wort, das ich gesagt habe. Und für jeden, der genauso wie ich damals die Augen vor den Schmerzen anderer verschließt, erzähle ich meine Geschichte, die Geschichte, wie ich die Welt von Jack Smith verstehen lernte.

Winter

1. Kapitel

Es war genau heute vor einem Jahr. Der Tag im Büro war hart gewesen und ich fühlte mich bis zur Gänze ausgelaugt. Die geschäftlichen Verpflichtungen, die Termine und die ganzen Probleme, die wir damals mit dem Ankauf eines neuen, riesigen Grundstückes hatten, hatten mich meine ganze Kraft gekostet und am Abend, als der Stress endlich ein wenig nachgelassen hatte, fühlte ich mich plötzlich müde und erschöpft.

Ich hatte das Radio aufgedreht und blätterte noch einige Akten durch. Die langsame Musik, die aus den Boxen kam, entspannte mich ein wenig und ich läutete nach meiner Sekretärin, Miss Pingley.

Sie hatte schon ihren Mantel an. als sie eintrat.

„Oh, ich wusste nicht, dass Sie schon gehen wollten", sagte ich. Sie lachte.

„Nein, es ist nicht so dringend. Wenn Sie noch etwas brauchen, bleibe ich gerne noch etwas länger."

„Bringen Sie mir bitte noch eine Tasse Kaffee. Sie können dann gehen", sagte ich und vertiefte mich wieder in meine Akten. Miss Pingley ging wieder und ich streckte meine Beine aus, die mich eigenartigerweise etwas schmerzten. Es dauerte nicht lange, bis Miss Pingley mit dem Kaffee zurückkam.

„Ich gehe jetzt, Mr. Springfield", sagte sie. „Gute Nacht."

„Ja, gute Nacht. Und vielen Dank für den Kaffee."

Sie schloss die Türe hinter sich und ich war wirklich froh, alleine zu sein, damit ich endlich diese langweiligen Akten abschließen konnte.

Es war kurz nach acht Uhr, als ich die Ordner zuklappte und sie in den Aktenschrank zurückstellte. Ich nahm meinen Mantel und meinen Aktenkoffer und als ich meine Bürotür abschloss, bemerkte ich, dass außer mir niemand mehr im Haus war. Sämtliche Büroräume lagen im Dunkeln, die Lichter abgedreht und vereinsamt.

„Ich wollte, ich wäre auch nur ein ganz normaler Angestellter. Dann wäre ich auch schon längst zu Hause und müsste mich nicht mit dem ganzen Kram herumärgern", dachte ich.

Ich verließ die Büroräumlichkeiten und stieg in meinen Wagen. Als ich einen Blick auf meine Armbanduhr warf, war es acht Uhr dreißig und obwohl ich schon sehr müde und erschöpft war, entschloss ich mich, doch noch zu meinem Stammlokal zu fahren, um dort einen Drink zu nehmen. Für mich stellte das die angenehmste Art des Entspannens dar. Ich trank eine Bloody Mary, rauchte eine Zigarre und schaltete alle Gedanken, die das Büro und die Arbeit betrafen, komplett ab.

Erst dann hatte ich genug die Kraft, in mein trostloses, leeres Zuhause zurückzukehren, in dem ich mich immer ein wenig einsam und alleine fühlte. Und während ich so durch die Nacht fuhr, begann der Gedanke, ein wenig Urlaub zu machen und frische Luft zu tanken, mehr und mehr in meinem Kopf zu reifen.

„Ja, ich glaube, das wäre eine sehr gute Idee", dachte ich und parkte den Wagen direkt vor dem Lokal.

Ich stieg aus, verschloss die Türen und atmete tief durch. Ich freute mich auf die schlichte Gemütlichkeit dieses kleinen Cafés und auf die mir schon so bekannten Gesichter. Sie waren für mich die einzigen Menschen, die mich nicht andauernd an meine Arbeit und an die damit verbundenen Probleme erinnerten.

Es begann zu nieseln und leichter Frost durchzog meinen Körper. Ich stellte meinen Mantelkragen auf und trat ein. Die angenehme Wärme im Inneren des Lokals entspannte meine Muskeln wieder ein wenig und ich setzte mich auf meinen Stammplatz. Kate, die üppige, platinblonde Bardame, winkte mir zu.

„Hallo, Tom. Wie immer?", fragte sie.

„Ja, wie immer", antwortete ich und zündete mir eine Zigarre an.

Ich ließ meinen Blick in die Runde schweifen und entdeckte Jack Smith, diesen alten, betrunkenen Mann, der immer hier war und immer auf demselben Platz saß und der wie immer ein großes Bier vor sich stehen hatte. Die Schirmkappe, die er auf dem Kopf trug, war ihm ins Gesicht gerutscht und er starrte mit seinen glasigen, fast schon leblosen Augen auf sein Glas. Ich dachte noch, wie ungepflegt und unappetitlich er aussah und plötzlich empfand ich Mitleid mit ihm.

„Hier, dein Drink" Ich erschrak, so weit weg war ich mit meinen Gedanken gewesen.

„Danke", sagte ich und zahlte.

Kate blickte mich von der Seite her an.

„Was ist denn mit dir los? Du siehst in letzter Zeit so müde aus. Nervt dich deine Arbeit so?"

„Ich weiß nicht. Ich glaube, ich sollte etwas Urlaub machen", sagte ich und nahm einen großen Schluck aus meinem Glas.

„Tu das und schick mir eine Karte. Okay?", sagte Kate noch und ging zurück an ihren Platz, hinter die Bar.

Ich trank diesmal noch ein zweites Glas und rauchte noch eine zweite Zigarre. Ich hatte einfach keine Lust, nach Hause zu fahren. Und ich war so sehr in meine Gedanken vertieft, dass ich gar nicht merkte, wie sich das Lokal langsam leerte. Als ich nach schier unendlich langer Zeit meinen Blick wieder in die Runde schweifen ließ, bemerkte ich, dass ich fast alleine war. Und plötzlich sah ich Jack Smith, der immer noch am selben Platz saß, noch immer ein volles Glas Bier vor sich stehen hatte und dessen Kappe noch immer in sein Gesicht gerutscht war.

Ich weiß nicht mehr, wieso ich plötzlich aufstand und an seinen Tisch ging. Ich glaube, ich wollte nur mit irgendjemandem reden. Ich setzte mich zu ihm und er hob seinen Kopf.

„Hallo, Jack", sagte ich, nur um irgendetwas zu sagen. „Wie geht's?" Doch er starrte mich nur an, mit seinen glasigen, versoffenen, traurigen Augen, so, als sähe er mich gar nicht. Und als er seinen Blick nach längerer Zeit nicht abwandte, begann ich, mich unwohl zu fühlen. Ich hatte plötzlich Angst vor ihm. Ich verstand es selbst nicht, wieso ich mich plötzlich vor ihm fürchtete. Bis jetzt war er doch immer ein netter, alter Trinker gewesen, den jeder kannte und den niemand mehr ernst nahm.

Ich stand auf und gerade als ich gehen wollte, sagte er:

„Ich habe sie so geliebt. Weißt du, was Liebe ist? Sie geht weit über die Ewigkeit hinaus."

Ich wusste nicht, was diese Worte zu bedeuten hatten und ich wusste auch nicht, was ich sagen sollte. Ich stand einfach nur da und starrte ihn an.

„Nein, ich glaube nicht, dass ich weiß, was Liebe eigentlich ist. Ich habe noch nie geliebt", sagte ich dann und setzte mich wieder zu ihm. Er nahm seine Kappe vom Kopf und rief:

„Kate, bring uns noch zwei Drinks. Ich möchte noch gerne mit diesem jungen Mann plaudern."

„Oh, ich glaube nicht, dass ich noch etwas trinken möchte. Ich wollte eigentlich nach Hause fahren und noch ein wenig schlafen. Ich habe morgen einen sehr harten Tag", stammelte ich und stand wieder auf. Ich wollte plötzlich nicht mehr mit ihm reden. Ich wollte einfach nur weg von hier, weit weg, denn der Blick in seinen Augen machte mir Angst. Ich weiß nicht, warum ich nicht einfach gegangen bin. Ich kam mir wie hypnotisiert vor und ich setzte mich wieder zu ihm. Und als Kate die Getränke brachte, begann Jack zu erzählen.

„Sie hieß Tina und sie war das hübscheste Mädchen weit und breit. Jeder war verrückt nach ihr und wegen ihr gab es so manche Schlägereien. Ich war damals zwanzig Jahre alt und noch sehr jung. Ich liebte sie auch. Aber nur im Geheimen. Ich hatte zu viel Angst, ihr ein Geständnis zu machen. Ich hatte Angst, dass sie über mich gelacht hätte. Das war auch der Grund, warum ich sie niemals angesprochen habe. Ich wäre vor Scham in den Boden versunken, wenn sie über mich gelacht hätte. Mir hat es genügt, wenn ich sie beobachten konnte, wenn sie zur Arbeit ging oder wenn sie in ihrem Wagen an unserem Haus vorbeifuhr. Und ich war jedes Mal glücklich, wenn ich sie ansehen konnte. Ich arbeitete damals am Postamt unserer kleinen Stadt und als sie einmal zur Türe hereinkam, um einen Brief aufzugeben, brachte ich kein Wort heraus, so aufgeregt war ich. Und ich sehe sie noch vor mir. Wie sie lachte. Es war ein so aufmunterndes, fröhliches Lachen, ohne jeden Hohn und es klang so wunderschön, einfach nur amüsiert und fröhlich. Ich kann es nicht anders beschreiben. Mein Gott, wie sehr habe ich sie geliebt. Sie war immer so lebenshungrig gewesen. Sie hätte die Welt aus den Angeln reißen können."

„Und wo ist Tina jetzt?", fragte ich.

Jack hatte seinen Blick wieder gesenkt und ich sah, wie einige Tränen auf den Tisch tropften.

„Sie ist tot", sagte er dann und plötzlich sah er mich an, als ob er mich gar nicht erkannte.

„Was wollen Sie eigentlich? Wer sind Sie?", rief er dann.

Seine Stimme klang ängstlich und seine Hand umklammerte sein Glas. Ich sprang auf. Es war mir heiß geworden und ich lockerte meine Krawatte, um etwas frische Luft zu bekommen. Ich glaubte plötzlich, ersticken zu müssen und ich spürte die Schweißperlen auf meiner Stirn.

„Ich glaube, ich gehe jetzt", sagte ich mit heiserer Stimme. Meine Kehle war wie ausgetrocknet. Es war eher ein Krächzen, das aus meinem Mund kam.

„Und danke für den Drink."

Ich nahm meinen Mantel und rannte auf die Straße. Es regnete und ich war sehr froh darüber. Denn die kalten Tropfen, die mein glühendes Gesicht benetzten, wirkten kühlend und belebend. Ich stieg nicht gleich in den Wagen. Ich blieb noch einige Minuten im Regen stehen und atmete tief durch. Ich wusste nicht, was mit mir geschehen war. Und als ich auf die Uhr sah, bemerkte ich, dass es weit nach Mitternacht war. Ich erschrak, denn die Zeit war mir so kurz vorgekommen. Ich hatte gedacht, dass ich nur zwei Stunden oder so in dem Lokal verbracht hatte.

Ich schüttelte mein Handgelenk, in der Hoffnung, ich hätte mich in der Zeit geirrt und die Uhr wäre kaputt. Doch als ich sie dann an mein Ohr hielt, hörte ich das leise Ticken und ich begann, an meinem Verstand zu zweifeln.

„Ruhig Blut, Junge", dachte ich. „Jetzt steigst du in deinen Wagen und fährst nach Hause. Dann nimmst du eine heiße Dusche, dann ein Aspirin und legst dich gut eingewickelt ins Bett. Du wirst sehen, morgen früh wird sich für alles eine Erklärung finden."

Mit dem angenehmen Gefühl, mich selbst etwas beruhigt zu haben, stieg ich in den Wagen, gurtete mich an, startete den Motor und legte den ersten Gang ein. Es war mir immer noch sehr heiß und als ich einen Blick auf den Tachometer warf, sah ich, dass ich viel zu schnell fuhr. Doch ich konnte die Geschwindigkeit nicht drosseln. Ich hatte immer noch viel zu viel Angst, obwohl mir eigentlich immer noch nicht klar war, wovor eigentlich.

Der Weg bis nach Hause kam mir länger vor als sonst und plötzlich wusste ich gar nicht mehr, wo ich eigentlich war. Doch anstatt anzuhalten, fuhr ich weiter, als ob ich den Weg genau kannte. Draußen begann es langsam, heller zu werden. Ich stellte erschrocken fest, dass es jetzt bestimmt schon früh am Morgen sein musste und ich blickte auf die Uhr. Die Zeiger zeigten ein Uhr morgens an und ich war ein wenig verwundert, wieso schon die ersten Sonnenstrahlen durch die Wolken schimmerten. Die Stille, die mich umgab, wurde plötzlich unerträglich. Sie begann einen fast schon schmerzenden Druck auf meine Ohren auszuüben. Als ich diesen Druck nicht mehr aushielt, drehte ich das Radio an. Ich hörte leise Rock-'n'-Roll-Musik und ich dachte noch: „Ich wusste gar nicht, dass um diese Zeit Evergreens gespielt werden." Die Straße wurde holprig und uneben und ich nahm etwas Gas weg, um meinem Wagen nicht zu schaden.

„Ich sollte anhalten und mich orientieren, wo ich eigentlich bin", dachte ich, doch anstatt zu bremsen, gab ich weiter Gas. Obwohl meine ganze Situation begann, absurd zu werden, beließ ich es dabei, so, als sei alles hier ganz normal. Und plötzlich gab es für mich nur eine Erklärung. Ich musste verrückt geworden sein.

„Ja, ich bin total verrückt, total überarbeitet und wahrscheinlich habe ich Halluzinationen", sagte ich laut.

Es hatte längst aufgehört zu regnen und die Kraft der Sonne war inzwischen so stark geworden, dass ich die Augen zusammenkneifen musste, um nicht geblendet zu werden. Die Musik im Radio war inzwischen einem lauten Rauschen gewichen und ich drehte an den Knöpfen, um den Sender richtig einzustellen.

„Es ist neun Uhr morgens. Und allen Schlafmützen kann ich nur eines sagen: Die Sonne scheint herrlich und unser Thermometer zeigt bereits 77 Grad Fahrenheit an. Also raus aus den Federn. Und nun spiele ich, speziell für Euch, den neuesten Hit von Elvis Presley, ‚Blue Suede Shoes'. Er ist der Topstar unter den Topstars. Also jetzt aufstehen und einfach mittanzen!", hörte ich den Radiosprecher sagen und ich erschrak.

„Ist der Mann denn wahnsinnig geworden? Wir haben Dezember. Es kann unmöglich so warm sein. Und was heißt Elvis Presleys neuester Hit? Der Song ist über dreißig Jahre alt", rief ich und starrte dasRadio an, als ob ich es hypnotisieren könnte. Als ich auf die Uhr blickte, stellte ich fest, dass sie erst zwei Uhr morgens anzeigte. Ich wusste nicht, was ich davon halten sollte. Sie funktionierte doch und ich konnte nicht seit zwölf Stunden vom Büro weg sein.

„Oh mein Gott. Ich muss zurück. Ich habe doch um zehn Uhr einen wichtigen Termin", fuhr es mir durch den Kopf.

Ich entschloss mich, bei der nächsten Telefonzelle anzuhalten und von dort aus Miss Pingley anzurufen. Doch als ich den Wagen anhielt und ausstieg, konnte ich weit und breit keine Telefonzelle sehen.

„Aber es muss doch einen Grund gehabt haben, dass ich hier angehalten habe", dachte ich verwundert und plötzlich bemerkte ich, dass ich meinen Wagen in der Einfahrt eines kleinen Gartens abgestellt hatte. Das Haus dazu hatte ich noch nie zuvor gesehen und es kam mir auch keineswegs bekannt vor. Und als ich mich umsah, bemerkte ich, dass ich auch die Gegend, in der ich mich befand, noch nie in meinem Leben gesehen hatte. Und das hier war nicht das einzige Haus. Als ich die Straße hinunterblickte, sah ich viele dieser kleinen Häuser. Alle sahen sehr niedlich aus und sie säumten bestimmt schon seit vielen Meilen die Straßenränder.

„Eigenartig. Ich habe kein einziges Haus gesehen, als ich hier langgefahren bin", dachte ich. „Da war doch weit und breit nichts als Felder und Wald."

Im Garten des Hauses, in dessen Einfahrt ich geparkt hatte, sah ich eine Frau. Sie jätete Unkraut. Sie war altmodisch gekleidet, trug einen längeren, geraden Rock und ihr Haar, ich meine, ihre Frisur erinnerte mich an die fünfziger Jahre. Nachdem ich meine Überraschung einigermaßen überwunden hatte, beschloss ich, sie zu fragen, ob ich ihr Telefon benutzen dürfte.

Ich ging auf sie zu und wollte sagen: „Guten Morgen, ich habe mich hier verfahren. Dürfte ich bitte Ihr Telefon benutzen?"

Doch die Worte, die über meine Lippen kamen, waren andere und es kam mir auch so vor, als würde sie ein anderer sagen und nicht ich. Ich sagte: „Hi, Mum." Und obwohl ich eigentlich hätte erschrecken müssen, erschien mir das, was ich da eben gesagt hatte, ganz normal. Ich sah, wie sich die Frau aufrichtete und sich umdrehte. Sie lachte.

„Hallo, mein Junge. Ich wollte dir noch sagen, dass du Mehl mitbringen sollst, aber du warst schon weg. Hast du alles andere bekommen?"

„Verdammt, ich muss diesen Irrtum jetzt endlich aufklären", dachte ich.

„Sie hatten das Waschmittel nicht, das du wolltest", hörte ich mich sagen.

„Macht nichts", sagte die Frau. „Ich werde es mir ein anderes Mal besorgen."

Dann drehte sie sich wieder um und widmete sich weiterhrer Gartenarbeit.

Durch irgendeine magische Kraft wurde ich von dem Haus angezogen und ich weiß noch, wie ich mich wunderte, dass ich eigentlich nicht schwitzte. Die Sonne brannte schon sehr heiß vom Himmel und ich hatte doch einen Anzug und einen Mantel an. Doch als ich mich betrachtete, stellte ich fest, dass ich mit Jeans und einem kurzärmligen Hemd bekleidet war und dass ich viel schlanker war. Mein Körper wirkte direkt jugendlich. Bevor ich in das Haus ging, drehte ich mich noch einmal nach meinem Wagen um und diesmal erschrak ich wirklich zutiefst. Anstatt meines nagelneuen, anthrazitgrauen BMWs stand dort ein rotes Cabriolet in der Einfahrt, auf dessen Rücksitz eine Papiertüte stand, aus der ein Laib Brot herausragte.

Frühling

2. Kapitel

Ich lief ins Haus, rannte die Stufen hinauf und schloss mich im Badezimmer ein. Es war ein kleiner Raum, dessen Atmosphäre kalt wirkte mit seinen weißen Wänden, dem kleinen Waschbecken und der altmodischen Duschkabine mit dem hellgrünen Duschvorhang. Tief und schwer atmend presste ich meinen Körper gegen die Türe. Ich spürte, wie ich wieder auf diese unnatürliche Art zu schwitzen begann.

Mein Gott, was war bloß mit mir los? Wo war ich und vor allem in welcher Zeit befand ich mich??? Ich wusste auf keine dieser Fragen eine Antwort. Ich lehnte mich an das Waschbecken und drehte den Kaltwasserhahn auf. Ich ließ das eiskalte Wasser über meine Pulsadern rinnen und ich fühlte die leichte Gänsehaut auf meinen Armen. Ich wusch mir noch das Gesicht und als ich es mit meinen Händen berührte, stellte ich fest, dass mein Oberlippenbart verschwunden war. Voller Entsetzen schrak ich auf und erstarrte, als ich mein Gesicht im Spiegel sah. Mein Gesicht, es war so jung. Ich hatte dunkles, nach hinten gekämmtes, kurzes Haar, und wo um Gottes Willen war mein Bart? Das Gesicht, das mir entgegenblickte, war auf keinen Fall älter als zwanzig. Und ich war doch bereits fünfunddreißig Jahre alt. Das konnte nicht sein. Ich berührte den Spiegel mit meinen Fingern, zeichnete die Konturen meines Spiegelbildes nach und betastete anschließend wieder mein Gesicht. Es gab keinen Zweifel. Mein Gesicht, das Gesicht, das ich jetzt hatte, war mit dem Bild, das ich in diesem Moment im Spiegel sah, vollkommen identisch. Und plötzlich begann ich zu begreifen. Der Mann, den ich im Spiegel sah, das war nicht der, den ich gestern noch kannte. Dieser Mann war ein anderer. Und ich begann auch schon zu verstehen, wer er war. Und kalter Schauer durchzog meinen Körper, als ich daran dachte. Welche Geisterhand hatte mich hierhergebracht? Welchen Sinn hatte das Ganze? Und warum gerade ich?

Ich beruhigte mich selbst, indem ich mir sagte, es müsse für das Ganze hier eine plausible Erklärung geben. Vielleicht war ich auch nur irgendwo eingeschlafen und ich träumte das alles nur. Ja, es musste so sein. Ich träumte ganz sicher. Und irgendwann würde ich aufwachen. Schweißgebadet. Und ich würde erleichtert über alles lachen. Oder vielleicht doch nicht? War es möglich, dass ich doch er war?

•••

„Jack, dein Frühstück ist fertig!", hörte ich plötzlich eine weibliche Stimme und ich wusste sofort, dass ihr Rufen mir galt.

„Das ist es also", dachte ich. „Du bist nicht mehr Tom Springfield. Nein, du bist Jack Smith. Der alte Mann aus meinem Stammlokal. Und es ist jetzt auch nicht mehr 1991, sondern 1956. Als du in deinen Wagen gestiegen bist, bist du über dreißig Jahre in die Vergangenheit gereist. Du bist hier, um Jack Smith zu verstehen. Es ist deine Strafe." Und ich trocknete mein Gesicht und ging zu meiner Mutter in die Küche. Und als ich die Stufen hinunterstieg, fühlte ich plötzlich, dass sich mein Leben geändert hatte und dass ich jetzt Jack Smith war.

•••

Ich setzte mich an den Küchentisch und meine Mutter stellte mir Kaffee und Brote hin. Ich trank den heißen Kaffee und er tat mir gut, wie er meine Kehle hinunterrann. Doch ich hatte keinen Hunger und schob den Teller weg. Meine Mutter setzte sich zu mir.

„Ist etwas mit dir? Du siehst gar nicht gut aus", sagte sie und ihre Stimme klang besorgt.

„Nein, es geht mir gut, Mum. Mach dir keine Sorgen", sagte ich und wusste, dass es nicht die Wahrheit war. Ich hatte mich verliebt und diese Liebe war so aussichtslos, dass sie mich zutiefst schmerzte und mir den Appetit nahm.

„Ist irgendetwas in der Arbeit?", fragte sie.

Ich blickte sie an. Sie war eine hübsche Frau und sie hatte warme, sanfte Augen. Und ich wusste plötzlich, dass sie meine Mutter war und dass ich nie eine andere gehabt hatte.

„Nein, in der Arbeit ist alles okay. Ich fühle mich sehr wohl dort. Wirklich", beruhigte ich sie.

Doch Mutters Blick war immer noch sehr besorgt. Sie strich mir über mein Haar, bevor sie aufstand und sich wieder ihrer Arbeit widmete.

„Solltest du mal reden wollen, egal worüber, ich bin immer für dich da, mein Junge. Das weißt du", sagte sie und dann begann sie, leise zu summen. Als ich meinen Kaffee ausgetrunken hatte, stand ich auf.

„Ich muss jetzt los", sagte ich. „Ich bin mit Johnny verabredet. Wir wollen angeln gehen."

„Ist in Ordnung, Jack. Aber ich bitte dich, komm nicht zu spät heim."

Und als ich mich umdrehte, um zu gehen, küsste sie mich auf die Stirn.

„Also ich geh jetzt, Mum. Bis später."

Ich ging noch in mein Zimmer, um meine Jacke zu holen und als ich die Türe öffnete, erkannte ich es. Ja, das hier war mein Zimmer. Mein kleines Heim. Es war nicht sehr groß, aber ich hatte es mir so eingerichtet, wie ich es wollte. Ich blieb in der Türe stehen und betrachtete mein Bett mit dem bunten Bettüberzug, das darüberliegende kleine Fenster mit den weißen Vorhängen und die Wände, an denen ich unzählige Poster meiner Lieblingsstars angebracht hatte. Sie alle blickten jetzt auf mich herab. Nicht eingebildet, nicht streng, sondern freundlich lächelnd, als wären sie meine besten Freunde. James Dean, Elvis Presley, Marylin Monroe und Liz Taylor. Die Frau meiner Träume. Ich liebte dieses Bild ganz besonders. Sie hatte solche Ähnlichkeit mit dem Mädchen, das ich liebte. Dieses schwarze Haar, die blauen Augen und dieses bezaubernde Lächeln.

Als ich an Tina dachte, seufzte ich tief. Sie würde wohl ein ewiger Traum bleiben und vielleicht sollte ich ihr Bild in die Reihe dieser anbetungswürdigen Superstars hängen. Denn viel mehr konnte ich nicht tun, als sie nur anzusehen. Dafür war ich einfach nicht der geeignete Mann. Ich riss mich von dem Gedanken an sie los, nahm meine Jacke, die auf dem Bett lag, und verließ den Raum, den ich bereits so gut kannte und den ich doch das erste Mal gesehen hatte.

Ich fuhr mit meinem Wagen zu Johnnys Haus. Johnny war mein bester Freund. Er wohnte nicht weit von unserem Haus entfernt und ich sah ihn schon von weitem. Mit seinen bunten Shorts, dem kurzärmligen Hemd, das ihm um seinen dicken Bauch herum schon etwas zu sehr spannte, und dem ewig verschwitzten Gesicht mit den roten Wangen. Er lachte, als er mich sah. Ich hielt vor seinem Haus und stellte den Motor ab.

„Hallo, Jack!", rief er. „Ich komme gleich. Ich hole nur mein Angelzeug und mein Jausenbrot. Ich verhungere sonst bis zum Abend." Dabei tätschelte er seinen Bauch und lachte laut.

„Gib mir fünf Minuten, okay?", sagte er noch. Und schon war er im Haus verschwunden.

Während ich auf Johnny wartete, lehnte ich mich bequem in dem weichen Ledersitz zurück und betrachtete zärtlich meinen kleinen Wagen, den ich so sehr liebte und auf den ich so stolz war. Ich dachte zurück an jene Zeit, in der ich so hart gearbeitet hatte, um mir diesen Wagen leisten zu können. Und ich dachte an den Tag, an dem ich das erste Mal auf diesem Sitz gesessen hatte, den Motor anließ und wie glücklich ich gewesen war, als ich das erste Mal durch die Straßen unserer kleinen Stadt fuhr und ich die neidischen Blicke der Menschen sah Ich seufzte. Ja, ich war stolz auf ihn. Sehr stolz sogar.

Und während ich so in meinen Gedanken vertieft war, warf ich einen Blick auf den Beifahrersitz und ich stellte mir vor, wie Tina neben mir saß und mich anlachte. Mit diesen herrlich geschwungenen Lippen. Und ich stellte mir vor, wie wir beide zu dem kleinen See fuhren und wie der Wind durch ihr Haar strich. Ich konnte sogar die leichte Gänsehaut auf ihrem schlanken Hals sehen.

Ich kehrte erst wieder in die Realität zurück, als plötzlich statt dieser wunderschönen Frau mein etwas übergewichtiger Freund Johnny neben mir saß.

„Hey, was ist los mit dir? Träumst du?", rief er und klopfte mir auf die Schulter. „Los, lass uns fahren. Ich habe das Gefühl, wir werden heute einen großartigen Fang machen."

Und als ich losfuhr, bemerkte ich, wie ärgerlich ich darüber war, dass Johnny mir meinen schönen Traum kaputt gemacht hatte. Es hätte noch so wundervoll mit Tina werden können. Anstatt mit ihr fuhr ich jetzt mit meinem Freund zu dem See und anstatt dort romantische Stunden mit ihr zu erleben, würden Johnny und ich angeln. Und ich begann zu überlegen, wieso ich eigentlich nicht nach Hause fuhr.

•••

Es war vorhersehbar gewesen, dass aufgrund des herrlichen Wetters Massen von Menschen den See bevölkern würden. Doch in meinen kühnsten Träumen hatte ich nicht mit so vielen gerechnet. Kleine und große Kinder, die schreiend und vor Vergnügen kreischend umherliefen, Eltern, die ihre Kinder riefen, Teenager, die Ball spielten, und Mädchen, die kichernd mit den Jungs flirteten. Der Eisstand war umringt von Leuten jeden Alters und die beiden jungen Eisverkäuferinnen wirkten total überfordert und warfen einander verzweifelte Blicke zu.

„Oh mein Gott. Bei diesem Treiben hier werden wir sicher keinen Fisch fangen. Was machen wir jetzt?", fragte Johnny und sah ziemlich enttäuscht dabei aus. Ich meinerseits war eigentlich froh darüber, dass wir jetzt doch nicht angeln konnten. Ich glaube, es wäre eine Qual für mich gewesen.

„Ich weiß nicht", sagte ich. „Vielleicht ist es besser, wenn wir wieder zurückfahren."

„Bist du verrückt?", rief Johnny außer sich. „Sieh dich doch mal um. Hier laufen die tollsten Mädchen herum. Und sieh nur, alle fast nackt, ich meine, außer ihren Bikinis haben sie nichts an. Das ist unsere Chance, Casanova. Sie alle warten auf Kerle wie uns. Wir werden uns zwei hübsche Bräute aufreißen und dann werden wir …"

„Johnny, ich bitte dich, hör auf. Ich will kein Mädchen aufreißen. So etwas ist mir wirklich zu blöd", unterbrach ich ihn. Johnny blickte mich von der Seite her etwas verstört an.

„Was ist denn nur los mit dir? Ich kann mich noch an Zeiten erinnern, da hattest du noch nichts dagegen, dir ein paar schöne Stunden mit hübschen Girls zu machen. Denk mal an Maureen. Sie war dir richtiggehend verfallen. Bist du krank?"

„Nein, ich bin nicht krank. Ich habe nur keine Lust. Ist das denn wirklich so schwer zu verstehen? Du tust so, als wäre es abnormal, wenn man nicht dauernd hinter irgendwelchen Bräuten her ist. Ich bin über dieses Alter hinaus", stieß ich gequält aus und hoffte inständig, Johnny würde es dabei belassen. Doch dem war natürlich nicht so.

„Ja, für mich ist es schwer zu verstehen. Du warst noch nie so langweilig. Und am Alter kann es nicht liegen. Ich bin auch so alt und ich liebe das Leben und ich liebe Mädchen", warf mir Johnny vor und sein Gesicht bekam wieder diesen beleidigten Ausdruck, den ich an ihm schon so gut kannte. Ich beschloss, darauf nichts mehr zu entgegnen, um eine Auseinandersetzung mit ihm zu vermeiden.

Ich zündete mir eine Zigarette an und schwieg. Johnny war es, der das Schweigen brach. Er hatte es noch nie geschafft, für ein paar Minuten seinen Mund zu halten.

„Dann lass uns wenigstens ans Ufer gehen und ein wenig Sonne tanken, okay?", sagte Johnny plötzlich und ich nickte.

Bei diesem Gedränge und der Menge sonnenhungriger Menschen war es nicht leicht, noch einen freien Platz für Johnny und mich zu finden. Es war entsetzlich laut. Überall war dieses Kindergekreische und die besorgten Rufe der Mütter zu hören und vor allem die verliebten Pärchen, die im Wasser turtelten, waren es, die mich traurig und missmutig stimmten.

„Komm, lass uns wieder nach Hause fahren. Wir finden hier nie einen Platz", sagte ich zu meinem Freund. Doch dieser war viel zu hartnäckig, um einfach aufzugeben. Und schließlich hatte er damit Erfolg. Wir fanden dann doch nocheinen freien Platz. Nicht sehr groß, zwischen einer dicken alten Frau in einem furchtbaren Badeanzug und einem Ehepaar mit zwei entsetzlich lauten Kindern.

„Und, wo sind jetzt deine hübschen Mädchen?", fragte ich etwas belustigt mit einem leichten Nicken in Richtung der dicken Frau.

„Lass dir Zeit. Die kommen schon noch", sagte Johnny überzeugt und zog sein Hemd aus.

„Es ist noch früh. Du wirst sehen, die kommen ganz bestimmt."

Das war es, was ich so an ihm bewunderte und wieso ich ihn so mochte. Seine Zuversicht war unzerstörbar. Er gab prinzipiell nie auf. Auch wenn die Lage so aussichtslos war wie meine Liebe zu Tina. Er hätte nicht aufgegeben, so wie ich. Ich entledigte mich ebenfalls meines Hemdes und meiner Hose. Die Badehose hatte ich bereits an. Ich drehte mich auf den Bauch. Die Wärme der Sonne war angenehm und machte mich müde. Ich rauchte noch eine Zigarette, dachte an Tina und malte mir die schönste Zukunft mit ihr aus. Als ich die Zigarette ausdämpfte, war ich schon so müde, dass ich schließlich einschlief.

Ein fürchterlicher Verdacht überkam mich, als ich wieder aufwachte. Ich hatte mich nicht eingecremt und noch bevor ich mich bewegte, war mir klar, dass ich mir am Rücken einen schlimmen Sonnenbrand zugezogen hatte.

„Verdammt", fluchte ich leise und versuchte mich, so gut es ging, aufzurichten. Ich blinzelte, um meine Augen an das grelle Sonnenlicht zu gewöhnen und blickte mich um. Johnny lag neben mir auf dem Rücken und schlief. Er hatte den Mund weit aufgerissen und schnarchte so laut, dass mir das angesichts der vielen Menschen, die sich außer uns noch hier befanden, reichlich unangenehm war. Ich wollte ihn gerade aufwecken, als plötzlich jemand sagte: „Ist der Platz hier noch frei?"

Ich hob meinen Kopf und sagte: „Ja, ich glaube schon."

Und dann sah ich sie. Ihr langes, schwarzes Haar fiel über ihre Schultern bis auf ihre Hüften hinunter und die Sonne schimmerte hindurch und brachte es zum Leuchten. Sie lachte und ihre blauen Augen sahen fröhlich aus.

„Es ist so schwer, hier noch einen Platz zu finden. Ich habe gar nicht gewusst, wie viele Menschen diesen kleinen, unscheinbaren

See hier kennen. Ich habe manchmal sogar gedacht, er wäre mein kleines Geheimnis. Aber wie man sieht, haben das wahrscheinlich hunderte andere auch gedacht", sagte sie und breitete ihr Handtuch aus. Dann setzte sie sich und ich fühlte, wie ich wieder Schwierigkeiten hatte, Luft zu bekommen, so nah war sie jetzt bei mir. Ich konnte sogar den Duft ihres Haares wahrnehmen. Ich hielt es für meine Pflicht, irgendetwas zu sagen, doch angesichts meiner überaus starken Nervosität war es besser, dass mir nichts einfiel. Ich beließ es also dabei, den Mund zu halten und sie unauffällig, vom Augenwinkel her, zu beobachten.

Sie streckte ihre Beine aus und warf ihr Haar zurück.

„Eigentlich bin ich hier mit einer Freundin verabredet. Aber ich glaube nicht, dass sie mich hier finden wird", sagte sie und sah mich an.

„Äh, ja, es ist ziemlich voll hier", sagte ich und mein Mund war völlig ausgetrocknet. Ich hatte das Gefühl, als hätten meine Speicheldrüsen versagt und als würde meine Zunge am Gaumen kleben bleiben, so nervös war ich, nur weil sie neben mir lag.

Plötzlich schnarchte Johnny laut auf. Oh Gott, war mir das peinlich.

„Äh, das ist mein Freund Johnny. Ich glaube, er schläft", sagte ich und im selben Moment bereute ich es schon, so einen Schwachsinn von mir gegeben zu haben. „Mein Gott, was soll sie denn jetzt bloß von dir halten?", fuhr es mir durch den Kopf. Ich war froh, dass sie lachte.

„Oh ja, das glaube ich auch. Es sieht zumindest ganz so aus", sagte sie. Und dann lachten wir beide und ich wurde etwas ruhiger. Wir redeten nicht mehr viel miteinander. Ich beobachtete nur, wie sie da neben mir lag und sich sonnen ließ. Ich hätte nur die Hand ausstrecken müssen und hätte ihr Gesicht berühren können, so nah war sie. Ich hätte mit meinen Fingern durch ihr Haar streichen können. Doch ich tat es nicht. Es genügte mir völlig, dass ich sie ansehen konnte und ich begann wieder, davon zu träumen, dass sie und ich in Paar wären, ein Liebespaar für immer und ewig.

22

Irgendwann war Johnny wieder aufgewacht. Ich hatte es nicht einmal bemerkt, so sehr war ich damit beschäftigt, meine Gedanken der schlafenden Schönheit neben mir zu widmen.

„Na, jetzt hast du doch eine gefunden, die dich interessiert. Alle Achtung, du hast Geschmack. Hätte ich dir gar nicht zugetraut", rief er. Ich drehte mich zu ihm um.

„Pst, sei doch leise. Sie kann dich doch hören, wenn du so brüllst", flüsterte ich und ich spürte, wie meine Wangen rot wurden vor Scham.

„Verstehe, mein Freund", sagte Johnny und er blinzelte mir auf eine Art und Weise zu, die mich ärgerte.

„Komm, lass uns gehen", sagte ich und stand auf. Ich sah sie noch einmal an, bevor wir uns auf den Weg machten, denn ich glaubte, dass dies das erste und letzte Mal war, dass ich sie so nah bei mir hatte.

•••

Während wir nach Hause fuhren, redete ich nicht sehr viel. Meine Gedanken waren noch immer bei Tina. Und ich ertappte mich dabei, wie ich wieder begann, mit offenen Augen zu träumen. Ich liebte diese Träume. Sie schützten mich vor der Realität, die ich im Moment so sehr hasste. Im Gedanken war ich immer noch am See und lag neben ihr. Und ich streichelte sie und sie ließ es geschehen. Ich spürte Johnnys sorgenvollen Dackelblick auf mir ruhen und gerade als ich sie in meinem Traum küssen wollte, sagte er:

„Ich mach mir Sorgen um dich, Jack. Du hast dich so verändert. Ist sie es, die dich so beschäftigt?"

Ich erwachte schlagartig, kehrte zurück in den Moment, in dem ich mich jetzt befand, und war eigentlich gar nicht gewillt, Johnny die Wahrheit zu sagen, obwohl ich wusste, dass er keine Ausrede gelten lassen würde.

„Ich glaube, ich bin krank", sagte ich und ich konnte sehen, wie Johnny auf eine allwissende Art lächelte und er sagte: „Na klar bist du das."

Ich ließ ihn vor seinem Haus aussteigen und als er sich verabschiedete, sagte er noch: „Wir sehen uns, und, äh, Jack …"

„Ja?"

„Lass die Finger von ihr. Sie sieht viel zu gut aus für dich."

„Danke, mein Freund", dachte ich, „wirklich sehr nett." Doch ich nickte nur.

„Ich ruf dich an", sagte ich noch und fühlte, wie meine Laune durch Johnnys nette Worte wieder einmal auf den Nullpunkt gesunken war. Wie schön war es doch, richtige Freunde zu haben. Sie konnten einen manchmal echt nerven.

3. Kapitel

Der Tag, an dem ich Tina am See gesehen hatte, machte mich noch deprimierter. Den Rest des Wochenendes verbrachte ich zu Hause. Ich hielt mich die meiste Zeit über in meinem Zimmer auf, hörte sanfte Musik und dachte an sie. Ich weiß noch, wie ich dachte, wie schmerzhaft Liebe doch sein konnte und wie ich beschloss, mich nie wieder in meinem Leben so zu verlieben, wenn dies hier alles vorüber war.

Meine Mutter sorgte sich sehr um mich. Sie dachte, ich wäre krank. Und ich war ja krank – liebeskrank. Und während sich meine Gedanken um Tina drehten, fiel mir wieder einmal auf, wie erschreckend es doch war, dass ich Tom Springfield so einfach vergessen hatte. Ich war richtig froh, als das Wochenende endlich vorbei war. Ich freute mich, wieder zur Arbeit gehen zu können, die mich von meinen tristen Gedanken sicher ein wenig ablenken konnte. Denn wenn ich arbeitete, hatte ich kaum Zeit, an Tina zu denken. Zumindest dachte ich das.

Sommer

Als mich meine Mutter Montagmorgen weckte, schien es mir so, als hätte ich überhaupt nicht geschlafen. Ich hatte eine unruhige Nacht hinter mir, hin und her gerissen zwischen Alpträumen und Zeiten des schweißgebadeten Erwachens.

„Du bist so blass, Jack. Bist du sicher, dass dir nichts fehlt?", sagte meine Mutter.

„Nein, es fehlt mir nichts. Ich habe nur schlecht geschlafen. Schlechte Träume", stammelte ich verschlafen und rieb mir die Augen in der Hoffnung, ich würde dadurch klarer sehen.

„Na gut, dann zieh dich an. Dein Frühstück ist fertig", sagte meine Mutter noch, bevor sie mein Zimmer verließ.

Die Überwindung, die es mich kostete, aus meinem Bett zu steigen, erschien mir grenzenlos. Es kostete mich so viel Kraft – Kraft, die ich nicht hatte. Ich aß dennoch meine Brote, um meine Mutter nicht noch mehr zu beunruhigen.

Während ich zur Arbeit fuhr, bemerkte ich, dass es schon ziemlich spät war. Ich gab mehr Gas, um ja nicht zu spät zu kommen und so schaffte ich es gerade noch rechtzeitig. Atemlos ließ ich mich auf meinen Platz fallen. Karl, mein Kollege, der am Postamt in der Koje neben mir saß, kam auf mich zu. Er setzte sich zu mir und stellte mir eine Tasse Kaffee hin, die ich dankbar annahm und ziemlich rasch leerte.

„Was ist los mit dir? Du siehst so aus, als hättest du ein ziemlich aufreibendes Wochenende hinter dir", sagte er.

Ich verdrehte die Augen, so sehr hasste ich es, dass jeder das Gefühl hatte, dass ich schlecht aussah und es mir nicht gut ginge. Und was sollte ich sagen? Ich kannte Karl schon sehr lange und ich kannte ihn gut. Er gehörte zu jenen Menschen, die ihr ganzes Leben lang an der Seite einer nörgelnden Ehefrau verbringen mussten und deren ganze Neugierde dem Liebesleben anderer galt. Ganz schön aufregendes Hobby. Ich wollte ihm meinen Kummer nicht unbedingt auf die Nase binden und ich suchte daher nach irgendeiner glaubhaften Ausrede, nur um meine Ruhe vor ihm und seinen nervigen Fragen zu haben.

„Ich war auf einer Party, die ziemlich lange gedauert hat. Deswegen bin ich heute nicht ganz ausgeschlafen. Ich hoffe, ich überstehe den heutigen Tag", sagte ich in der Hoffnung, er würde es glauben. Ich fürchtete, dass er sich mit meiner Antwort keineswegs zufrieden geben würde. Doch ich hatte Glück. Gerade als er den Mund aufmachen wollte, um seinen unvermeidlichen, nervtötenden Fragenblock auf mich niederzuschütten, kam der erste Kunde und Karl musste auf seinen Platz zurück. Ich atmete erleichtert auf, als er ging. Bis er wieder Zeit für mich hatte, würde ich mir schon eine Geschichte für ihn ausgedacht haben. Eine Geschichte, die ihn durchaus befriedigen würde. Doch Gott sei Dank kam es nicht mehr dazu. Das Postamt war plötzlich voller Menschen, die Briefe oder Pakete aufgeben wollten, sodass er sein Vorhaben anscheinend vergessen hatte. Zumindest würde er es auf später verschieben müssen und ich dankte Gott für diesen Zeitaufschub. Ich ertappte mich dabei, wie ich ein Stoßgebet zum Himmel schickte.

„Ich möchte gerne diesen eingeschriebenen Brief aufgeben", sagte plötzlich eine weibliche, mir bekannte Stimme. Doch ich war zu sehr mit meiner Arbeit beschäftigt, sodass mir nicht gleich einfiel, zu wem diese Stimme gehörte. Ich sah sie erst, als sie sagte: „Entschuldigen Sie bitte, aber kennen wir uns nicht?"

Es war Tina und sie sah wieder einmal so toll aus, dass ich sichtlich auf meinem Sessel zusammenzuckte. Peinlicherweise musste ich wieder feststellen, dass ich zu schwitzen begann. Sie lachte.

„Wissen Sie denn nicht mehr? Am See", fügte sie hinzu.

Sie musste meine Unsicherheit bemerkt haben.

„Oh ja", sagte ich endlich. „Sie hatten den Platz neben uns."

Ich hätte noch gerne etwas länger mit ihr geplaudert. Doch die ersten Kunden, die hinter ihr in der Schlange standen, begannen, unruhig zu werden. Und so beeilte ich mich, ihren Brief entgegenzunehmen und ihr die Bestätigung für das Einschreiben zu geben.

„Übrigens", sagte sie noch, bevor sie ging, „ich arbeite in dem Büro gleich gegenüber. Wir könnten in der Mittagspause zusammen irgendwo einen Kaffee trinken. Ich meine, falls Sie nicht schon etwas anderes vorhaben." Natürlich hatte ich nichts anderes vor. Und wäre es anders gewesen, ich hätte alle Termine abgesagt, nur um mit ihr irgendwo einen Kaffee zu trinken.

„Ja, sehr gerne!", rief ich erfreut aus. „Ich hole Sie um zwölf ab. Ist das in Ordnung?"

„Ja, sicher. Das ist gut. Also, ich warte. Auf Wiedersehen."

Und als sie sich umdrehte und mir in ihrer aufreizenden Art noch einmal zulächelte, fühlte ich mich so glücklich wie ein kleiner Junge unter dem Weihnachtsbaum. Ich seufzte tief und dieses Seufzen kam von Herzen. Ich schickte ihr noch einen verträumten Blick nach.

„Na, sind Sie jetzt vielleicht wieder ansprechbar?", fragte ein älterer Herr, der als Nächsterin der Schlange stand. Ich zuckte zusammen und als ich ihn ansah, wich sein griesgrämiger Blick einem verständnisvollen Lächeln.

„Na, mein Junge, deswegen müssen Sie doch nicht gleich rot werden. Ich war doch auch einmal jung und ich habe vollstes Verständnis für Ihre Lage. Sie ist wirklich ein bezauberndes Geschöpf", sagte er.

Ich war etwas verwirrt, aber der nette alte Mann blieb geduldig, als ich etwas länger brauchte, um mich wieder meiner Arbeit zu widmen.

Die letzte Stunde bis mittags schien nicht und nicht vergehen zu wollen. Ich sah sicher an die zwanzig Mal auf die Uhrund es war mir jedes Mal so, als würden sich die Zeiger überhaupt nicht vorwärts bewegen. Und schließlich war ich so nervös und aufgeregt, dass ich schon eine halbe Stunde vorher nervlich so am Ende war, dass Karl für mich einsprang und ich mich in den Waschraum zurückzog.

„Jetzt beruhige dich doch endlich", sagte ich zu mir selbst. Dann warf ich einen letzten prüfenden Blick in den Spiegel und fuhr mir noch einmal mit den Fingern durch meine Haare. Ich hatte immer noch gute zehn Minuten Zeit, als ich den Waschraum verließ. Ich hielt es einfach nicht mehr länger in den stickigen Räumen des Postamtes aus und so beschloss ich, mich gleich auf den Weg zu machen, um vorher noch etwas frische Luft zu tanken. Anerenfalls befürchtete icheine Herzattacke. Doch zu meiner Überraschung erwartete mich Tina bereits. Ich sah sie schon von weitem. Und in diesem Moment wollte mich mein restlicher Mut verlassen. Und hätte sie mich nicht schon gesehen, ich hätte mich umgedreht und wäre so schnell mich meine Füße trugen zurück ins Postamt gelaufen. Sie lachte, als sie mich erkannte.

„Hallo!", rief sie. „Ich durfte schon etwas früher gehen. Aber Gott sei Dank sind Sie schon da. Ich habe nämlicheinen Bärenhunger."

Wir gingen gleich in das nächstgelegene Lokal. Der Kellner brachte uns an einen hübschen Tisch am Fenster. Sie bestellte einen Hamburger und eine Cola. Ich nahm nur Kaffee. Ich hatte keinen Hunger und ich wusste, solange sie in meiner Nähe war, würde sich das nicht ändern. Wir saßen uns eine Weile schweigend gegenüber. Manchmal tauschten wir Blicke aus. Schüchterne Blicke, die nur von kurzer Dauer waren. Dann wiederum hielten wir unsere Blicke gesenkt und ich konnte sehen, wie sie verlegen lächelte.

Ich räusperte mich.

„Und, hat Sie Ihre Freundin noch gefunden?", fragte ich, nur um irgendeinen Ansatzpunkt für ein Gespräch zu finden. Und da sie mich verständnislos ansah, fügte ich noch rasch hinzu:

„Am See. Sie sagten, Sie wären mit einer Freundin verabredet."

„Oh ja", antwortete sie. „Sie hat mich noch gefunden. Aber sie musste sehr lange nach mir suchen. Sie wissen ja, die vielen Menschen und der Tumult."

Das Schweigen, das dann folgte, war direkt schon peinlich. Und ich begann, inständig zu hoffen, die Zeit würde schneller vergehen und ich könnte an meinen Arbeitsplatz zurückkehren. Ich hatte furchtbare Angst, sie würde das Treffen mit mir bereuen und dann würde ich sie überhaupt nicht mehr wiedersehen. Ja, sie aus den Augen zu verlieren, jetzt, da sie mir schon so nahe war, davor hatte ich schreckliche Angst. Angst, die mir fast die Kehle zuschnürte. Nachdem sie zu Ende gegessen hatte, zündete sie sich eine Zigarette an und lehnte sich zurück. Sie beobachtete mich lange stumm, bevor sie sagte:

„Sie sind so ruhig. Stimmt etwas nicht?"

„Verdammt, sie hat es bemerkt", fuhr es mir durch den Kopf und ich begann, rasend schnell zu überlegen, was ich ihr denn jetzt sagen sollte. Doch bevor ich noch den Mund aufmachen konnte, sagte sie:

„Ich finde es sehr nett, hier mit Ihnen zu sitzen. Ich mag Sie nämlich."

Ich kann nicht beschreiben, was ich in diesem Moment empfand. Doch eines ist sicher. Meine Verlegenheit war mir ins Gesicht geschrieben.

„Wissen Sie", sagte ich und begann, meine Serviette zu zerknüllen. „Ich bin es nicht gewohnt, mit einem so hübschen Mädchen an einem Tisch zu sitzen. Das macht mich verlegen und daher auch etwas stumm." Und schon begann ich, wieder zu bereuen, was ich soeben gesagt hatte. Doch sie schien eher gerührt und sie sagte:

„Das ist wirklich lieb von Ihnen. Wie heißen Sie eigentlich?"

„Jack", sagte ich, „Jack Smith."

„Mein Name ist Tina Hennings."

„Ich weiß", sagte ich schnell. „Ich habe Sie schon oft gesehen."

„Und da wissen Sie schon meinen Namen?", fragte sie und lächelte verschmitzt.

„Oh, äh, ich habe mich erkundigt."

„Wieso das denn?"

„Weil ich in meinem ganzen Leben noch nie so ein Mädchen wie Sie gesehen habe", sagte ich leise. „Seit ich Sie das erste Mal gesehen habe, konnte ich Ihr Gesicht nicht mehr vergessen."

Ich wollte ihr das alles gar nicht sagen. Es war mir peinlich, dass ich es trotzdemtat. Doch ich wusste, ich konnte die Worte, die mir einfach so herausgerutscht waren, nicht mehr zurücknehmen. Alles, was ich tun konnte, war zu hoffen, dass sie wenigstens Verständnis zeigen würde, ohne mich auszulachen. Doch sie sagte kein Wort. Und mir wurde wieder einmal abwechselnd heiß und kalt vor lauter Verlegenheit. Mir war das sehr unangenehm. Plötzlich beugte sie sich zu mir vor, legte ihre Hand auf meine und sagte mit ihrer sanften Stimme:

„Du bist sehr nett, Jack. Und ich hoffe, wir können uns öfter sehen. Wirklich."

Es kostete mich nur einen kurzen Augenblick der Überwindung, ihre Hand zu nehmen. Doch dann tat ich es. Es war ein unglaubliches Gefühl. Mein Herz ließ mir einfach keine Ruhe und das Bedürfnis, sie zu berühren, wuchs mit jeder Sekunde, in der sie mir gegenübersaß. Ich war verliebt. Ich war so verliebt, dass ich es einfach nicht fassen konnte, dass ich mit ihr hier war und ihre warme, sanfte Hand hielt. Und obwohl ich mir anfangs gewünscht hatte, die Zeit würde schneller vergehen, war ich dennoch enttäuscht, als Tina auf die Uhr sah und erschrocken rief:

„Mein Gott, so spät schon. Ich muss jetzt gehen, Jack. Aber ich hoffe, wir können unser Gespräch heute Abend fortsetzen."

„Ja, das würde ich sehr gerne. Darf ich dich abholen? So gegen acht?"

„Ja, du darfst. Ich wohne Stelton Street 21. Ich warte auf dich", sagte sie und bevor sie ging, hauchte sie mir noch einen zarten, unschuldigen Kuss auf die Wange und ich fühlte, wie meine Augen vor Freude zu glänzen begannen. Als ich ging, beschloss ich, mein Gesicht nie wieder zu waschen, nur damit dieser Augenblick ewig in Erinnerung blieb und niemals verging.

•••

Als es fünf Uhr schlug, beeilte ich mich, meine Sachen zusammenzupacken. Ich wollte früh zu Hause sein, damit ich noch duschen und mich umziehen konnte.

„Na, du hast es heute aber eilig", hörte ich Karls Stimme neben mir. „Eine Verabredung?"

Das hatte ich befürchtet. Karls Neugierde war jedem ein Gräuel. Und mir heute ganz besonders.

„Ja Karl", sagte ich schnell, „ich muss mich beeilen. Ich erzähle dir alles morgen."

„Phantastisch!", rief er. „Ich bin schon gespannt. Also viel Glück."

Ich war froh, ihm entkommen zu sein und lief zu meinem Wagen. Obwohl ich noch viel Zeit hatte, fuhr ich so schnell, dass man hätte annehmen können, der leibhaftige Teufel sei hinter mir her. Doch ich hatte einfach Angst, aus irgendwelchen Gründen zu spät zu meiner Verabredung zu kommen. Tina würde mir das sicher nie verzeihen. Und jetzt, da ich so nahe am Ziel war, durfte ich mir das durch nichts verderben.

Und mein Ziel war es, Tina zu bekommen, sie zu behalten, sie zu heiraten, Kinder mit ihr zu bekommen und …

Ich stockte mitten in diesen Gedanken. Wohin führten mich meine Träume jetzt? Ich durfte doch nicht schon so weit in die Zukunft denken. Vielleicht war ich für sie doch nur ein netter Zeitvertreib und im Grunde machte sie sich gar nichts aus mir. Und werwusste, was uns die Zukunft nochbrachte. Ich gebot mir, zukünftig nur mehr im Rahmen meiner momentanen Möglichkeiten zu denken und nahm mir vor, Träume ab sofort strikt zu streichen. Doch im selben Augenblick wusste ich nicht, wie lange dieser Vorsatz anhalten würde.

Als ich nach Hause kam, erwartete mich meine Mutter bereits mit dem Abendessen.

„Wie gut, dass du da bist. Dein Essen ist in ein paar Minuten fertig", rief sie aus der Küche, als ich die Eingangstüre ins Schloss fallen ließ.

„Ja, Mum, ich komme gleich", sagte ich. Ich entledigte mich meiner Schuhe und meiner Jacke und ging zu ihr. Ich musste jetzt endlich meine Freude mit jemandem teilen. Und meine Mutter schien mir die einzige geeignete Person zu sein.

„Hi, Mum!", rief ich beschwingt und drückte ihr einen dicken Kuss auf die Wange.

Sie schien ziemlich überrascht über meinen geänderten Gemütszustand.

„Na, es dürfte dir ja schon besser gehen. Ist irgendetwas passiert?", fragte sie und ich konnte ihr die Neugierde in ihren Augen ansehen.

„Ja, Mum. Ich habe heute Abend ein Rendezvous mit dem hübschesten Mädchen der ganzen Stadt. Was sag ich? Das hübscheste Mädchen des ganzen Kontinents", eröffnete ich ihr feierlich. „Und aus diesem Grund muss ich mich mit dem Essen beeilen."

Sie verstand sofort und sie beeilte sich. Nach fünf Minuten stand schon ein Teller, angehäuft mit Hackbraten und Kartoffeln, auf dem Tisch. Ich beeilte mich so mit dem Essen, dass ich es richtiggehend in den Mund stopfte. Anschließend hatte ich Schluckauf. Ich brauchte eine halbe Stunde, mich davon zu befreien. Meine Toilette erledigte ich in rasender Geschwindigkeit. Meine Mutter stellte anschließend fest, dass ich sicher einen neuen Weltrekord in Schnellduschen aufgestellt hatte. Ich rasierte mich, trug etwas Aftershave auf und warf einen prüfenden Blick in den Spiegel. Eigentlich war ich mit meinem heutigen Aussehen ziemlich zufrieden. Ich war zwar nicht gerade ein Adonis – das war ich noch nie gewesen –, aber ich fand, dass ich stattlich und sehr gepflegt aussah. Und ich wollte unbedingt einen perfekten Eindruck bei Tinas Eltern hinterlassen, wenn ich sie abholte. Denn wie heißt es so schön? Die Liebe eines Mädchens geht durch die Augen der Eltern. Und daran wollte ich mich halten.

Mit diesem Vorsatz verließ ich das Badezimmer und ging in mein Zimmer. Ich riss die Schranktüre Kastentüre auf und mein Vorhaben, den guten Eindruck betreffend, wollte sich schon wieder in Luft auflösen, als ich meine Garderobe durchsah.

„Eigentlich habe ich gar nichts richtiges zum Anziehen", stellte ich resigniert fest. Ich war ziemlich ratlos, nahm planlos irgendwelche Hemden aus den Regalen und warf sie, nachdem ich sie anprobiert hatte, mit dem Gedanken aufs Bett, ich sollte entweder das Date verschieben oder nackt gehen. Zweiteres kam natürlich nicht in Frage. Ich warf einen Blick auf die Uhr. Ich hatte nur mehr eine halbe Stunde Zeit und angesichts dessen, dass der Haufen auf meinem Bett immer größer und mein Schrank immer leerer wurde, spürte ich, wie Panik in mir aufkam. Doch Gott sei Dank hatte ich meine Mutter, den rettenden Engel, der mich aus meiner immer größer werdenden Not befreite. Sie stand plötzlich hinter mir und lächelte.

„Ich bin verzweifelt, Mum", sagte ich. „Ich habe überhaupt nichts Passendes anzuziehen. Ich kann doch nicht einfach mit meinen alten Sachen dort antanzen. Was werden ihre Eltern wohl von mir halten?"

„Ich glaube, ich kann dir helfen, Jack", sagte sie und holte ein Paket hinter ihrem Rücken hervor.

„Ich wollte es dir erst zu deinem Geburtstag schenken. Aber ich glaube, du wirst es heute schon brauchen können."

Als ich das Paket öffnete, stieß ich einen Freudenschrei aus als Zeichen meiner Freude. Sie hatte sich wirklich das beste Geschenk aller Zeiten für ausgedacht. Einen wunderschönen Anzug, bestehend aus Hose, Weste und Jacke. Ich konnte nicht anders. Ich musste meine Mutter küssen und ich konnte sehen, wie sehr sie sich freute.

„Los, jetzt zieh dich endlich an. Du kommst sonst zu spät", sagte sie dann, bevor sie mich alleine ließ. Und nachdem ich mich angezogen hatte und noch einmal einen Blick in den Spiegel warf, stellte ich fest, dass mein Aussehen dem eines Adonis immer mehr ähnelte. Als ich in meinem Wagen saß und meiner Mutter noch zum Abschied zuwinkte, stellte ich erschrocken fest, dass mein Tank schon fast leer war. Auf dem Weg zur Tankstelle besorgte ich noch einen Blumenstrauß für Tinas Mutter, um ja den guten Eindruck zu hinterlassen, der notwendig war, um Tinas Herz ganz für mich zu gewinnen. Die Turmuhr schlug gerade acht Uhr, als ich mit meinem Wagen vor Tinas Haus hielt. Das beengte Gefühl in der Magengegend wurde noch unangenehmer, als ich die Türglocke betätigte.

Ich hatte die leise Hoffnung, dass Tinas Eltern nicht zu Hause waren, doch diese verblasste. Tina öffnete die Türe. Ihr Anblick war einfach atemberaubend. Sie trug ein rosafarbiges, tief ausgeschnittenes Kleid und ihr Haar hatte sie zu einem losen Knoten im Nacken gebunden. Und als sie so vor mir stand, mit diesem bezaubernden Lächeln und dem fröhlichen Blick in ihren Augen, begannen meine Knie zu zittern und ich brachte nur ein bewunderndes „Wow" hervor.

„Danke für das Kompliment. Möchtest du hereinkommen?", fragte sie.

„Oh ja", stammelte ich. „Ich habe hier Blumen für deine Mutter."

„Die kannst du ihr gleich selbst geben."

Tinas Eltern saßen im Wohnzimmer und sahen fern. Ich weiß noch, wie sehr ich bewunderte, dass sie einen Fernseher hatten. Das konnte nur bedeuten, dass sie wohlhabend waren. Tinas Vater hatte sein Gesicht hinter einer Zeitung vergraben und ihre Mutter widmete sich gerade mit großem Interesse ihrer Stickarbeit.

„Das ist Jack Smith. Wir wollen heute zusammen ausgehen", stellte Tina mich vor. Mr Hennings war es, der sofort erfreut aufsprang.

„Freut mich, mein Junge. Tina hat schon einiges von Ihnen erzählt. Wo wollt ihr denn heute Abend hingehen?"

Mrs Hennings blickte mich prüfend über ihre Brille hinweg an. „Guten Abend", sagte sie nur.

Und so beschloss ich, lieber mein Gespräch mit Mr Hennings fortzusetzen. Ich glaubte nicht, dass seine Frau mich besonders mochte.

„Ich habe zwei Kinokarten besorgt. Es war nicht leicht, noch welche zu bekommen. Ein neuer Film ist jetzt angelaufen. ‚Jenseits von Eden' mit James Dean. Ich hoffe, Tina mag den Film", sagte ich, etwas verlegen zu Boden blickend, denn ich spürte schon wieder. wie ich rot anlief. Mr Hennings lächelte.

„Na dann wünsch ich euch beiden viel Vergnügen."

Ich bemerkte erst jetzt, dass ich immer noch den Blumenstrauß für Tinas Mutter in der Hand hielt und ich kam mir etwas blöd vor, als ich auf sie zuging und vor Verlegenheit stammelte:

„Oh, Mrs Hennings. Ich habe Ihnen hier ein paar Blumen mitgebracht. Ich hoffe, sie gefallen Ihnen."

Erst jetzt legte sie ihre Stickerei auf die Seite und sie lächelte, als sie die Blumen entgegennahm.

„Vielen Dank, Mr Smith. Sie sind wundervoll. Ich werde sie gleich in eine Vase stellen."

Sie stand auf und gab mir die Hand und plötzlich hatte ich das Gefühl, als wäre es mir doch gelungen, ein wenig ihr Herz erobert zu haben.

„Ich glaube, wir müssen jetzt gehen", sagte Tina endlich. Ihre Worte kamen mir wie eine Erlösung vor, denn dieses steife Getue mit ihren Eltern war mir wirklich äußerst unangenehm und ich war froh, es bald hinter mir zu haben.

„Auf Wiedersehen, Mrs Heninngs", sagte ich und hauchte ihr einen Kuss auf die Hand

„Ich werde Tina spätestens um elf Uhr nach Hause bringen", versprach ich. Ich verabschiedete mich noch von ihrem Vater und als wir das Haus verlassen hatten und die Türe hinter uns ins Schloss fiel, begann ich, mich wieder etwas wohler zu fühlen. Aber richtig glücklich war ich erst, als wir im Wagen saßen und Richtung Kino fuhren.

„Du siehst wirklich fantastisch aus", sagte ich, als mir wieder einmal auffiel, dass ich meine Augen nicht von ihr wenden konnte. Sie lachte.

„Danke, Jack. Ich bin froh, dass dir mein Kleid gefällt. Ich habe es heute das erste Mal an. Ich finde es zwar etwas ausgefallen und überladen. Ich meine, die vielen Spitzen am Ausschnitt. Sie gefallen mir nicht."

Ich wusste nicht, was ich darauf sagen sollte. Es wäre mir egal gewesen, was sie in diesem Moment trug Denn sie hätte in allem wundervoll ausgesehen und ich lächelte bei dem Gedanken an die neidvollen Blicke der anderen, wenn ich mit ihr den Kinosaal betrat.

„Wieso lächelst du?", fragte sie und ich erschrak, da ich mich ertappt fühlte. Doch ich wollte sie nicht belügen und so erzählte ich es ihr. Ich glaube, sie hat sich über dieses Kompliment sehr gefreut, denn plötzlich bekam sie rote Wangen. Und ich liebte sie noch mehr. Ich fand, dass ihr diese Art der Verlegenheit sehr gut stand. Sie sah jetzt nicht mehr so unnahbar aus.

„Ich bin mir sicher, alle Mädchen werden mich um diesen Partner beneiden", sagte sie dann und ich wusste nicht, ob sie das ernst meinte oder ob sie es nur aus reiner Höflichkeit sagte. Doch ganz egal aus welchem Grund sie es gesagt hatte, ich freute mich darüber. Es gab mir doch ein Gefühl, dass sie mich mochte und ich freute mich darauf, im Kino mit ihr alleine zu sein, abgesehen von den anderen Kinobesuchern. Doch an die dachte ich nicht. Es genügte mir, dass ich neben ihr sitzen konnte und der Gedanke daran, dass ich ihr vielleicht ein wenig Freude damit machen würde, erfüllte mich mit Glück.

4. Kapitel

Von dem Film habe ich nicht sehr viel mitbekommen. Ich war die meiste Zeit über damit beschäftigt, meine Angebetete zu beobachten, wie sie da im Halbdunkel neben mir saß und wie sie manchmal vor Belustigung lachte. Ich wagte erst ihre Hand zu nehmen, als sie bei einer traurigen Szene zu weinen begann. Sie tat mir plötzlich so leid. Ihre zuckenden Schultern und die glitzernden kleinen Tränen, die wie Perlen aussahen, die ihre Wangen hinunterrollten. Langsam, sehr langsam griff ich zu ihr hinüber und nahm ihre Hand und als sie mich ansah, lachte sie wieder und von ihrer Traurigkeit waren nur mehr ihre nassen Wangen zurückgeblieben. Und damals schwor ich mir eines: dass ich sie nie mehr weinen sehen wollte. Ich wusste nur nicht, dass sich der Schwur nicht erfüllen sollte.

•••

Nach der Vorstellung nahmen wir in dem kleinen Café nebenan noch einen Drink. Sie nippte an ihrem Glas und blickte mich an.

„Es war wundervoll", sagte sie. „Du bist wirklich sehr lieb."

Und dann sagte ich es das erste Mal zu ihr. Ich wusste, jetzt war der richtige Zeitpunkt gekommen, um ihr mein Herz zu öffnen.

„Ich liebe dich, Tina", flüsterte ich und drückte ihre Hand. „Ich liebe dich schon so lange. Ich hätte nie gedacht, dass du mich vielleicht erhören würdest."

Plötzlich sah sie sehr ernst aus.

„Ich hoffe, du hast dir das gut überlegt. Ich bin nämlich ein sehr schwieriger Mensch", sagte sie dann.

„Na, Gott sei Dank. Dann wirst du mir wenigstens nie langweilig", antwortete ich leicht belustigt.

Dann lachten wir beide. Wir lachten so laut und so herzhaft, dass die Leute rund um uns schon zu uns herüberblickten. Die ganze Situation wurde etwas peinlich und wir tranken schnell unsere Drinks aus. Ich rief nach dem Kellner, zahlte und half ihr in die Jacke.

„Komm, lass uns von hier verschwinden. Ich glaube, wir sind ziemlich aufgefallen", sagte ich zu ihr und wir gingen zum Wagen.

Es war eine herrliche Sommernacht. Fast schon kitschig schön. Der sternenklare Himmel, an dem weit und breit nicht das kleinste Wölkchen zu sehen war, und das Gezirpe der Grillen, eingebettet in einer leichten Brise. Als wir so durch die lauwarme Nacht fuhren und ich zu Tina hinüberblickte, dachte ich an jenen Tag, an dem Johnny und ich zum See gefahren waren und ich davon geträumt hatte, dass sie neben mir saß und der Wind durch ihr Haar strich. Und heute war dieser Traum zur Wirklichkeit geworden. Und alles war genauso wie in meinem Traum an dem Tag. Sogar der Wind, der durch ihr Haar strich.

Tina musste meine Gedanken erraten haben. Sie sah mich an und sagte: „Woran denkst du nun schon wieder? Du beginnst schon wieder, mit offenen Augen zu träumen."

Ich erschrak, fühlte mich ertappt und eigentlich wollte ich nicht einmal ihr meine geheimen Träume und Wünsche erzählen. Deshalb sagte ich lieber nichts. Im Laufe meines eher kurzen Lebens war ich zu der Erkenntnis gelangt, dass es manchmal eben besser war, lieber den Mund zu halten, als voreilig geheime Gedanken von sich zu geben. Und ich muss sagen, ich war immer noch am besten damit gefahren. Doch Tina ließ es nicht dabei bewenden. Nach einigen Minuten wiederholte sie ihre Frage.

„Nun sag schon, woran denkst du?"

Und dann erzählte ich es ihr. Doch anstatt des erwarteten Hohns, den ich für diese Geschichte zu ernten glaubte, sah ich ein beschämtes Lächeln auf ihrem Gesicht.

„Das ist doch nicht dein Ernst?", fragte sie dann.

„Doch, ich schwöre es dir."

„Nein, das kann nicht sein. So interessant bin ich wirklich nicht."

Ich hielt den Wagen am Straßenrand, legte meinen Arm um ihre Schulter und flüsterte:

„Für mich warst du immer schon das Mädchen meiner Träume. Und ich hätte mir in meinen kühnsten Tagträumen nie erwartet, einmal mit dir hier zu sitzen. Denn ich habe dich immer schon geliebt."

Sie blickte mich wieder sehr ernst an. Sie legte ihre Hand auf meine Wange und sagte:

„Ich mag dich auch sehr, Jack. Vielleicht noch nicht so lange wie du mich, aber eines ist sicher: Ich mag dich genauso sehr und bestimmt bis an mein Lebensende."

Dann beugte sie sich zu mir vor und wir küssten uns. Das Gefühl, das ich dabei hatte, lässt sich kaum erklären. In einem kitschigen Film würde es etwa so aussehen: Junger Mann küsst Mädchen und plötzlich stimmt ein Engelschor ein, der erst wieder verstummt, als sich ihre Lippen voneinander lösen. Und genauso empfand ich es, als wir uns küssten. Wir küssten uns lange und sehr intensiv. Ich streichelte ihr Haar und drückte sie so fest an mich, dass sie sich plötzlich mangels Luft von mir löste und einige Male tief und schnell aufeinander folgend atmete.

„Mein Gott, du hättest mich beinahe erstickt", rief sie und sie lachte dabei.

„Entschuldige, mein Engel. Das wollte ich wirklich nicht. Dafür liebe ich dich doch zu sehr", sagte ich und wollte sie schon wieder an mich drücken. Doch ein Blick auf meine Uhr ließ mich von meinem Vorhaben abkommen.

„Verdammt, es ist schon kurz vor elf. Wir müssen fahren. Sonst machen sich deine Eltern Sorgen und ich bin bei ihnen unten durch", rief ich. Ich konnte sie nur schwer davon überzeugen, dass es wirklich an der Zeit war zu fahren. Denn kaum hatte ich den Satz beendet, hing sie sich wie eine Klette an meinen Hals.

„Können wir nicht noch ein wenig bleiben? Ich möchte nicht, dass wir uns jetzt schon trennen."

Es fiel mir nicht leicht, ihre Hände von meinem Hals zu lösen und sie sanft, aber bestimmt wieder auf ihren Platz zu verweisen. Doch ich wollte auf keinen Fall, dass ihre Eltern eine schlechte Meinung von mir bekamen. Ich gab etwas mehr Gas und wir lagen daher gut in der Zeit, als wir bei ihr daheim hielten. Ich brachte sie bis vor die Türe.

„Gute Nacht, Tina. Träum von mir", sagte ich noch.

„Das werde ich bestimmt. Gute Nacht."

Ich wollte noch etwas sagen, doch sie hatte die Türe bereits hinter sich geschlossen. Ich fühlte mich plötzlich einsam und verlassen. Tina fehlte mir jetzt schon. Ich begann, ein wenig zu frösteln. Ich zog meine Jacke an, bevor ich wieder in den Wagen stieg. Auf dem Weg nach Hause achtete ich kaum auf die Straße. Es waren nur mehr sehr wenige Menschen unterwegs und darüber war ich froh. Ich drehte das Radio an und ich begann, angeregt durch die sanfte Musik, meine Träume fortzusetzen. Denn ich liebte diese Träume so sehr. Und jetzt waren sie nicht einmal mehr so utopisch. Denn ein großer Teil davon war bereits Wirklichkeit geworden.

Als ich den Wagen daheim in der Einfahrt parkte, sah ich, dass im Wohnzimmer noch Licht brannte. Ich war froh darüber, dass meine Mutter noch nicht schlief. Sie war bestimmt zu neugierig gewesen, um ein Auge zuzumachen. Ich versperrte den Wagen. Ich kam nicht mehr dazu, den Schlüssel in das Schloss der Haustüre zu stecken. Meine Mutter musste meinen Wagen gehört haben, denn sie öffnete mir kurze Zeit später und blickte mich erwartungsvoll an.

„Und, wie war's?", fragte sie schon, bevor ich noch eingetreten war.

„Bitte, Mum. Ich erzähle dir gleich alles. Aber bitte lass mich mal eintreten und Atem schöpfen."

„Oh ja, natürlich. Verzeih bitte. Aber beeil dich damit, Atem zu schöpfen. Ich bin so unheimlich neugierig. Komm, setz dich ein wenig zu mir. Ich mache mir gerade eine Kleinigkeit zu essen. Möchtest du auch etwas?"

Sie hatte die Frage noch nicht ausgesprochen, als mein Magen plötzlich laut zu knurren anfing.

„Ja. Ich glaube das ist eine wirklich gute Idee."

Wir setzten uns ins Wohnzimmer, aßen noch ein paar Brote mit kaltem Hackbraten und ich erzählte ihr von Tina und dass wir uns wirklich gut verstanden. Mutter lächelte. Ich glaube, sie war sehr stolz auf ihren Sohn, dass er so eine hübsche Freundin hatte.

Und wie bei jeder Freundin, die ich bisher gehabt hatte, begann sie schon wieder, etwas zu weit in die Zukunft zu blicken.

„Werdet ihr heiraten?", stellte sie ihre unvermeidliche Frage.

„Oh, Mum, bitte fang nicht schon wieder damit an. Ich kenne sie doch erst seit ein paar Tagen und war heute das erste Mal mit ihr aus. Glaubst du nicht, dass es etwas zu früh ist, um über so etwas zu sprechen?", stieß ich gequält aus.

„Man wird doch noch fragen dürfen. Du bist doch jetzt schon alt genug. Als ich so alt war wie du, war sich schon seit zwei Jahren verheiratet und du warst schon ein Jahr alt. Ich möchte nur nicht, dass du ewig Junggeselle bleibst. Du könntest doch schon einmal anfangen, dir über die Gründung einer Familie den Kopf zu zerbrechen. Ich für meinen Teil hätte wirklich gerne Enkelkinder", sagte meine Mutter etwas beleidigt. Sie war eben so wie ich. Sie liebte Träume und ihr Traum war es, ihren Sohn unter die Haube zu bringen. Ich küsste sie auf die Wange.

„Ich werde darüber nachdenken. Aber jetzt lass mir noch ein bisschen Zeit. Ich denke, auch Tina sollte damit einverstanden sein, als zukünftige Mutter deiner Enkelkinder. Meinst du nicht?", tröstete ich sie. Mutter nickte und sie lächelte bereits wieder, als sie aufstand und die Teller in die Küche trug.

„Okay, ich lass dir Zeit und frag dir auch keine Löcher mehr in den Bauch. Aber halt mich auf dem Laufenden. Ich zerplatze sonst in hundert Teile vor lauter Neugierde."

Ich versprach es ihr und als ich auf die Uhr sah, beeilte ich mich, ins Bett zu kommen. Ich musste morgen wie immer früh aufstehen. Ich hatte völlig verdrängt, dass ich wieder zur Arbeit musste. Und bei dem Gedanken stieg Grauen in mir auf. Ich wollte, ich hätte mir Urlaub nehmen können. Doch mein Urlaub fing erst in zwei Wochen an. Wie sollte ich das nur durchstehen? Und überhaupt, was sollte ich Karl morgen erzählen? Ich konnte nur hoffen, den morgigen Tag so gut es ging über die Runden zu bekommen. Als ich im Bett lag, stellte ich fest, dass ich überhaupt noch nicht müde war. Ich hatte das Fenster geöffnet und genoss den frischen Wind, der mir um die Nase wehte. Die Vorhänge bauschten sich auf und ich konnte den großen, halbrunden Mond sehen und die Sterne am Himmel. Ich seufzte. Ich wünschte mir so sehr, dass Tina jetzt hier bei mir wäre und wir hätten zusammen diese herrliche Nacht genießen können. Doch bis es so weit war, dass wir Tag und Nacht zusammen verbringen konnten, würden noch viele Träume durch meinen Kopf schleichen. Ich drehte mich auf die Seite und verbot mir, noch weiter an Tina zu denken. Denn solange ich das tat, konnte ich kein Auge zumachen. Erst der Gedanke an den morgigen Arbeitstag ließ mich einschlafen.

•••

Ich fühlte mich anders, als ich am nächsten Morgen erwachte. Ich fühlte mich besser und frischer. Ich schaffte es sogar, früher als gewöhnlich an meinem Arbeitsplatz zu erscheinen. Einen Schlag in die Magengrube bereitete mir nur Karls Anblick, als ich eintrat. Er hatte es sich bereits bei meinem Platz bequem gemacht und eine Tasse Kaffee für mich hergerichtet. Und seinem Gesicht konnte ich sofort ansehen, dass er seit gestern auf nichts anderes wartete als auf diesen Augenblick, wenn er fragen konnte: „Und wie war dein Rendezvous gestern?"

Ich gebot mir trotzdem, mein freundlichstes Lächeln aufzusetzen. Denn im Grunde tat er mir leid. Ich würde nicht so leben wollen wie er. Aber eigentlich tat er nichts anderes als ich, wenn ich träumte. Nur dass seine Träume dem Leben anderer galten.

„Und wie war dein Rendezvous gestern?", fragte er, noch bevor ich mich setzte. Ich musste lächeln. Genauso hatte ich es mir vorgestellt.

„Wir waren im Kino", sagte ich und ich sah sofort, wie Karls neugieriges Lächeln einem enttäuschten Gesichtsausdruck wich.

„Das war alles?", fragte er ungläubig. „Ihr ward nur im Kino?"

„Ja, wir waren nur im Kino. Ach, sieh mal, die ersten Kunden kommen."

Karl verließ mich äußerst ungern und noch während er sich bereits seiner Arbeit widmete, fühlte ich seine prüfenden Blicke auf mir. Armer Karl. Ich hatte ihm ganz schön den Tag verdorben.

Ich traf Tina wieder um die Mittagszeit. Das Wetter war so herrlich, dass wir beschlossen, lieber ein wenig spazieren zu gehen, anstatt in irgendeinem Café zu sitzen und die schönste Zeit des Tages zu vertrödeln. Sie sah etwas blass aus, aber sonst strahlte sie wieder vor Schönheit.

„Ich habe dich so vermisst", sagte sie und lehnte ihren Kopf an meine Schulter.

„Mir ging es genauso. Ich habe die ganze Zeit an dich gedacht", gestand ich. „Ich möchte dich heute Abend gerne meiner Mutter vorstellen. Sie bittet dich, zum Essen zu kommen. Ist dir das recht?"

Sie überlegte nicht lange. „Gerne!", rief sie. „Ich möchte deine Mutter gerne kennenlernen."

Ich versprach ihr, sie um sieben von zu Hause abzuholen. Es war schade, dass es erst mittags und nicht abends war. Ich hätte sie so gerne schon geküsst. Doch auf den Straßen waren zu viele Menschen und daher musste ich mich mit einem kleinen Kuss auf ihre Stirn begnügen.

„Den Rest bekommst du heute Abend", sagte ich noch, bevor sie in ihr Büro zurückging. Der Abschied fiel mir immer schwer. Auch wenn er nur für einige Stunden war. Ich hätte den Nachmittag natürlich viel lieber mit ihr verbracht, als in dieses miefige Postamt zurückgehen zu müssen. Aber ich tröstete mich damit, dass ich sie bald wieder bei mir hatte.

Natürlich waren wir nicht die ganze Zeit unbeobachtet geblieben. Ich hätte mir denken können, dass es da jemanden gab, den es mächtig interessierte, mit wem ich mich traf. Kollege Karl hatte die ganze Mittagspause damit verbracht, am Fenster zu verbringen und so seine Neugierde zu befriedigen. Er erwartete mich bereits mit einem breiten Grinsen. Er konnte Gott danken, dass er Ohren hatte, sonst hätte sein Grinsen wohl nie ein Ende gefunden. Ich wusste sofort, dass es keinen Sinn hatte, weiter zu leugnen und irgendwie war ich sogar froh darüber. Vielleicht würde sich Karl damit zufrieden geben und mich nicht mehr jeden Tag quälen.

„Jetzt kannst du mir nichts mehr vormachen. Ich habe euch gesehen", rief er mir schon zu, da war ich noch nicht einmal richtig eingetreten.

„Na, fantastisch. Bist du nun zufrieden?", entfuhr es mir. Ich war etwas ärgerlich, das muss ich zugeben. Aber andererseits gab es ja nichts zu verheimlichen. Es tat mir leid, dass meine Stimme so forsch geklungen hatte, aber Karl war nicht beleidigt.

„Sie sieht wirklich toll aus. Da hast du einen tollen Fang gemacht. Ich habe sie schon öfter gesehen. Aber ich hätte mir nie vorstellen können, dass du und sie, ich meine, ihr beide …"

Einerseits war ich stolz, dass sie auf jeden einen so guten Eindruck machte, andererseits fühlte ich mich auch gekränkt. Wieso hätte er sich das nie vorstellen können, das mit Tina und mir?

„Tja, Gottes Wege sind unergründlich", antwortete ich und ließ ihn dann so stehen. Ich wusste, dass Karl noch irgendetwas sagen wollte, aber ich ging an meine Arbeit und achtete nicht auf seinen bereits geöffneten Mund. Ich hörte noch, wie er etwas murmelte und sich dann abwandte.

„Übrigens", rief er noch, „dein Freund Johnny war vorhin hier. Er hat dich gesucht. Du sollst ihn nach der Arbeit anrufen."

Johnny! Meinen Freund hatte ich total vergessen. Ich beschloss, nach Amtsschluss bei ihm vorbeizusehen. Er war einer der wenigen, dem ich eine Erklärung schuldig war, über Tina und mich. Johnny freute sich zwar immer, wenn er mich sah, aber diesmal schien seine Freude keine Grenzen zu kennen.

„Jack, Gott sei Dank, du lebst noch. Ich habe mir schon ernsthafte Sorgen gemacht. Du hättest ruhig einmal anrufen können. Wo warst du denn die ganze Zeit über?", rief er, während er mich umarmte. Ich fand, er übertrieb seine Freude wirklich. Er tat so, als hätte er mich monatelang nicht gesehen, dabei war es noch keine Woche her. Langsam war es äußerst peinlich, dass er mich so an sich presste. Außerdem störte mich sein verschwitztes Hemd.

„Ist schon okay. Jetzt beruhige dich bitte. Wir haben uns erst vor ein paar Tagen gesehen", versuchte ich, ihn zu besänftigen. Es dauerte eine Zeit, bis er seine Freude in ein geeignetes Maß gebracht hatte. Ich hasste es, wenn er alles so übertrieb. Nicht umsonst wollte er zur Bühne gehen. Wenn ihn jemand so gesehen hätte, er hätte ihm sofort eine Hauptrolle in einem Stück von Shakespeare gegeben.

„Ich weiß, dass es noch nicht so lange her ist. Aber ich bin es nicht gewohnt, so lange nichts von dir zu hören. Wo hast du gesteckt?"

Ich erzählte ihm von Tina und dass ich die meiste Zeit mit ihr verbracht hatte und sah, wie Johnny anfing zu grinsen.

„Gratuliere! Übrigens, ich hab jetzt auch eine Freundin. Du kennst sie sicher. Es ist Jenny, die kleine Blonde aus dem Tanz-café, erinnerst du dich?"

Und ob ich mich erinnerte. Ich war eine Zeit lang mit ihr ausgegangen. Aber ich hatte es nicht lange mit ihr ausgehalten. Sie war laut und eine entsetzliche Quaktasche. Insgeheim be-mitleidete ich meinen Freund jetzt schon. Aber trotzdem freu-te ich mich für ihn.

„Oh ja, klar erinnere ich mich. Sie ist sehr hübsch", sagte ich dann, um ihn nicht zu verletzen.

„Ja, wir können doch einmal zu viert ausgehen. Was hältst du davon? Wie wäre es am Wochenende? Die Leute würden schauen, wenn sie uns zwei mit diesen hübschen Mädels sehen."

„Ich weiß es nicht. Ich muss erst mit Tina reden. Ich ruf dich an. Ich muss jetzt gehen. Sei nicht böse, aber ich habe Tina versprochen, sie um sieben Uhr abzuholen", versuchte ich, mich herauszureden. Johnny setzte sein verständnisvolles Gesicht auf.

„Versteh ich doch, Jack. Also ruf mich an."

Er wollte mich wieder umarmen, so, als sei diese Trennung für ewig. Aber es gelang mir, vorher die Tür zu erreichen. Ich stieg in meinen Wagen und Johnny winkte mir nach.

„Verrückter Kerl", dachte ich.

Meine Mutter war gerade dabei, ein feudales Mahl herzu-richten, als ich nach Hause kam. Als ich in die Küche blickte, erschrak ich. Es sah aus wie am jüngsten Tag. Überall war alles mit Töpfen, Tellern und Pfannen zugestellt. Meine Mutter war fast gar nicht mehr zu sehen hinter dem Berg von Geschirr. Ich vermied es, sie zu stören, denn ich wusste, sie würde jetzt sicher nervös sein. Sie hatte bei solchen Gelegenheiten immer Angst, sie würde nicht rechtzeitig fertig sein.

„Hi, Mum", grüßte ich von der Türe her. Doch sie antwortete nicht. Sie hob nur ihre Hand zum Gruß und widmete sich dann wieder ihrem Kochbuch. Ich ging in mein Zimmer und zog mich um. Dann setzte ich mich auf mein Bett und begann darüber nachzudenken, was sich in den letzten Tagen in meinem Leben verändert hatte. Es war so viel geschehen, so viel, das mich glücklich gemacht hatte, dass ich schon an der Dauerhaftigkeit meines Glückes zu zweifeln begann. Ich war noch nie ein besonderer Glückspilz gewesen und daher schien es mir äußerst zweifelhaft, dass sich das Leben eines Pechvogels so schnell ändern konnte. Es gelang mir dennoch, zeitgerecht diesen tristen Gedanken zu entfliehen, denn ein Blick auf meine Uhr zeigte mir, dass ich mich nun sputen musste, um Tina rechtzeitig von zu Hause abzuholen. Ich wunderte mich über die saubere Küche, als ich mich von meiner Mutter verabschieden wollte. Sie war bereits mit allem fertig und hatte sogar schon den Tisch im Wohnzimmer gedeckt.

„Also, ich hole jetzt Tina", sagte ich und sie nickte.

„Beeile dich, sonst wird alles kalt."

Also beeilte ich mich. Ich fuhr rasend schnell und nahm mir nicht einmal Zeit, Mr und Mrs Hennings richtig zu begrüßen. Tina amüsierte sich prächtig über meine Hektik, aber sie brachte dem auch vollstes Verständnis entgegen.

Das Abendessen mit meiner Mutter verlief so gut, dass ich mir es nicht besser wünschen hätte können. Tina und sie verstanden sich auf Anhieb prächtig. Irgendwann, während des Essens, kam es mir so vor, als hätten die beiden vollkommen vergessen, dass ich auch noch anwesend war. Sie redeten und lachten nur mehr miteinander und hatten mich aus dem Gespräch völlig ausgeblendet. So tröstete ich mich damit, eine zweite Portion Apfelkuchen zu essen und als sich Tina endlich wieder einmal mir zuwandte, hatte ich einen so vollen Bauch, dass ich mich kaum bewegen konnte.

„Ist dir schlecht?", fragte sie. „Du siehst so grün aus."

„Ich glaube, ich habe viel zu viel gegessen", antwortete ich und meine Stimme klang dabei sehr gequält. Ich hoffte, dadurch ihre Aufmerksamkeit zu erregen. Doch ihr Mitleid mir gegenüber hielt sich in Grenzen. Während ich nach dem Essen eine Zigarette rauchte und mich auf mein Verdauungssystem konzentrierte, zeigte meine Mutter Tina alte Fotos von mir, Babyfotos, Fotos von meinem ersten Schultag und Fotos von meinem letzten Schultag. Sie amüsierten sich dabei köstlich und manchmal flüsterten sie miteinander, als hätten sie Geheimnisse vor mir. Wie zwei Freundinnen. Ich war einerseits froh darüber,, andererseits kam ich mir etwas einsam vor. Ich hatte nicht damit gerechnet, dass sie sich so gut verstehen würden. Ich war direkt erleichtert, als mich Tina bat, sie nach Hause zu bringen.

„Ich hoffe, du kommst bald wieder", sagte meine Mutter zu Tina, als sie sich voneinander verabschiedeten.

„Ich komme ganz bestimmt. Und vielen Dank für das Essen."

Als wir dann im Wagen saßen, sagte sie:

„Deine Mutter ist wirklich nett. Ich glaube, sie mag mich auch."

„Ja, das glaube ich auch", antwortete ich und freute mich darüber.

Bevor sie ausstieg, sagte sie noch:

„Ich lieb dich."

Es war das erste Mal, dass sie das zu mir sagte.

5. Kapitel

Vor mir lag der schönste Sommer meines Lebens. Tina und ich hatten eine Menge vor. Wir wollten das schöne Wetter und all die damit verbundenen Dinge gemeinsam erleben. Und um ja nichts zu verpassen, erstellten wir einen Plan, in dem alles für jeden Tag dieses Sommers genau durchgeplant war. Und um Johnny nicht zu verärgern, gingen wir auch öfters zu viert am Wochenende aus. Man muss sagen, dass er und Jenny ein fantastisches Paar abgaben. Sie ergänzten sich wirklich perfekt. Er wusste genau, wie er mit ihr umgehen musste. Und wenn sie wieder einen ihrer entsetzlichen Anfälle bekam und sie mit ihrer schrillen, unangenehmen Stimme eine ihrer langweiligen Geschichten erzählen wollte, sagte er nur: „Bitte, Honey, das interessiert doch keinen." Und sie hörte auf zu reden. Das erleichterte natürlich unsere Treffen enorm.

Als ich Tina das erste Mal zu einem Doppeldate mit Johnny und seiner neuen Flamme mitnahm, hatte ich Angst, sie würde sich nicht mit ihm verstehen. Denn immerhin war Johnny mein bester Freund und ich wollte ihn doch nicht einfach so hängen lassen, weil ich jetzt eine Freundin hatte. Doch obwohl Johnny mehr als nur einmal mit seinen Äußerungen ins Fettnäpfchen getreten war, konnte Tina über alles lachen und sie verstand es auch, ihn durch gehörige Kontras zum Schweigen zu bringen. Denn sie wusste, dass Johnny mir wichtig war. Und sie hätte sicher nichts als schmerzhafter empfunden, als uns durch irgendeinen Streit auseinanderzubringen.

Wir verbrachten die Wochenenden meistens in dem neuen Tanzcafé, das im Ort vor kurzem eröffnet hatte. Dort konnte man immer die neueste Musik hören und Tina schaffte es sogar, aus mir Tanzmuffel einen ganz passablen Tänzer zu machen. Danach trennten wir uns meistens von Johnny und Jenny. Tina und ich wollten natürlich auch Zeit zu zweit verbringen. Und wenn die Nacht besonders schön warm war, fuhren wir zu dem kleinen See und setzten uns auf den Platz, an dem wir uns zum ersten Mal begegnet waren. Dann träumten wir von der Zukunft, uns an den Händen haltend und in den Sternenhimmel blickend.

Es war uns schon nach kurzem klar geworden, dass wir füreinander bestimmt waren und dass wir irgendwann auch heiraten würden. Wir hatten sogar schon die Zahl unserer Kinder bestimmt. Tina sagte immer, sie wolle mindestens zwei Jungs und zwei Mädchen, doch da ich ja der Familienernährer sein würde und mein Gehalt bei der Post eher bescheiden war, einigten wir uns auf Kinder, ein Junge und ein Mädchen.

„Wie lange wollen wir eigentlich damit warten?", fragte Tina eines Abends und ihre Stimme klang ernst und ehrlich.

Ich wusste nicht, was ich darauf antworten sollte. Ich konnte nicht sagen, dass ich noch etwas unsicher war, was ein gemeinsames

Leben mit ihr betraf. Ich hatte Angst, dass ich vielleicht irgendwann nicht mehr gut genug für sie sein würde. Wie sprachen auch darüber, da wir über alles redeten und nichts unausgesprochen sein durfte. Ich erzählte ihr von meiner Unsicherheit und meinen Ängsten, die mit jedem Tag größer wurden. Sie umarmte mich, drückte mich fest an sich und küsste mein Gesicht.

„Nichts kann uns auseinanderbringen. Nur der Tod", sagte sie und ich wusste damals noch nicht, dass dies einmal traurige Wirklichkeit werden würde. Ich wollte den Tod gar nicht ins Spiel bringen. Denn zum Sterben waren wir beide noch viel zu jung und wir hatten noch viel vor. Junge Menschen denken nicht an den Tod. Sie fürchten sich nicht davor, obwohl es besser wäre, wenn sie es täten, denn unabhängig vom Alter existiert er und kann jederzeit jeden treffen. Es war mir inzwischen nur eines klar geworden: Ich würde meine Tina niemals hergeben. Und ich würde um sie kämpfen. Und niemals würde ich eine andere Frau lieben können. Das hatte sich nicht geändert, seit wir zusammen waren. Ich liebte es immer noch, sie zu beobachten, wenn sie ging, wenn sie lachte oder wenn sie ihr Haar bürstete. Und jedes Mal schnürte es mir vor Erregung die Kehle zu, wenn wir am See nebeneinander saßen und sie ihren schlanken Körper neben mir rekelte und das Sonnenlicht durch ihr Haar schimmerte, durch dieses dichte, schwarze Haar, bei dessen Anblick jedes Mädchen vor Neid erblasst wäre. Irgendwann wusste ich, ich konnte nicht mehr länger warten. Ich musste sie einfach im Arm halten und am ganzen Körper küssen und unsere Liebe vollkommen machen. Ich wollte jetzt schon mit ihr mit Haut und Haar zusammen sein. Denn ich wusste, irgendwann würden wir verheiratet sein und es war egal, ob wir uns jetzt schon liebten oder nicht. Wir sollten uns nicht aus Scheu in unserer Erregung quälen. Wir gehörten zusammen. Ich wusste, sie empfand dasselbe und ich wusste, es war auch ihr Wunsch, endlich meine Frau zu werden, und zwar sehr bald.

Als ich eines nachmittags wieder so neben ihr saß und sie beobachtete, blickte sie mich plötzlich an. Sie musste meine Gedanken erraten haben, denn ihr Blick, den sie mir damals zuwarf, der war so anders als die anderen Blicke zuvor.

„Du kannst mich ruhig fragen. Ich werde nicht nein sagen", sagte sie plötzlich sehr ernst und ich spürte die Röte, die meine Wangen erhitzten. Es war mir peinlich, dass sie mir meine Gedanken an meinen Augen ansah. Nach einigen Anfangsschwierigkeiten, nachdem mein Stottern nachgelassen hatte, fragte ich sie und nach weiterer Anfangsschwierigkeiten, nachdem ihre jungfräuliche Verlegenheit einem sehnsüchtigen Aufseufzen gewichen war, sagte sie ja. Und sie umarmte mich vor Glück. Als sie mir ihr Gesicht zuwandte, sah ich ein paar Tränen, die ihre Wangen hinunterliefen. Ich erschrak, denn ich hatte plötzlich das Gefühl, sie mit meiner Beichte vielleicht verletzt zu haben. Als ich sie danach fragte, schüttelte sie den Kopf und nannte mich Dummkopf.

„Ich habe nur ein wenig Angst", gestand sie dann und wischte sich mit dem Handrücken über die Augen.

Als ich sie so neben mir sitzen sah, die leicht schimmernden Tränen in ihren stahlblauen Augen und die vor Aufregung zart geröteten Wangen, kam sie mir plötzlich so klein und hilflos vor. Ich drückte ihren Kopf an meine Brust und sagte: „Wir müssen es nicht tun, wenn du Zweifel hast."

„Doch", erwiderte sie. „Ich will es. Du bist der einzige Mann, mit dem ich es tun möchte. Das ist mein Beweis meiner Liebe zu dir."

Ich hatte ein eigenartiges Gefühl, als ich sie an diesem Abend nach Hause brachte. Es bedeutete mir wirklich viel, unsere Liebe vollkommen zu machen. Es war mehr, als nur mit ihr zu schlafen. Es würde nicht einfach nur ein Austausch von Körperflüssigkeiten sein. Ich würde sie damit zu meiner Frau machen. Und das war für mich dasselbe, als trüge sie schon den Ring an ihrem Finger.

Das einzige Problem für uns war, einen geeigneten Zeitpunkt und einen geeigneten Ort zu finden. Wir wollten es nicht im Wald oder auf dem Rücksitz meines Wagens machen. Dafür war uns dieses erste Mal viel zu wichtig und wir wollten es zu einer einmaligen, bleibenden Erinnerung machen. Am schönsten wäre eine ganze Nacht gewesen. Aber das, wir wussten es beide, würde bis auf weiteres unerfüllt bleiben. Das bedeutete, wir mussten uns mit dem zufrieden geben, was uns geboten wurde. Und obwohl es nur ein paar Stunden sein würden, die wir für uns hatten, schien es doch das perfekte Glück auf Erden. Ich wusste, dass meine Mutter am folgenden Wochenende ihre Schwester besuchen und wahrscheinlich in der Früh abfahren und erst spät abends zurückkommen würde. Das bedeutete, dass wir einen ganzen Tag zusammen sein konnten und ich beschloss, mir viel Zeit zu lassen, alle Zeit, die wir hatten. Ich wusste, dass Tina sehr zart besaitet war und ich wollte sie auf einen Fall in irgendeiner Weise verunsichern.

Am Abend davor waren Tina und ich nervös. Sie noch mehr als ich. Ich ging mit ihr tanzen, um sie auf andere Gedanken zu bringen. Doch viel Sinn hatte es nicht. Während wir sanfter Musik lauschten und uns an den Händen hielten, sprachen wir kaum ein Wort miteinander. Tina nippte an ihrem Drink und starrte die meiste Zeit über vor sich hin.

„Ist irgendetwas mit dir?", fragte ich besorgt.

Sie antwortete nicht, schüttelte nur den Kopf und fuhr fort, mit starrem Blick die tanzenden Pärchen zu beobachten.

„Weißt du", antwortete sie leise und unsicher, „ich bin einfach nur nervös. Das ist alles. Und wenn du wissen möchtest, ob ich dich noch liebe, lautet meine Antwort, ja, ich liebe dich. Bis an mein Lebensende. Und ich bin noch Jungfrau."

Ich schloss sie in meine Arme und dann gingen wir auf die Tanzfläche und begannen, unsere Körper eng aneinandergepresst, zu den zärtlichen Liedern zu bewegen. Die Zeit verging wie im Flug und erst, als die Musiker zu der Schlussmelodie „Love you till I reach the end" ansetzten, wurden wir aus unseren Träumen gerissen. Es fiel mir an diesem Abend wieder einmal besonders schwer, Tina vor ihrem Haus abzusetzen. Ich nahm sie noch einmal in meine Arme und sie drückte ihre Wange zärtlich an meine.

„Bis morgen", flüsterte sie und stieg aus.

Ich blieb noch einige Minuten im Wagen sitzen und blickte ihr sehnsuchtsvoll nach. Erst dann fiel mir auf, dass sich die Türe längst hinter ihr geschlossen hatte und es begann mich leicht zu frösteln. Es war mir noch nie so aufgefallen wie in dieser Sommernacht, wie sehr ich ihre Nähe brauchte. Ihren warmen, zarten Körper zu halten, bedeutete für mich Wärme, die mich, sobald sie nicht bei mir war, von einem Moment zum anderen verließ. Ich zog mir meine Jacke über, startete den Motor und fuhr nach Hause. Ich schlief in dieser Nacht sehr schlecht, wälzte mich von einer Seite auf die andere und erst, als die Aufregung meinen Körper total ausgelaugt hatte, schlief ich erschöpft ein.

Als mich meine Mutter am nächsten Morgen weckte, fühlte ich mich wie gerädert. Es kam mir so vor, als hätte ich nur ein oder zwei Stunden geschlafen, doch als mein Blick auf die Uhr fiel, stellte ich erschrocken fest, dass es schon vormittags war.

„Ich muss jetzt los, Jack. Ich bin sowieso schon spät dran. Wenn ich daran denke, dass ich eigentlich gleich in der Früh fahren wollte. Ich werde wahrscheinlich erst sehr spät kommen. Also mach dir keine Sorgen. Übrigens, dein Essen steht in der Küche. Falls Tina kommen sollte, es ist genug für euch beide da."

Sie küsste mich noch auf die Stirn und schon war sie weg. Erst dann wurde mir bewusst, um welchen Tag es sich handelte. Ich sprang aus dem Bett, mit einem aufgewühlten Herzen, das mir bis zum Hals schlug und die Übelkeit, die mich plötzlich übermannte, warf mich wieder in die Kissen zurück. Schweiß bildete sich auf meiner Stirn und meine blutleeren Lippen begannen leicht zu beben. Die Reaktion meines Körpers auf ein Ereignis, das eigentlich Freude bringen sollte, erschien mir lächerlich und ganz und gar übertrieben, jedoch wusste ich, dass es anders wäre, wenn es sich um ein anderes Mädchen handeln würde. Es lag nur an meinem übergroßen Respekt Tina gegenüber und an meiner Angst, irgendetwas falsch zu machen. So lächerlich dieser Gedanke war, denn es konnte nichts Falsches an dieser Liebe geben, die ich für sie empfand. Ich wollte plötzlich nicht mehr aufstehen, denn die Furcht vor diesem ersten Mal begann mich derart zu lähmen, dass ich mich direkt krank fühlte. Angesichts der Tatsache, dass es schon so spät war und ich mit Tina verabredet hatte, sie um zwölf abzuholen, musste ich mich jetzt wirklich beeilen, um pünktlich zu sein.

„Was habt ihr heute Schönes vor?", fragte mich Mrs Hennings, während ich auf Tina wartete, die sich noch ankleidete.

„Oh, eigentlich nichts Besonderes", stotterte ich. „Wir wollten schwimmen gehen. Es ist heute so ein herrlicher Tag."

„Ja, da hast du Recht", sagte sie und blickte ein wenig verträumt aus dem Fenster.

„Wer weiß, wie lange wir die Sonne noch genießen können. Der Sommer wird bald vorbei sein."

Nach einer Minute des Schweigens, in der ich das Gefühl hatte, dass die Gedanken von Tinas Mutter ganz weit von der Realität entfernt waren, drehte sie sich zu mir um und sagte: „Tina war heute den ganzen Vormittag so eigenartig. Sie schien mir furchtbar nervös. Hast du eine Ahnung, wieso sie so ist? Es ist ja hoffentlich nichts zwischen euch passiert."

Ich erschrak, fühlte mich ertappt und begann aus purer Nervosität mit meinem Wagenschlüssel herumzuspielen.

„Nein, keine Ahnung", antwortete ich, ohne sie anzublicken. Ich kam mir dabei schlecht vor, sie so zu belügen.

„Du wirst sie schon wieder aufmuntern. Versprich mir das." Ihre Stimme klang ernst und auch besorgt und plötzlich hatte ich das Gefühl, dass das Eis gebrochen war. Diese eisige Kälte, die vom ersten Augenblick unseres Zusammentreffens an zwischen uns gestanden war, die Barriere einer besorgten, aber auch eifersüchtigen Mutter dem jungen Freund ihrer einzigen Tochter gegenüber. Ich versprach es ihr, den Kopf immer noch gesenkt.

Ich atmete auf, als Tina endlich die Stufen herunterkam. So schön wie heute hatte sie noch nie ausgesehen. Sie hatte sich wirklich Mühe gegeben. Und obwohl ich wusste, dass ihre Nervosität sicher genauso stark war wie meine, beruhigte mich die Zuversicht in ihren Augen.

„Gehen wir?", fragte sie.

Ich nickte. Sie verabschiedete sich noch von ihren Eltern und dann gingen wir zu meinem Wagen. Während wir fuhren, sprachen wir kein Wort. Einige Male wollte ich ein Gespräch anknüpfen, nur um die Gedanken, die sich nur um ein Thema drehten, zu vergessen. Doch trotz einiger Bemühungen blieb es nach einigen Worten wieder still zwischen uns. Bei mir zu Hause angekommen, führte ich sie zuerst ins Wohnzimmer, wo ich für uns einen Imbiss zubereitet hatte. Doch das hätte ich mir sparen können, denn wir hatten beide keinen großen Appetit.

„Möchtest du immer noch mit mir schlafen?", fragte ich sie, während sie in meinen Armen lag und ihren Kopf in meiner Brust vergraben hatte.

„Na, was hast du denn gedacht?", schimpfte sie mit einem spitzbübischen Lächeln auf ihren Lippen. Sie begann mich zu kitzeln und als ich nach ihr greifen wollte, sprang sie auf und rannte lachend die Stufen hinauf in mein Zimmer, immer wieder kurz abwartend, ob ich ihr auch folgte, und warf sich auf das Bett. Und während ich sie mit einem festen Griff bewegungsunfähig machte, begannen sich unsere kindlichen Spiele in zärtliche Küsse und anschließend in immer stärker werdende Ekstase zu entwickeln. Wir liebten uns nicht nur das eine Mal. Über mehrere Stunden bewegten wir unsere Körper in wollüstigen Rhythmen, begleitet von langen zärtlichen Küssen und vom Streicheln unserer Hände, mit denen wir erstmals den Körper des anderen erforschten. Als ich mir dann erschöpft eine Zigarette ansteckte und den blauen Dunst gierig inhalierte, sah ich Tinas vor Glück strahlenden Augen, mit denen sie mich zärtlich betrachtete.

„Ich liebe dich", flüsterte sie.

„Ich liebe dich auch", antwortete ich und drückte sie an mich.

„Ich möchte für immer mit dir zusammen sein", fuhr sie fort.

„Und was hindert uns daran? Du weißt doch, dass ich dich heiraten möchte."

Trotzdem wirkte ihr Blick ernst. Ich konnte mir keinen Reim darauf machen. Für mich war schon seit langem alles klar. Ich hatte meine Zukunft schon bis ins hohe Alter mit ihr geplant.

„Was ist los? Du bist manchmal so ernst? Stimmt irgendetwas nicht?"

Ohne mich anzusehen, mit einem Hauch von Traurigkeit in ihren wunderschönen Augen, sagte sie: „Ich habe so ein komisches Gefühl, dass ich nicht lange genug dafür lebe."

Zutiefst erschrocken setzte ich mich auf, nahm ihr Gesicht in meine Hände und zwang sie, mich anzusehen.

„Wie kommst du auf so eine absurde Idee?", rief ich.

Ihre Stimme war dünn, als sie sagte: „Ich weiß nicht. Es ist nur ein Gefühl."

6. Kapitel

Der Sommer begann, sich dem Ende zuzuneigen. Mir wurde etwas wehmütig zumute, als ich feststellte, dass die ersten Bäume ihre Blätter verloren und die kühlen Abendlüftchen die erste Gänsehaut auf meinen Armen bildeten und ich mir das erste Mal eine Jacke überziehen musste, um nicht zu frieren. Es war nicht nur der Sommer, der zu Ende ging. Es war mein halbes Leben, zusammengepfercht auf diese paar Monate, das plötzlich durch den beginnenden Herbst zu zerrinnen drohte. Die Bäume standen wie Skelette am Wegesrand und ich begann, mir ernsthafte Sorgen zu machen. Tina und ich waren zwar immer noch glücklich wie am ersten Tag, doch irgendwie hatte ich das Gefühl, dass ein Sommer, wie wir ihn erlebt hatten, nie mehr wiederkehren würden. Erst im Oktober fiel mir das erste Mal auf, wie blass und schmal sie in den letzten Wochen geworden war. Sie war schweigsam, aß kaum etwas und man konnte direkt beobachten, wie sie von Tag zu Tag schlechter aussah und immer mehr an Lebensfreude verlor. Und immer, wenn ich sie fragte, was denn mit ihr los sei, schüttelte sie nur den Kopf, lächelte und antwortete, es wäre nichts. Sie fühle sich nur nicht so gut.

Ich machte mir Sorgen. Nächtelang fand ich kaum Schlaf. Ich lag die meiste Zeit über wach, hatte Angst um sie und um unsere Zukunft, die immer mehr verblasste. Ich hatte Alpträume, schwere Träume, in denen immer der Tod mitspielte und dann erwachte ich, mein Polster war nass von meinem Schweiß und ich fühlte, wie mir mein Leben mehr und mehr aus den Händen glitt. Irgendwann hatte ich genug von diesen Sorgen und Ängsten und dieser Ungewissheit und beschloss, Tina zum Arzt zu schicken, um der Misere endlich ein Ende zu bereiten. Es war der 28. Oktober 1956, als ich mit dem Entschluss zu ihr fuhr, sie in den Wagen zu setzen und sie ins Krankenhaus zu einer gründlichen Untersuchung zu bringen. Es war mir gleich aufgefallen, dass sie an diesem Tag anders war als die Wochen davor. Der Glanz in ihren Augen war zurückgekehrt und während der ganzen Fahrt lächelte sie in einer Weise, die ich noch nie an ihr gesehen hatte. Es war das Lächeln einer jungen Frau mit einem kleinen Geheimnis. Sie war aufgekratzt und ihre Wangen hatten wieder ein gesundes Rot, das ich so an ihr vermisst hatte.

„Wohin fahren wir?", fragte ich.

„Zum See", antwortete sie bestimmt und ihre Stimme klang geheimnisvoll.

„Zu dem Platz, an dem wir uns kennengelernt haben. Ich habe dir nämlich etwas zu sagen. Etwas sehr Wichtiges."

„Nun ist es so weit", fuhr es mir durch den Kopf. „Jetzt wird sie mir sagen, dass sie krank ist, schwer krank." Und ich begann zu hoffen, dass ich mich irrte. Doch ich glaubte nicht daran. Ich fuhr etwas schneller als sonst, da die Zeit des Wartens für mich von Sekunde zu Sekunde unerträglicher wurde. Nachdem ich den Wagen geparkt hatte, schlenderten wir am Seeufer entlang. Vor kurzem war hier alles noch so lebendig gewesen und voller Menschen. Jetzt war es einsam, leer und ein kalter Wind blies über den See. Als wir an unserem Platz angekommen waren, dachte ich an Johnny und daran, dass ich es eigentlich ihm zu verdanken hatte, dass diese wundervolle Frau jetzt zu mir gehörte. Ich beschloss, mich wieder einmal bei ihm zu melden. Wir setzten uns in die kühle Wiese und Tina streckte ihre Beine aus, wie an jenem Tag, an dem sie neben mir gelegen hatte und es mir vorgekommen war, als wäre die Sonne erst mit ihr zu ihrer vollen Entfaltung gelangt. Und ich erinnere mich daran, dass mir ihr Anblick die Kehle zugeschnürt hatte und es fiel mir auf, dass es jetzt nicht anders war. Es hatte sich nichts geändert.

„Es ist schade, dass der Sommer vorbei ist. Es war so schön, mit dir das alles zu erleben", sagte sie und nahm meine Hand.

„Und einer wird schöner sein als der andere. Du wirst sehen. Wir werden das beste Leben zusammen haben, das man sich erträumen kann. Nichts kann uns trennen. Niemals", sagte ich. Doch als ich sie küssen wollte, schüttelte sie den Kopf.

„Nicht jetzt", sagte sie. „Ich habe etwas mit dir zu besprechen, das nicht warten kann. Ich kann es nicht länger für mich behalten."

„Du bist doch nicht etwa krank? Sag mir, dass alles in Ordnung ist mit dir. Bitte!", flüsterte ich mit angsterfüllter Stimme und drückte sie an mich.

Sie lachte.

„Du erdrückst mich wieder einmal", rief sie lachend. „Du musst dich ein bisschen beherrschen. Überhaupt in der nächsten Zeit."

Anfangs wusste ich überhaupt nicht, was sie damit sagen wollte, doch es dauerte nicht lange, bis sie mich aufklärte.

„Ich bekomme ein Baby, glaube ich zumindest. Nein, ich bin mir sicher", sagte sie endlich. Und sie sagte es in einem Tonfall,, als hätte sie mir gerade das intimste Geheimnis verraten. Als hätte sie endlich jemanden gefunden, mit dem sie es teilen konnte.

Ich brachte anfangs kein Wort über meine Lippen. Ich fühlte mich wie erstarrt und erst nach einiger Zeit entspannte sich mein Körper wieder

„Du bekommst was?", fragte ich, weil ich es nicht glauben konnte.

„Du hast schon richtig gehört. Ich bekomme ein Baby. Du wirst Vater. Ich bin seit zehn Tagen überfällig", erklärte sie etwas lauter und sehr langsam, damit ich diesmal alles richtig verstand und vielleicht damit dieser dämliche Ausdruck aus meinem Gesicht verschwand. Diesmal verstand ich es. Denn ich sprang auf, nahm sie in meine Arme und wirbelte sie durch die Luft, so unendlich war meine Freude. Es war nicht nur die Freude auf unser Baby, es war hauptsächlich die Erleichterung, dass sie nicht krank war, wie ich befürchtet hatte. Und es fiel mir nicht nur ein Stein vom Herzen, sondern ein ganzer Felsen. Während ich sie so in meinen Armen hielt und wir beide vor Glück lachten und uns küssten, wurde mir bewusst, dass wir jetzt äußerst vorsichtig sein mussten. Sie musste sich schonen, damit dem Baby nichts passierte. Behutsam legte ich meine Jacke um ihre Schultern.

„Du musst jetzt wirklich auf dich, ich meine, auf euch aufpassen. Du darfst nichts Schweres heben und du musst dich gesund ernähren. Etwas Richtiges essen. Und wenn möglich, gleich doppelt so viel davon", rief ich besorgt.

„Jack, ich bitte dich. Sei nicht albern. Ich bin ja nicht krank. Ich bin nur schwanger. Das ist alles."

„Das ist alles?", rief ich. „Das ist mehr, als ich mir je erwartet hätte. Wissen es deine Eltern schon?"

Sie verneinte.

„Du bist der Einzige, der davon weiß."

„Dann müssen wir es ihnen sofort sagen und Mutter auch. Die wird ausflippen, wenn sie das hört. Du weißt doch, wie sehr sie dich mag. Und sie wäre immer schon gerne Großmutter geworden. Los, wir fahren gleich zu ihr", sagte ich.

Während wir Hand in Hand zum Wagen zurückkehrten, redete ich die ganze Zeit über wie ein Wasserfall. Ich stellte ihr so viele Fragen auf einmal, dass sie nicht einmal Zeit hatte, auf alle zu antworten.

Die Reaktion meiner Mutter war unbeschreiblich. Das war wirkliche Freude. In dem Moment, als Tina die Worte „Jack und ich werden ein Baby bekommen" ausgesprochen hatte, bewegte sich meine Mutter nicht mehr. Sie stand nur ganz steif da, den Mund geöffnet, als ob sie etwas sagen wollte, und die Augen vor Erstaunen weit aufgerissen. Es dauerte einige Sekunden, bis sie sich so weit gefangen hatte, dass sie reagieren konnte. Sie stieß einen spitzen Freudenschrei aus, rief „Oh, mein Gott. Wirklich?" und umarmte Tina so fest, dass diese vor lauter Luftmangel zu japsen begann. Erst dann schritt ich dazwischen und löste meine Mutter von ihr.

„Mum, du darfst sie jetzt doch nicht so drücken. Du erdrückst doch das Baby", sagte ich.

Meine Mutter beruhigte sich dann ziemlich rasch und entschuldigte sich bei Tina. Sie lachte nur.

„Ich bin ja so froh, dass Sie sich so freuen", sagte sie dann.

„Freuen ist kein Ausdruck. Du kannst dir nicht vorstellen, wie oft ich dem Jungen schon gesagt habe, er soll eine Familie gründen. Doch es hat nie was gebracht. Bis er dich kennengelernt hat. Und jetzt bekomme ich ein Enkelkind."

Es war nicht einfach, ihren Redeschwall zu stoppen. Wir wollten auch noch zu Tinas Eltern und ihnen Bescheid sagen. Die ahnten ja noch nichts von ihrem Glück. Während wir auf dem Weg waren, wurde Tina wieder still. Es herrschte eine eigenartige Stimmung und als ich sie danach fragte, was denn jetzt los sei, schüttelte sie nur den Kopf.

„Ich denke nicht, dass sich meine Eltern freuen werden. Sie sind in dieser Beziehung eigenartig. Ich habe etwas Angst", sagte sie.

„Wieso denn?", fragte ich. „Wir heiraten ja sowieso so bald wie möglich. Unser Kind soll ja schließlich nicht unehelich geboren werden. Also wird es nicht so schlimm werden. Du musst sicher keine Angst haben."

„Meine Eltern hätten es bestimmt lieber gesehen, wenn wir vorher geheiratet hätten."

Ich beruhigte sie, denn ich war mir sicher, Tinas Eltern würden sich genauso freuen. Doch es gelang mir nicht, Tinas Sorge zu zerstreuen. Sie blieb weiterhin still, starrte aus dem Fenster auf die vorbeiziehenden Häuser und das änderte sich auch nicht, als ich mit dem Wagen vor dem Haus ihrer Eltern anhielt.

Leider sollte Tina mit ihrer Befürchtung Recht behalten. Ihre Eltern reagierten wenig glücklich auf diese eigentlich frohe Nachricht. Sie sagten kein Wort. Mrs Hennings saß auf der Couch, bewegungslos mit ernstem Gesichtsausdruck, und Mr Hennings stand beim Fenster, blickte hinaus und paffte an seiner Zigarre. Die Stille wurde langsam peinlich. Als ich zu Tina hinübersah, bemerkte ich, wie Tränen ihre Wangen hinunterliefen. Ich wusste, es waren Tränen der Enttäuschung, denn sie hatte gehofft, dass sich ihre Eltern auch freuten, denn sie liebte ihre Eltern und es war wichtig für sie. Ich nahm schnell ihre Hand und drückte sie etwas, als Zeichen, dass ich bei ihr war, ganz egal, was passierte. Sie wandte mir ihren Kopf zu, lächelte und flüsterte:

„Wir werden es schon schaffen. Zusammen."

Dieser Meinung war ich auch. Denn wenn das Baby erst einmal auf der Welt war, würden es Tinas Eltern genauso lieben wie wir.

„Und was denkt ihr, wie es weitergehen soll? Wie stellt ihr euch eure Zukunft vor?", fragte Mr Hennings mit rauer Stimme, die streng in die Stille hallte.

„Wir wollen so bald wie möglich heiraten", sagte ich.

Wieder folgte Stille. Dann sagte er, ohne mich anzusehen:

„Ihr heiratet in zwei Wochen. Und bis dahin darf niemand wissen, dass Tina schwanger ist."

Wir gingen, ohne dazu aufgefordert worden zu sein. Das Benehmen der beiden war für uns Aufforderung genug. Es war für mich schwierig, Tina an diesem Abend wieder aufzumuntern. Ihre Enttäuschung war zu groß und ich konnte das allzu gut verstehen. Ich ertappte mich dabei, wie ich begann, ihre Eltern zu hassen. Ihnen war es nicht wichtig, dass Tina glücklich war, sondern für sie zählte nur die Meinung der Nachbarn. Und diese durften ja nicht erfahren, dass ihre, ach so brave Tochter unehelich schwanger war. Sie durften nicht enttäuscht werden, denn man lebte für die Zufriedenheit der anderen. Wut stieg in mir hoch, als ich darüber nachdachte. Ich hatte immer gedacht, dass reife Menschen, erwachsene Menschen, etwas in ihrem Leben gelernt hatten: nämlich, dass nichts so wichtig sein konnte wie das Glück der eigenen Familie. Nicht ein Glück, dass sie sich für ihre Kinder ausgedacht hatten, sondern auch das Glück, für das sie sich entschieden hatten. Denn immerhin war Tina kein kleines Kind mehr. Sie war eine zwanzigjährige, junge Frau, am Beginn ihres Lebens und sie trug das Kind des Mannes unter ihrem Herzen, der sie mehr liebte als irgendetwas anderes auf der Welt. Ich wusste, wie schwierig es für Tina jetzt sein würde, das Kind auf die Welt zu bringen, denn ich war mir sicher, dass sie sich an dem Streit mit ihren Eltern die Schuld gab.

„Ich möchte, dass du zum Arzt gehst", sagte ich.

„Wieso das denn?", fragte sie und blickte mich verstört und erschrocken an.

„Naja, weil ich wissen möchte, ob mit dem Baby alles in Ordnung ist. Ist doch normal."

„Es ist alles in Ordnung. Was soll denn nicht stimmen?", fuhr sie mich an. Ihre Stimme war laut, unbeherrscht und dann sah ich ihre Augen. Sie waren so voller Angst und ihre Lippen bebten. Ich erschrak.

„Um Gottes Willen, was ist denn plötzlich mit dir los?", rief ich. „Ich möchte doch nur das Beste für das Kind und für dich. Und du tust so, als würde ich dich zum Schafott bringen."

Tina war kreidebleich geworden. Ihre Hände zitterten, als sie sich eine Haarsträhne aus der Stirn wischte.

„Ja, so fühle ich mich", flüsterte sie mit fast tonloser Stimme.

Ich öffnete den Mund, um etwas zu entgegnen, doch als ich sie neben mir sitzen sah, mit diesem ausdruckslosen Gesicht und den angsterfüllten Augen, sagte ich nichts mehr.

Als wir abends bei meiner Mutter am Tisch saßen, war sie aufgekratzt wie immer. Es schien sogar so, als wäre heute überhaupt nichts gewesen. Sie lachte, schmiedete Pläne für die Zukunft. Meine Mutter und sie besprachen die Einrichtung des Hauses und sogar die Ausstattung für das Baby. Ich verhielt mich die ganze Zeit über sehr ruhig, trank ein Bier und rauchte eine Zigarette. Es war mir einfach unverständlich, was heute mit Tina los war. Seit ich sie kannte, hatte ich sie noch nie so erlebt. Es MUSSTE einfach etwas nicht stimmen. Trotzdem beschloss ich, dieses Thema lieber nicht mehr zu erwähnen. Auch nicht, als ich sie nach dem Essen nach Hause brachte. Sie war es, die als Erstes sagte:

„Du bist heute die ganze Zeit so still gewesen. Bist du böse auf mich?"

„Nein, ich bin nicht böse", antwortete ich. „Ich möchte nur wissen, was heute in dich gefahren ist, als ich dich gebeten habe, zum Arzt zu gehen. Da stimmt doch etwas nicht. Bitte sag mir die Wahrheit."

Ich rechnete damit, sie wieder zu verärgern. Aber ich konnte nicht mehr schweigen. Ich musste es wissen. Immerhin ging es ja auch um mein Kind. Und das ging mich sehr wohl etwas an. Doch entgegen meiner Erwartungen lächelte sie nur und sagte in auffallend fröhlichem Tonfall:

„Ich weiß, dass mit dem Kind alles in Ordnung ist. Ich mag Arztbesuche nur nicht. Das ist alles. Ich hatte einmal ein furchtbares Erlebnis bei einem Arzt, als ich klein war. Ich hatte mir den Arm gebrochen und der Arzt musste ihn mir nach dem Einrenken noch einmal brechen, weil er sonst schlecht verheilt wäre. Und seitdem habe ich Angst vor Ärzten. Das verstehst du doch, oder?"

Tinas Erklärung schien mir einleuchtend. Ich beschloss also, sie nicht weiter zu quälen und einfach nur abzuwarten. Irgendwann würde sie selbst zum Arzt gehen. Dessen war ich mir sicher. Bisher war nur klar, dass sie ihre Tage nicht bekommen hatte. Die Schwangerschaft musste ja einmal von einem Arzt bestätigt werden.

„Das wusste ich nicht", sagte ich und küsste sie. „Tut mir leid."

„Das braucht dir nicht leidzutun. Es ist schon okay", antwortete sie und stieg aus. „Bis morgen dann."

„Ja, bis morgen", sagte ich noch und machte mich auf den Weg nach Hause.

Als ich später im Bett lag, dachte ich noch einmal über Tinas Worte nach. Ich zwang mich dazu, ihr zu glauben, aber doch hatte ich irgendwie das Gefühl, dass sie mir nicht die Wahrheit sagte. Und weil mein Kopf voll von Gedanken war, konnte ich nicht einschlafen. Es war schon weit nach Mitternacht, als ich mir einredete, nur Unsinn zu denken, und mich auf die Seite drehte. Es würde sich für alles eine Erklärung finden und dann würden Tina und ich und das Baby eine eigene kleine Familie sein.

Herbst

7. Kapitel

Die kalte Zeit des Jahres hatte begonnen. Anfangs war es mir gar nicht so aufgefallen, dass die Luft langsam, aber sicher abkühlte. Die erste Zeit war es nur angenehm gewesen, nicht mehr in dieser drückenden Hitze im Postamt zu sitzen, doch als ich eines Tages einen Blick aus dem Fenster warf, entdeckte ich voll Erstaunen den ersten Raureif auf den Rosenstöcken in unserem Garten. Es war der Tag, an dem ich zu meinem Wagen ging, das Dach vorschob und als ich die Verankerung verriegelte, wurde mir bewusst, dass ich es bis zum nächsten Jahr nicht mehr öffnen würde. Es wurde mir bei dem Gedanken etwas wehmütig zumute. Denn die Ungewissheit, was sich wohl alles in meinem Leben ändern würde, bis ich wieder mit offenem Verdeck im Wagen saß, ließ mich leise aufseufzen. So viel hatte sich seit demSommer geändert. Tina und ich waren verheiratet und wir wohnten in einem der kleinen Häuser in derselben Straße wie meine Mutter. Wir hatten das zukünftige Kinderzimmer mit viel Geduld und mit noch mehr Liebe geschmackvoll eingerichtet. Das Gitterbett, eine Gehschule, den Wickeltisch und jede Menge Spielsachen. Sogar der kleine, rosafarbige Schrankwar bereits vollgeräumt mit den süßesten Babysachen. Ich fand diese Eile, die Tina an den Tag legte, zwar etwas übertrieben, aber da ich ihr die Freude nicht verderben wollte, schwieg ich und betrachtete die Situation mit einem sehr wohlwollenden Lächeln. Auch meine Mutter hatte – wie konnte es auch anders sein – sehr viel Spaß dabei.

Tinas Eltern hatten sich mit der Zeit mit dem Gedanken abgefunden, dass ihre Tochter geheiratet hatte und Mutterfreuden entgegenblickte. Es war ihnen auch nichts anderes übrig geblieben, als sich dem bereits Geschehenen zu beugen. Im Großen und Ganzen sah unsere Zukunft mehr als nur rosig aus. Das Einzige, das mich beunruhigte war, dass sich Tina immer noch standhaft weigerte, einen Arzt aufzusuchen. Sie schien sich überhaupt wenig aus ihrem Gesundheitszustand zu machen. Zumindest schien mir das so. Sie aß mehr und wurde auch rundlicher, aber je weniger Gedanken sie sich machte, desto mehr breitete sich innere Unruhe in mir aus.

Eines Abends geschah etwas, mit dem niemand von uns gerechnet hatte.

Der Tag in der Arbeit war anstrengend gewesen und ich freute mich mehr denn je auf einen gemütlichen Abend zu Hause bei meiner Frau. Außerdem erwarteten wir Johnny zum Essen und ich wollte Tina in ihrem Zustand mit den Vorbereitungen nicht alleine lassen. Doch als ich, ein Liedchen trällernd, die Wohnungstüre aufsperrte und rief „Hallo, mein Schatz, wo bist du denn?", erschrak ich zutiefst.

Tina lag im Wohnzimmer auf der Couch, sich vor Schmerzen windend und ihr Gesicht war grau und verzerrt. Sie stöhnte. Ich lief zu ihr.

„Was ist denn um Gottes Willen mit dir los?", rief ich.

Doch sie antwortete nicht. Ihr Blick war starr und leblos, sie schien mich nicht einmal richtig zu bemerken. Ich nahm ihr Gesicht in beide Hände, hob es auf und küsste sie sanft auf die Stirn.

„Einen Arzt, schnell, bitte! Diese Schmerzen. Sie sollen aufhören, bitte", stöhnte sie und weinte.

Ich war ratlos, wich zuerst erschrocken einen Schritt zurück und begann etwas verstört zu stammeln: „Ist es das Baby?"

Doch als ich meine Frau dort so liegen sah, ihr schönes Gesicht aschfahl und schweißnass, wie sie mich mit ihren blauen, ehemals glänzenden Augen flehend anblickte, lief ich hinaus auf die Straße.

Wie in Trance rannte ich den Weg hinunter zu meiner Mutter, da ich unfähig war, eine Entscheidung zu treffen. Einerseits wusste ich, dass Tina dringend Hilfe benötigte, doch andererseits war ich mir in meinem Innersten schon ganz sicher, dass sie an einer schrecklichen Krankheit litt. Als mir meine Mutter die Türe öffnete, fiel ich ihr gleich weinend um den Hals, wie ein kleines Kind, das Schutz suchte. Sie blickte mich erschrocken an und rief:

„Jack, was ist denn passiert?"

Ich konnte in dem Moment nicht einmal sprechen, so sehr wurde ich von Weinkrämpfen geschüttelt, die aus dem Innersten meines Herzens aus mir herausbrachen, ähnlich einer Lawine, die ich um nichts in der Welt zu stoppen vermochte.

„Wir brauchen sofort einen Arzt", stieß ich endlich schluchzend hervor. „Tina hat furchtbare Schmerzen. Wir müssen ihr helfen. Ich habe Angst, dass das Baby oder sie sonst sterben."

Es ging dann alles furchtbar schnell. Als der Krankenwagen kann, hatte mir meine Mutter geholfen, einige Dinge für Tina einzupacken, die sie für den Krankenhausaufenthalt benötigen würde. Der Notarzt, ein kleiner, dicker Mann mit weißem Haar, gab ihr noch eine Spritze gegen die Schmerzen, bevor sie auf die Krankenbahre gelegt wurde. Ich kniete neben ihr auf dem Boden und streichelte ihre Hand.

„Wird sie wieder gesund?", fragte ich den Arzt.

Dieser schüttelte nur zweifelnd den Kopf, nahm seine Brille ab und begann sie zu putzen.

„Ich würde Ihnen gerne sagen, dass sie bald wieder gesund wird. Aber das kann ich nicht. Es müssen erst ein paar Untersuchungen gemacht werden, um festzustellen was genau ihr fehlt."

Die Bestimmtheit, mit der er das sagte, erschreckte mich. Ich hatte gehofft, dass er lächelnd sagen würde, dass es sich nur um einen Schwächeanfall handelte und dass ich mir keine Sorgen machen müsste. Ich muss wirklich total zerstört ausgesehen haben, denn plötzlich legte er seine Hand auf meine Schulter und fügte hinzu:

„Es tut mir wirklich leid. Ich weiß, dass es schlimm für Sie ist, aber wir müssen wirklich erst die Ergebnisse der Untersuchungen abwarten. Vorher kann man nichts mit Bestimmtheit sagen."

Ich zwang mich dazu, mich mit dem Gedanken zu beruhigen, dass er jedem anderen dasselbe gesagt hätte. Und ich zwang mich auch dazu, mir einzureden, dass sie spätestens in ein paar Tagen wieder gesund und munter sein würde. Als sie Tina zum Krankenwagen brachten, hatte ich nicht einmal mehr die Kraft, aufzustehen und mitzufahren. Ich beschloss also, noch eine Weile sitzen zu bleiben, eine Zigarette zu rauchen und dann, wenn ich mich etwas gefasst hatte, mit dem Wagen zum Krankenhaus zu fahren. Ich wollte auf keinen Fall, dass Tina mich so sah, denn sie jetzt zu beunruhigen, wäre sicher nicht richtig gewesen. Ich stand beim Fenster und beobachtete den Krankenwagen, der mit heulender Sirene und quietschenden Reifen aus der Einfahrt fuhr. In meinem Kopf herrschte plötzlich Leere, der dumpfe, pochende Schmerzen folgten. Ich begann, mich müde zu fühlen, ohne echtes Schlafbedürfnis zu empfinden. Dazu war ich viel zu aufgewühlt, denn meine Gedanken waren bei meiner Frau, von der ich nicht einmal wusste, ob sie noch lebte, wenn ich zu ihr kam. Ich fuhr noch einige Minuten damit fort, aus dem Fenster zu starren, zu rauchen und zu weinen. Meine Mutter stand schweigend neben mir und strich mir tröstend über mein Haar. Es fiel mir auf, dass sie das schon sehr lange nicht mehr getan hatte. Das letzte Mal lag sicher schon zehn Jahre oder mehr zurück, als ich mir mein Bein gebrochen und stundenlang gebrüllt hatte. Plötzlich kam es mir so vor, als wäre das erst gestern gewesen.

Ich begann, mich an Dinge zu erinnern, die eigentlich schon viel zu lange in Vergessenheit geraten waren. Ich konnte sehen, wie belebt die Straße vor Jahren noch gewesen war, wie viele Kinder wir gewesen waren die herumtobten und die Anrainer zur Verzweiflung getrieben hatten. Die Bilder, die sich vor meinem geistigen Auge bildeten, waren so echt, dass ich sogar Johnny sehen konnte, den kleinen, dicken, ungeschickten Johnny, den die anderen immer geärgert hatten und den ich immer verteidigen musste. Mutter riss mich jäh aus meinen Vergangenheitsträumen. Sie sagte:

„Du solltest jetzt fahren, um nach Tina zu sehen. Ich werde inzwischen ihre Eltern benachrichtigen, falls es das Krankenhaus noch nicht getan hat."

Ich nickte stumm, ohne mit den Gedanken wirklich in die Realität zurückgefunden zu haben. Ich weigerte mich, das zu tun. Denn was mich in der Gegenwart erwartete, wirkte auf mich trüb und ich wusste einfach, dass etwas Schreckliches auf mich zukommen würde.

Als ich ging, küsste ich meine Mutter noch auf die Wange und sagte, als sie mich erstaunt ansah: „Als Dank, dass du bei mir bist."

Auf dem Weg ins Krankenhaus wurde ich immer nervöser und vor allem die Angst um Tina schnürte mir förmlich die Kehle zu. Im Krankenhaus angekommen, schickte man mich gleich in ihr Zimmer und mir fiel ein Stein vom Herzen, als ich Tina sah. Sie lag in ihrem Bett und es hatte den Anschein, als ginge es ihr viel besser. Sie lächelte schwach, als sie mich sah.

Sie streckte die Hand nach mir aus und ich nahm sie.

„Weißt du schon, was dir fehlt? Und vor allem, was jetzt mit dem Baby ist. Ist es gesund?", sprudelten die Fragen aus mir heraus, die schon die ganze Zeit an mir genagt hatten.

Tinas Gesicht wurde sehr ernst. Ihre Augen waren matt und ihre Finger krampften sich um mein Handgelenk.

„Wir werden kein Baby haben", flüsterte sie mit tränenerstickter Stimme. „Ich war nie schwanger. Sie meinen, es wäre ein Geschwür oder ein Tumor, das den Anschein einer Schwangerschaft vermittelte."

So sehr mich diese Nachricht auch bestürzte und erschütterte, versuchte ich dennoch, ihr gegenüber die nötige Fassung zu bewahren. Ich versuchte zu lächeln und sagte: „Wir werden daran arbeiten, wenn du wieder gesund bist. Lass dir deshalb nur keine grauen Haare wachsen."

Ich wusste, dass meine Worte nicht sehr überzeugend klangen n, doch ich hoffte trotzdem, ihr ein wenig über diese Enttäuschung hinweggeholfen zu haben. Dass es mir nicht ganz gelungen war, sah ich an ihren Augen. Sie lächelte zwar schwach, doch der Zweifel, den sie hegte, stand ihr in ihre Augen geschrieben. Klar und deutlich zu lesen.

„Ja, das machen wir bestimmt", sagte sie.

Sie hatte bereits Mühe, ihre Augen offen zu halten und nachdem sie eingeschlafen war, verließ ich leise das Zimmer. Als ich die Türe hinter mir geschlossen hatte und ich mich umdrehte, stand Johnny hinter mir. Er hatte einen großen Blumenstrauß in der Hand.

„Hallo, Jack. Wie geht's Tina?", fragte er.

„Ich weiß es noch nicht", antwortete ich.

„Mach dir nur keine voreiligen Gedanken. Sie wird bestimmt bald wieder auf den Beinen sein", sagte er und legte seine Hand auf meine Schulter. „Wenn du irgendetwas brauchst, dann komm zu mir. Zu jeder Zeit, wann immer du willst. Auch wenn es spät in der Nacht ist", fügte ich hinzu.

Ich wusste, dass er das Baby absichtlich nicht erwähnt hatte und ich wusste, er tat es deshalb nicht, um meine Gefühle zu schonen. Ich war erleichtert, dass er mir keine Fragen stellte, deren Beantwortung mich sicher wieder zum Weinen gebracht hätte und ich war gerührt, weil ich feststellen musste, dass ich eigentlich schon lange, zu lange, vergessen hatte, dass Johnny ein wahrer Freund war. Der Beste, den ich je hatte und den ich je haben würde. Er drückte mir noch die Blumen in die Hand.

„Die sind für Tina. Gib sie ihr bitte und grüße sie von mir", sagte er.

Als er ging, blickte ich ihm noch einige Zeit stumm nach. Plötzlich entdeckte ich einen der Ärzte, der den Flur heraufkam. Ich stürzte auf ihn zu, die Blumen ließ ich achtlos zu Boden fallen.

„Herr Doktor, bitte warten Sie einen Moment!", rief ich.

Er blieb stehen und wandte seinen Kopf in meine Richtung.

„Sind Sie Mr Smith?", fragte er.

Ich nickte und wieder kam ein ungutes Gefühl in mir hoch und ich spürte die Angst, die meinen Rücken hinaufkroch und die sich wieder wie eine unsichtbare Hand um meinen Hals legte, und mein Mund wurde trocken.

„Ich wollte Sie sowieso sprechen. Gehen wir doch in mein Büro", sagte er.

Ich folgte ihm und versuchte, so ruhig wie möglich zu bleiben. In seinem Büro angekommen, bot er mir gleich Platz an. Ich fummelte mit zittrigen Fingern nach meiner Zigarettenschachtel, doch sie fiel mir auf den Boden und da ich mit den Nerven schon völlig am Ende war, kamen mir wieder die Tränen. Stumm liefen sie über meine Wangen. Ich wischte sie unauffällig mit meinem Handrücken weg. Ich schämte mich vor dem Arzt.

„Was ist mit meiner Frau?", rief ich. „Niemand kann oder will mir sagen, was ihr fehlt. Ich muss es jetzt wissen."

Ich hatte es inzwischen geschafft, die Schachtel und die herausgefallenen Zigaretten vom Boden aufzulesen und ich steckte mir gleich eine an, ohne um Erlaubnis zu fragen.

„Deshalb sind Sie jetzt hier", sagte der Arzt mit erschreckend ruhiger Stimme.

Er steckte sich in aller Ruhe eine Zigarre an und lehnte sich in seinem Stuhl zurück. Ein blauer Schleier vom Rauch der Zigarre zog sich sanft über sein braungebranntes Gesicht.

„Um es kurz zu machen. Ein Teil der Untersuchungen sind bereits abgeschlossen. Sie haben ergeben, dass Ihre Frau ein Geschwür an der Gebärmutter hat. Ob es nun gutartig ist oder nicht, können wir noch nicht sagen. Dazu müssen wir eine Gewebeprobe entnehmen. Wir werden sie jedoch auf jeden Fall operieren müssen. Trotzdem sollten Sie sich noch keine Sorgen machen. Wir werden die Untersuchungen so schnell wie möglich beenden und Sie dann umgehend in Kenntnis setzen. Also, es muss nichts Beunruhigendes sein. Mehr kann ich Ihnen im Moment noch nicht sagen, so leid es mir tut", sagte er.

Jetzt war sie endlich da. Die Leere in m einem Kopf. Ich empfand es als angenehm, so plötzlich an nichts mehr denken zu müssen. Ich hatte die Worte des Arztes schon vergessen, kaum hatte er geendet Ein dumpfes Pochen zog sich langsam von einer Schläfe zur anderen und von einer Sekunde auf die andere kam es mir so vor, als würde mein Schädel gleich explodieren. Ich riss meine Arme hoch und drückte meine Daumen gegen die Schläfen. Das Pochen wurde immer schlimmer. Ich presste meine Augen zusammen und drückte immer stärker, bis mir schien, als würden meine Finger zerbersten. Als ich wieder aufblickte, wurde mir schwarz vor Augen und irgendwann überkam mich die angenehme Finsternis und meine Seele entfernte sich von meinem Körper. Ich kam erst wieder zu mir, als ich an den Schultern gerüttelt wurde.

„Wachen Sie auf!", hörte ich die Stimme des Arztes wie aus weiter Ferne.

Ich öffnete die Augen und fand mich neben dem Stuhl auf dem Rücken liegend wieder. Der Arzt half mir auf die Beine, die noch so schwach waren, dass sie mich noch nicht richtig zu tragen vermochten.

„Geht es Ihnen schon besser?", fragte er und blickte mich besorgt an.

Ich nickte, fingerte nach meinen Zigaretten und steckte mir eine an. Da es die letzte in meiner Schachtel war, zerknüllte die Packung und warf sie auf den Tisch. Ich schluckte, um nicht vor dem Arzt in Tränen auszubrechen.

„Sie müssen sich beruhigen. Es steht ja immerhin noch gar nichts fest. Vielleicht ist sie bald wieder auf den Beinen. Gehen Sie jetzt nach Hause und wir rufen Sie an, sobald wir Genaueres wissen", sagte er und seine Stimme klang immer noch ruhig und gefasst. Ich dachte daran, wie vielen Menschen er täglich schlechte Nachrichten über den Gesundheitszustand ihrer Verwandten oder Freunde überbringen musste und tief empfundene Bewunderung für diesen Mann überkam mich. Als ich das Krankenhaus verlassen hatte und ich mich noch einmal umblickte, kam ich mir wie ein verlassenes Kind vor, dessen Welt in sich zusammengebrochen war.

8. Kapitel

Es war morgens oder abends.
Es war hell oder dunkel.
Es war kalt oder warm.
Ich war tot oder ich lebte.

Ja, ich glaubte noch zu leben. Zumindest fühlte ich, dass ich atmete. Ich sog Luft ein und dann stieß ich sie wieder aus. Und ich konnte mich bewegen. Meine Füße, meine Hände, auf und ab. Ja, ich lebte noch, obwohl ich mir da gar nicht so sicher war. Medizinisch lebte ich. Mein Herz funktionierte, obwohl es schmerzte und mein Blut schoss durch meine Adern, rasend schnell und heiß. Es pochte, es sollte mir Leben geben. Doch ich hatte keines mehr. Ich saß zu Hause beim Fenster auf einem Stuhl, die Beine hatte ich hochgelagert und so starrte ich auf die Straße. Wieder auf die Straße, die, wie ich, so sehr an Leben verloren hatte. Sie kam mir dunkel und traurig vor. Wie eine leere Schale ohne Leben. Sie war einfach nur da. Wie ich. Nur sie und die Häuser rund um sie waren aus Stein und ich war es nicht. Ich dachte an Tina. An die wundervolle, kurze Zeit, die wir miteinander verbracht hatten. Diese herrliche Zeit, die mir so viel gegeben hatte. Immer wieder sah ich ihr Gesicht vor mir, diese fröhlichen Augen und dieses wunderbare Lächeln.

Niemand musste mir sagen, dass Tina sterbenskrank war. Ich musste nicht auf den Anruf des Arztes warten, der mir schonend mitteilen würde, dass sie Krebs hatte. Ich wusste es bereits und je mehr ich darüber nachdachte, desto sicherer wurde ich mir, dass ich es die ganze Zeit über schon gewusst hatte. Seit jenem Tag, an dem sie mir über den Weg gelaufen war und mein Herz erobert hatte mit diesem Lachen.

Die Nacht löste den Tag ab, ohne dass ich es richtig registrierte und dann wurde es wieder Nacht und irgendwie kam es mir so vor, als ob es das Licht wäre, das den Häusern der Straße jetzt einen Hauch von Leben gab. Leben, das es vorher nicht gab. Und so war es mit Tina. Sie durfte nicht sterben. Ich redete mir das ein, stundenlang. Sie wird nicht sterben. Niemals. Doch ich wusste, dass es anders war. Und ich wusste, dass ich nicht ohne sie kein richtiges Leben führen konnte.

Es war gerade wieder Tag geworden als meine Mutter kam. Ich hörte sie nicht, wie sie die Türe öffnete. Erst als sie neben mir stand und ihre Hand auf meine Schulter legte, schreckte ich auf.

„Jack", sagte sie und ihre Stimme hallte in meinem Kopf. „Das Krankenhaus hat angerufen. Du sollst sofort hinkommen."

Ich hatte mir immer wieder ausgemalt, wie ich reagieren würde. Ob ich einfach aufspringen und aus dem Haus laufen würde oder ob ich anfangen würde zu weinen. Doch jetzt war alles ganz anders. Ich nickte nur stumm, ohne die geringsten Anstalten zu machen, aufzustehen.

„Soll ich mitkommen?", fragte sie.

„Nein", sagte ich und meine Stimme war rau, so ausgetrocknet war meine Kehle.

„Ich werde alleine gehen."

Wieder hatte ich Gelegenheit, die Liebe meiner Mutter aufs Neue zu entdecken. Denn sie schwieg, strich mir über meine Wange und drehte sich um.

„Wenn du etwas brauchst … Ich bin für dich da", sagte sie noch.

Als sich die Türe hinter sich geschlossen hatte, hätte ich eigentlich sofort aufstehen und ins Krankenhaus fahren müssen. Doch meine Beine waren wie gelähmt. Ich wollte es einfach dabei belassen, es noch nicht genau zu wissen, wie es um Tina stand. Ich wollte mir einfach einen kleinen Hoffnungsschimmer lassen, einen Hauch von Hoffnung, an dem ich mich klammern konnte. Denn ich wusste, wenn mir der Arzt mitteilte, dass sie sterben würde, wären seine Worte endgültig und dann gäbe es keine Hoffnung mehr. Es verstrichen wieder einige Minuten, bevor ich mich doch dazu entschloss, aufzustehen.

Als ich mit meinem Wagen vor dem Krankenhaus angekommen war, ließ ich noch gut zwanzig Minuten vergehen, bevor es sich nicht mehr vermeiden ließ, es zu betreten. Die Schwester bei der Ambulanz schickte mich sofort in Dr. Petersons Büro. Ich klopfte bevor ich eintrat. Dr. Peterson, es war derselbe Arzt wie beim letzten Mal. Saß hinter seinem Schreibtisch in wartender Position, so als ob er nur auf mich gewartet hätte.

„Mr Smith, ich habe gerade an Sie gedacht,", sagte er und bot mir Platz an.

Sein Gesicht war ernst. Ich bemerkte, wie er angestrengt nach den richtigen Worten suchte.

„Möchten Sie etwas trinken?", fragte er. Ich verneinte.

„Sagen Sie mir jetzt bitte endlich, was mit meiner Frau los ist", drängte ich ihn. Ich wollte Gewissheit haben, auch wenn die Wahrheit vielleicht noch so furchtbar war.

„Wir haben jetzt alle Untersuchungen beendet, manches sogar sicherheitshalber wiederholt und es steht ohne Zweifel fest, dass Ihre Frau an Gebärmutterhalskrebs leidet", sagte er.

Obwohl ich mir diese Szene schon an die hundert Mal in jeder nur erdenklichen Möglichkeit vor meinem geistigen Auge vorgestellt hatte, reagierte ich jetzt anders. Eigentlich reagierte ich gar nicht. Ich saß nur da, stumm und bewegungslos und murmelte dann:

„Krebs?"

Ich war mir der Endgültigkeit dieses Wortes nicht bewusst. Es nagte nur in meinem Kopf. Man konnte dieses Wort in verschiedenen Tonlagen vor sich hersagen, sanft, laut oder leise. Und immer wieder würde dasselbe Ende dahinterstehen. Der Tod. Mir begann, w schwindelig zu werden und ich hielt mich an der Tischkante fest, um nicht wieder zu fallen.

„Sie wird doch wieder gesund werden?", flüsterte ich, obwohl ich seine Antwort jetzt schon kannte.

Dr. Peterson seufzte. Er lehnte sich zurück und vergrub sein Gesicht in den Untersuchungsergebnissen.

„Die Heilungschancen sind sehr gering. Wir werden natürlich unser Möglichstes tun, aber viel Hoffnung gibt es nicht mehr."

Ich stand auf und wunderte mich gleichzeitig über die Kraft, die ich noch hatte. Bevor ich ging, drehte ich mich noch einmal um und fragte:

„Weiß sie es schon?"

Dr. Peterson nickte.

„Gehen Sie jetzt zu ihr. Sie wird Sie jetzt sicher brauchen. Vor allem Ihre Hilfe."

Tina saß in ihrem Bett. Sie hatte mir den Rücken zugewandt, als ich eintrat. Ich machte mich nicht gleich bemerkbar. Ich beobachtete sie wie ein kostbares Juwel, das ich ein letztes Mal glänzen sah, bevor es für immer verlosch. Als ich sie so dasitzen sah, bemerkte ich, wie ruhig und gelöst ihr Körper wirkte und von hinten sah sie so aus wie immer. Genauso wie vor ein paar Tagen, als ihre Zukunft noch ungeschrieben war. Und innerhalb dieser paar Tage war das letzte Kapitel ihres Lebens schon fast fertig. Ein kurzer Roman, dessen Höhepunkt so knapp vor dessen Ende war.

„Ich weiß, dass du da bist", sagte Tina plötzlich, ohne sich umzudrehen.

„Ja, ich bin da", flüsterte ich.

Ich ging zu ihr, setzte mich neben sie auf den Bettrand und legte meine Hand auf ihre. Ich wunderte mich, dass ihr Körper noch so warm war, so voller Leben und ich fragte mich wieder einmal, ob das Ganze nicht doch ein Irrtum war. Denn ich verstand einfach nicht, dass so ein warmer, lebendiger Körper einfach sterben konnte. Sie wandte mir ihr Gesicht zu.

„Sie sagen, ich werde sterben", sagte sie und sie sagte es so, als ob es dabei gar nicht um sie ginge. Als redete sie über eine ganz andere Person, über jemanden, den sie nicht einmal kannte.

„Ich weiß", sagte ich und ich musste schlucken, da ich wieder kurz davor war, meinen Gefühlen freien Lauf zu lassen und ich wollte jetzt nicht weinen. Ich wollte sie einfach festhalten und sie an mich drücken, damit der Tod sie mir nicht wegnehmen konnte.

„Das wird nie passieren", sagte sie und ihre Stimme klang beinahe fröhlich. „Du wirst mich nicht hergeben, stimmt's?"

„Nein, natürlich nicht", antwortete ich und starrte zu Boden. „Niemals." Es folgte wieder Schweigen. Erst nach einiger Zeit fiel sie mir um den Hals, drückte mich an sich und küsste mich auf den Mund. Sie lachte. Ich wusste, es sollte fröhlich klingen, doch es klang künstlich und eher traurig.

„Ich darf morgen nach Hause. Wirst du mich holen?"

Ich nickte, hatte die Augen geschlossen und lehnte meinen Kopf an ihre Schulter. Es kam mir so vor, als würde ich sie ein letztes Mal in meinen Armen halten. Und ich wünschte, ich hätte sie jedes Mal so intensiv gehalten. Als ich ging, winkte sie mir noch zu und sie lächelte dabei.

„Sie hat überhaupt nicht verstanden, was eigentlich mit ihr los ist", sagte ich zu meiner Mutter, als ich ihr davon erzählte. Ich war sofort nach dem Krankenhaus zu ihr gefahren. Ich konnte nicht alleine in unser verlassenes Haus zurückkehren, unser Heim mit dem bereits fertig eingerichteten Kinderzimmer. Meine Mutter hielt ihren Kopf gesenkt. Sie weinte, schluchzte vor sich hin und murmelte: „Nein, das kann nicht sein. Es darf einfach nicht passieren. Sie ist so ein liebes Mädchen. Und so jung." Und ich saß neben ihr, tröstete sie, ohne selbst daran zu glauben und irgendwann, nachdem meine Worte alle Hoffnung verloren hatten, begann ich auch zu weinen.

„Was soll ich denn nur ohne sie machen?", fragte ich und meine Stimme war nur mehr ein von Weinkrämpfen unterbrochenes Flüstern. Doch so sehr mir meine Mutter in meinem Leben auch geholfen haben mag, auf diese Frage wusste selbst sie keine Antwort. Sie zuckte mit den Achseln, selbst unfähig zu antworten und wischte ihre Tränen von den Wangen. Ich hatte mir auch keine Antwort erwartet. Und eigentlich hatte ich mir die Frage selbst gestellt.

Wir saßen bis spät in die Nacht nebeneinander in der Küche. Die Uhr tickte leise und die Zeit, die immer knapper wurde, lief gnadenlos weiter. Minute um Minute, Stunde um Stunde und irgendwann Tage um Tage. Und niemand wusste, wie viele Tage oder Wochen es es dauern würde, bis Tinas Zeit abgelaufen war. Ihre Zeit und auch meine. Und wie viele Jahre hätten wir noch haben können, Jahrzehnte. Und vielleicht hätten wir auch zusammen sterben können. Und keiner von uns beiden hätte sich dann alleine durch den Rest seines Lebens quälen müssen, immer die Gewissheit vor Augen, dass es den anderen nicht mehr gab.

Ich ging nicht mehr zurück in mein Haus. Meine Mutter hielt es für besser, wenn ich diese Nacht bei ihr verbrachte. Sie überzog das Bett in meinem Zimmer, in dem ich schon so lange nicht mehr gewesen war. Und als ich weit nach Mitternacht in mein Bett kroch, fühlte ich mich einsamer als je zuvor. Ich war nicht müde. Ich hätte auch nicht einschlafen können. Zu sehr war ich mit meinen Gedanken bei Tina und ich konnte meine Augen nicht schließen, so sehr brannten sie von meinen Tränen. Das Licht der Straßenlaterne fiel durch das Fenster und beleuchtete die Wand, an der meine Poster hingen. Und genau vor mir sah ich das Bild von Elisabeth Taylor und ich blickte in ihr Gesicht, das dem Tinas so sehr ähnelte. Bei ihrem Anblick begann ich wieder zu weinen. Ich drehte mich auf den Bauch, um dieses Bild nicht mehr vor meinen Augen zu haben und weinte meinen ganzen Kummer und meinen ganzen Schmerz in mein Kissen. So lange, bis ich irgendwann einschlief.

Ich hatte wirre Träume. Und die Bilder in meinem Kopf waren so echt, dass ich am Morgen schweißgebadet aufwachte und mein Kopfkissen nass von meinen Tränen war. Ich ging nicht zur Arbeit und ich nahm mir vor, nie wieder zur Arbeit zu gehen. Ich wollte nicht mehr an diesem Platz sitzen, an dem ich gesessen hatte, als ich mit vor Aufregung klopfendem Herzen auf unser erstes Rendezvous gewartet hatte.

Meine Mutter hatte Frühstück für mich vorbereitet, doch der Kloß, der in meinem Hals steckte, machte es mir unmöglich, auch nur einen Bissen zu essen. Mit aller Überwindung, die ich aufbringen konnte, trank ich eine Tasse Kaffee, zu der ich vier Zigaretten rauchte. Eine nach der anderen. Danach fuhr ich zum Krankenhaus, um Tina abzuholen. Der Gedanke daran machte mich noch kränker. Ich wusste, ich durfte jetzt nie wieder meinen Gefühlen freien Lauf zu lassen. Ich musste stark sein, um Tina ihren Lebenswillen zu erhalten, damit sie mit allen Kräften gegen den Tod ankämpfen konnte. Und ich wusste, das würde die schwerste Aufgabe meines Lebens sein. Mir blieb nur die Hoffnung, dass ich sie gut genug ausführen konnte, damit ich ihr wenigstens die letzten Monate so gestalten konnte, dass es leichter für sie war.

Sie erwartete mich bereits mit dem ihrem gepackten kleinen Koffer, als ich in ihr Zimmer kam Sie sah sehr blass aus. Als sie mich sah, rannte sie auf mich zu und fiel mir um den Hals. Sie drückte mich an sich und dann gelang es ihr endlich zu weinen. Sie schluchzte, verzweifelt und hoffnungslos, und hielt mich fest, als ob sie mich nie wieder loslassen wollte.

„Ich hätte so gerne mit dir eine Familie gehabt", schluchzte sie. „Und jetzt muss ich sterben, Jack. Bald. Viel zu früh. Kannst du das verstehen? Es ist so ungerecht, so gemein. Du wirst das nicht zulassen. Versprich es mir, bitte!", schrie sie. Ihre Stimme war laut, hysterisch und schrill. Plötzlich stieß sie mich von sich. Sie stand jetzt in der Mitte des Zimmers mit hängenden Schultern und ins Gesicht hängenden Haarsträhnen. Ich war zutiefst erschrocken, wollte zu ihr gehen, sie wieder an mich ziehen und ihr all meine Liebe zeigen, doch ich konnte mich einfach nicht bewegen. Zu sehr stand ich unter Schock.

„Jack, bitte hilf mir. Ich hab solche Angst", rief sie. Dann warf sie sich auf das Bett, riss das Kissen an sich und krallte ihre Fingernägel in den Stoff. Sie weinte und eine Schwester kam und gab ihr ein Beruhigungsmittel.

„Sie müssen ihr helfen. Ich kann sie doch unmöglich so mitnehmen. Sie müssen sie heilen", flehte ich die Schwester an, die nur hilflos dastand und deren Gesicht rot anlief, weil es ihr peinlich war, dass sie gar nichts tun konnte.

Sie ging dann und Tina und ich weinten, bis wir nicht mehr konnten und es kam mir wie Stunden vor.

9. Kapitel

Die ersten Tage zu Hause in chronologischer Reihenfolge:

Erster Tag:Ich erwachte von einem Schrei aus meinem alptraumgetränkten Schlaf. Ein kalter Schauer überzog meinen gesamten Körper und binnen kurzer Zeit war ich schweißnass. Es war der Schweiß der Angst, der mich so plötzlich überkam. „Gott, lass sie nicht jetzt schon sterben", fuhr es mir durch den Kopf. In panischer Angst setzte ich mich auf und blickte auf den Platz neben mir. Tina sah so aus, als ob sie eigentlich ruhig schliefe. Doch ich stellte mit Entsetzen fest, dass sie stark schwitzte und sie wimmerte leise im Schlaf. Mit einer sanften Handbewegung entfernte ich ihr nasses Haar aus ihrem Gesicht und strich ihr zärtlich über ihre Wange. Sie musste Fürchterliches träumen. Mit ruhiger Stimme sprach ich ihr einige tröstende Worte zu, die sie Gott sei Dank wahrzunehmen schien. Sie beruhigte sich wieder und ein leichtes Lächeln huschte über ihr Gesicht. Erst als ich Tina glücklich wusste, drehte ich mich wieder auf die Seite und versuchte weiterzuschlafen. Es gelang mir erst nach schier unendlich langer Zeit. Ich wälzte mich bestimmt eine Stunde hin und her, immer mit einem offenen Ohr, mit dem ich Tinas atmen lauschte. Erst als ich feststellte, dass sie ruhig und gleichmäßig atmete, erlag ich meiner totalen Erschöpfung.

7 Uhr morgens:
Als ich aus dem Badezimmer kam, warf ich noch einen Blick ins Schlafzimmer. Ich erschrak, als ich das Bett leer vorfand. Die Bettdecke war auf die Seite geschlagen und Tinas Nachthemd lag auf dem Boden.

„Tina!", schrie ich hysterisch. „Wo bist du?"

Ich bekam keine Antwort, rannte durch das Haus und ich war wieder den Tränen nahe. Ich fand sie im Wohnzimmer. Sie kauerte auf dem Boden, ihren Körper an die Wand gepresst und den Kopf auf ihren Knien. Ich lief zu ihr.

„Was machst du denn da? Komm, geh wieder ins Bett", rief ich, doch sie schien mich nicht zu hören. Ich hockte mich neben sie auf den Boden und legte meinen Kopf an ihre Schulter. Erst jetzt konnte ich hören, dass sie leise vor sich hin sang. Ganz leise summte sie unser Lied, zu dem wir damals getanzt hatten. Ihr nackter Körper war eiskalt, als ich meinen Arm um sie legte.

„Du musst aufstehen, Schatz. Du kannst hier nicht sitzen. Du wirst dich verkühlen", versuchte ich sie noch einmal zu überreden. Plötzlich sah sie mich an. Ihr Blick war feindselig und starr.

„Und, was glaubst du, macht das noch in meiner Situation? Es ist egal, ob ich mit Husten sterbe oder ohne." Dann fuhr sie fort zu summen und ihren Kopf im Takt hin und her zu bewegen.

12 Uhr mittags:
Ich war einkaufen gewesen. Als ich nach Hause kam, weilte Tina immer noch in derselben Stellung. Sie hatte sich den ganzen Vormittag über nicht von der Stelle gerührt. Sie war nicht

ansprechbar, völlig lethargisch und bewegungslos. Ich hatte ihr inzwischen eine Decke über ihre nackten Schultern gelegt, doch sie hatte es nicht einmal bemerkt.

Ich hatte es längst aufgegeben, ihr gut zuzureden und sie aufzuheitern. Denn ganz egal, was ich tat oder sagte, sie schien es nicht einmal zu bemerken. Sie hatte sich in eine Scheinwelt geflüchtet, um das, was ihr bevorstand, zu verdrängen. Meine Mutter kam später mit einem Topf voll heißer Suppe. Sie wäre sogar bereit gewesen, Tina mit dem Löffel zu füttern. Doch sie wandte nur ärgerlich ihr Gesicht ab und schüttelte den Kopf.

„Ich möchte gleich sterben und nicht in ein paar Wochen, wenn ich bis zum Skelett abgemagert bin. Vielleicht verhungere ich einfach."

Ich saß auf der Couch und war verzweifelt, weil sie mir so leid tat. Ich wusste, wenn Tina etwas wollte, dann schaffte sie es auch. Und sie würde es auch schaffen, die Nahrung so lange zu verweigern, bis sie tatsächlich an Hunger sterben würde.

20 Uhr abends:
Tina hatte immer noch nicht gegessen. Ich weiß nicht, wie oft ich die Suppe wieder aufgewärmt hatte, in der Hoffnung, sie würde es sich vielleicht doch noch anders überlegen. Ich war die meiste Zeit über neben ihr auf dem Boden gesessen, hatte sie gestreichelt und mir den Mund wund geredet. Ich sagte:

„Tina, du musst jetzt etwas essen. Die Lage ist doch nicht ganz aussichtslos. Es gibt eine Menge Menschen, die so eine Krankheit überlebt haben. Und die leben heute noch, glücklich. Du darfst nicht aufgeben. Bitte tu es mir zuliebe."

Ich sagte es, ich flehte, ich bettelte, so lange, bis ich nicht mehr reden konnte. Es fiel mir einfach nichts mehr ein, womit ich sie hätte aufmuntern und ihr ein wenig Lebensmut zurückgeben können. Meine Stimme versagte mir und schließlich verweigerte ich selbst die Nahrungsaufnahme.

1 Uhr nachts:
Ich lag im Bett, hatte die Augen weit offen und starrte in die Dunkelheit, die mich umgab. Es war mir gelungen, Tina ins Bett zu tragen. Sie hatte sich gewehrt, hatte mich mit beiden Fäusten geschlagen und geschrien. Sie war nicht lange neben mir liegen geblieben. Sofort, nachdem ich sie zugedeckt hatte, warf sie die Bettdecke auf den Boden und rannte zurück ins Wohnzimmer, wo sie sich wieder in die Ecke kauerte. Ich glaubte, wahnsinnig zu werden. Mit meiner ganzen Liebe, mit meiner ganzen Kraft, hatte ich versucht, sie zu beruhigen. Ich wusste keine Lösung und niemand konnte mir dabei helfen, obwohl sich meine Mutter alle Mühe dazu gab. Ich starrte also in die Dunkelheit, ununterbrochen Tinas Gesang in meinen Ohren, stundenlang. Dieser Gesang, der so an meinen Nerven zerrte, in meinem Schädel hämmerte und der irgendwann für mich so unerträglich wurde, dass ich die Bettdecke über meinen Kopf legte, um endlich Ruhe zu finden, vor diesem Gespenst, das mich bis tief in meine Seele verfolgte.

1. Tag

Ich weiß nicht, wann Tina zu mir ins Bett gekommen war. Doch es musste bestimmt schon sehr spät gewesen sein. Ich hatte sie nicht gehört, wie sie sich neben mich gelegt hatte, obwohl es mir so schien, als wäre ich die ganze Nacht wach gewesen. Als ich erwachte, lag sie neben mir und sie schlief. Ich meinem Kopf war immer noch dieser Gesang. Es war immer noch dasselbe Lied, das mich nicht mehr loslassen wollte.

9 Uhr morgens:
Tina schlief immer noch. Ich war so froh, sie so ruhig und gelöst im Bett liegen zu sehen. Ich war schon seit Stunden wach, lag neben ihr und streichelte sie. Ich berührte ihr Gesicht. Jede Stelle ihres Gesichtes, ihre Augen, ihre Nase, ihre Lippen und

ich küsste sie. Ich drückte ihren Kopf an meine Brust und ich war nur froh. Ich war glücklich darüber, dass ich sie berühren konnte, dass sie noch lebte und dass sie nicht mehr sang. Sie erwachte durch meine Berührungen. Erschrocken zog ich meine Hand zurück. Ich hatte sie nicht wecken wollen.

„Du streichelst eine Tote", sagte sie. „Eine Leiche. Ist das nicht verrückt? Heute ist mein Körper noch warm und ich spüre deine Hand auf meinem Gesicht. Und in einigen Wochen werde ich sie nicht mehr spüren. Nie wieder. Und es ist gar nicht unsere Schuld."

Ihre Stimme klang so gleichgültig, dass es mich tief im Herzen schmerzte. Ich konnte nicht darauf antworten, weil ich wusste, dass sie so Recht hatte. Ich wandte mich von ihr ab, damit sie mein ratloses Gesicht nicht sehen konnte, in dessen Zügen der Schmerz, den ich empfand, geschrieben stand. In großen, gut lesbaren Buchstaben. Ich zündete mir eine Zigarette an und als ich gierig daran zog, fiel mir auf, dass ich seit vorgestern nichts mehr gegessen hatte. Und gleichzeitig begann ich, mich darüber zu wundern, dass ich überhaupt kein Hungergefühl verspürte. Ich rauchte, betrachtete den blauen Dunst, der in kleinen Ringen, deren Konturen immer undeutlicher wurden, sich im Raum auflöste. Ganz genauso wie das Leben meiner Frau, die unter meinen Fingern zu zerrinnen drohte. Ich sah die Glut meiner Zigarette, die immer länger wurde und die, wenn ich einen Zug machte, hell zu leuchten begann. „Ein Lebenslicht vielleicht", fuhr es mir durch den Kopf. Ja, ein Lebenslicht, stellte ich fest, als ich den Stummel ausdämpfte und die Glut verlosch.

1 Uhr mittags:
Ich lag immer noch im Bett. Ich hatte die ganze Zeit nichts anderes getan, als vor mich hingestarrt, geraucht, nachgedacht und mir selbst Trost zugesprochen. Einige Male hatte ich versucht, Tinas Appetit anzuregen, indem ich ihr die besten Köstlichkeiten vorgesetzt hatte. Doch sie weigerte sich nach wie vor. Als meine Mutter wie jeden Tag vorbeikam, um nach dem Rechten zu sehen, fand sie uns in einem geradezu erbärmlichen Zustand

vor. Sie war es, die mir so lange zuredete, bis ich mein Bett verließ und wieder genug Kraft hatte, meine Aufgabe, Tina zu unterstützen, fortzusetzen.

Ihr war es auch zu verdanken, dass ich wieder ein wenig Nahrung zu mir nahm und sie hatte die nötige Ausdauer und Geduld, so lange auf Tina einzureden, bis auch sie sich dazu entschloss, einige Löffel der schon an die zwanzig Mal aufgewärmten Suppe zu essen. Und für diese Geduld, die sie mit uns hatte, bewunderte ich sie zutiefst.

„Du musst wieder zur Arbeit gehen. Du verlierst sonst deinen Job", sagte meine Mutter.

Ich weigerte mich jedoch, daran zu denken. Ich konnte unmöglich an meinem Schreibtisch sitzen, mich auf die Arbeit konzentrieren und so tun, als ob nichts wäre.

„Nein", sagte ich ganz ruhig, „ich kann nicht und ich weiß auch überhaupt nicht, ob ich je wieder hingehe."

Ich rechnete mit einem Hagel an Vorwürfen und Belehrungen, doch nichts dergleichen geschah. Meine Mutter wusste genau, dass ich jetzt andere Sorgen hatte, als mir darüber Gedanken zu machen, ob ich meinen Job verlor oder nicht. Sie nickte nur verständnisvoll und sagte:

„Vielleicht denkst du darüber nach, wenn du ein bisschen darüber hinweggekommen bist."

„Ja", erwiderte ich, „vielleicht bin ich irgendwann einmal darüber hinweggekommen, dass mir meine Zukunft zwischen den Fingern zerrinnt."

7 Uhr abends:
Ich saß vor dem Fernseher, den wir seit kurzem hatten, und sah mir irgendeine Show an. Nein, ich sah sie mir nicht an. Ich beobachtete eigentlich nur die schnell wechselnden Bilder auf dem Bildschirm, ohne wirklich zu registrieren, worum es eigentlich ging. Ich wusste nicht, wieso ich nicht einfach aufstand und abdrehte. Ich glaubte einfach, nicht so alleine sein zu wollen, denn Tina lag immer noch im Bett und starrte mit ausdruckslosen Augen vor sich hin. Obwohl ich es bereits aufgegeben hatte, mit ihr

zu sprechen, weil sie mich sowieso nicht wahrnahm, hielt ich
es manchmal gar nicht mehr alleine aus. Ich ging dann zu ihr,
setzte mich an die Bettkante, nur um ihre Hand halten zu können und sie zu beobachten, wie ich es immer schon gerne getan
hatte. Und dann redete ich mit ihr. Ich erzählte ihr von unserem gemeinsamen Leben, das wir beide haben würden, obwohl
ich wusste, dass es nicht so sein würde, doch ich war trotzdem
glücklich dabei. So glücklich, dass ich anfing zu lächeln. Ich lächelte vor mich hin und bemerkte nicht, wie ich immer tiefer in
eine Welt kam, die nicht existierte. Und ich bemerkte auch nicht,
dass es dieses Leben für uns niemals geben würde.

10 Uhr abends:
Und irgendwann, nachdem ich eine Ewigkeit nur einfach neben ihr gesessen und geredet hatte, wandte Tina mir den Kopf
zu. Sie fiel mir um den Hals, zog sich an mir hoch und küsste
mich auf den Mund. Und mir rannen ein paar Tränen über die
Wangen, so glücklich war ich, dass sie aus ihrer Depression aufgewacht war. Wir küssten uns.
  „Sprich nicht weiter", sagte sie leise. „Es ist zu traurig."
  „Nein, es ist nicht traurig. Ich möchte dich zu mir in diese Welt
holen und wir werden in dieser neuen, besseren Welt ganz neu
anfangen und es wird alles so sein, wie wir uns das wünschen."

2. Tag

Und sie kam tatsächlich zu mir in meine Welt, die ich mir in
stundenlanger Arbeit aufgebaut hatte und mit jeder Minute, in
der wir darüber sprachen, wurde sie größer und schöner, bis wir
noch glücklicher waren als vorher. Wir lachten und scherzten
miteinander. Jeder, der uns gesehen hätte, hätte uns für verrückt
gehalten. Wir hätten ihnen leid getan und sie hätten sich gedacht:
Eine furchtbare Sache. Und jetzt sind sie übergeschnappt. Alle
beide. Doch nicht wir waren es, die verrückt waren. Die anderen

waren es. All die anderen, die Schicksalsschläge einfach hinnahmen und die später einmal alt und verbittert sein würden. Nicht wir waren die Wahnsinnigen, nur weil wir nicht mehr in dieser Welt lebten, die einen Menschen schon tötet, noch bevor er gestorben war. Denn wir hatten einen Weg gefunden, zusammen weiterleben zu können, auch wenn unsere Körper tot und schon längst erkaltet und verwest waren. Es waren unsere Seelen, die wir in einem anderen Dasein vereinigen würden, damit wir niemals sterben mussten. Und wir wussten, dass wir schon weit mehr wussten, als all die anderen, die rund um uns existierten. Ich hätte nie gedacht, dass ich noch einmal so glücklich sein würde.

„Ich möchte heute mit dir ausgehen", sagte Tina. „In unser Café. Und ich möchte so mit dir tanzen wie im Sommer. Erinnerst du dich?" Sie war aufgekratzt. Ihre Schmerzmittel wirkten gut und sie lächelte mich an.

„Ja, ich erinnere mich", erwiderte ich und lächelte zurück.

Wir zogen uns hübsch an und Tina hatte in ihrem Leben noch nie so fantastisch ausgesehen wie an diesem Abend. Sie strahlte vor Schönheit und vor Lebenslust und ich schwor mir, niemals eine andere so zu lieben wie sie. Es war November und es war eiskalt. Doch trotzdem bat Tina mich, das Dach des Wagens zu öffnen. Sie wollte noch einmal den Sommer erleben, wie wir ihn in Erinnerung hatten. Anfangs hegte ich Zweifel und sagte es ihr.

„Es wird nicht kalt sein. Es wird so sein, wie wir es wollen", sagte sie und sie hatte Recht. Als wir durch die Straßen fuhren, konnte ich direkt den warmen Sommerwind spüren, der durch meine Haare strich und wenn ich zu Tina hinübersah, sah ich die Sonnenstrahlen, die in ihrem dichten, schwarzen Haar brachen und in unendlicher Schönheit reflektierten. Wir tanzten stundenlang an diesem Abend und wir tranken viel Wein und wir waren wirklich so glücklich wie am ersten Tag. Wir redeten, planten unsere Zukunft und die neue Einrichtung unseres Hauses und wir küssten uns. So lange, bis der Kellner kam und uns bat, kassieren zu dürfen, weil das Lokal jetzt schließe.

Wir fuhren nach Hause und ich fühlte mich wie in Trance. Es war nicht nur der Wein, der mich berauschte. Es war das Glück.

Das Glück, Tina noch bei mir zu haben. Und ich nahm mir vor, jeden Tag, den wir noch zusammen hatten, bis zur letzten Sekunde auszukosten und mit aller Intensität zu genießen. Und Tina legte ihre Hand auf mein Knie und seufzte.

Zu Hause angekommen, begannen wir, uns leidenschaftlich zu küssen. Wir entkleideten uns gleich im Vorzimmer, warfen unsere Sachen auf den Boden und klammerten uns nackt aneinander. In wilder Leidenschaft und grenzenloser Angst. Ich nahm sie auf meine Arme und trug sie ins Schlafzimmer. Ich küsste sie am ganzen Körper und sie weinte leise, während sie mir durch mein Haar fuhr und ihre Fingernägel in meine Schulter grub, dass es schmerzte. Wir schliefen miteinander. Nicht einmal, nicht zweimal. Wir taten es so oft, dass es für ein ganzes Leben reichen musste. Wir wollten, hungrig wie wir waren, immer mehr voneinander. Wir wollten einen Vorrat an Gefühlen sammeln, damit wir nicht einsam auseinandergehen mussten.

10 Uhr vormittags:
Wir hatten es geschafft, uns voneinander zu lösen, nebeneinander zu liegen und vor uns hin zu dösen, unterbrochen von kleinen, tiefgründigen Seufzern des Glücks. Wir hielten uns immer noch fest umschlungen und keiner von uns machte Anstalten, dies zu ändern.

„Ich glaube, wir haben genug. Oder möchtest du noch einmal?", sagte Tina und wir lachten beide. Und obwohl wir so erschöpft waren und unsere Körper so viel Flüssigkeit eingebüßt hatten, hielt es uns nicht davon ab, noch einmal dieses sagenhafte Glück zu erleben und zu genießen.

2 Uhr nachmittags:
Wir hatten bis jetzt noch nicht bemerkt, dass wir so richtig hungrig waren. Doch das Knurren unserer Mägen erinnerte uns daran, dass es schon Mittag vorbei war. Wir zogen uns also an und gingen zusammen in die Küche. Es läutete an der Türe und ich öffnete. Tinas Eltern standen vor mir. Ein eigenartiges Gefühl überkam mich. Ich hatte sie seit einer gefühlten Ewigkeit nicht

mehr gesehen. Sie hatten es nicht der Mühe wert gefunden, ihre Tochter zu besuchen obwohl sie wussten, dass sie sie vielleicht ein letztes Mal sehen würden, bevor sie starb. Ich sagte es ihnen, so wütend war ich. Doch im selben Moment bereute ich es wieder. Tinas Mutter war sehr blass und mager. Sie hatte rote verschwollene Augen und ihre Hände zitterten. Ihr Vater war nur mehr ein Schatten seiner selbst.

„Wir konnten nicht früher kommen", sagte er. „Meine Frau hatte einen Nervenzusammenbruch. Und ich hatte alleine nicht die Kraft dazu."

Dabei blickte er beschämt auf den Boden. Aus ihm war ein hagerer, kleiner Mann mit hängenden Schultern und blassem Gesicht geworden, der nicht mehr wusste, was er tun sollte. Ich begann zu verstehen und ich bemitleidete ihn. Sie wussten einfach anfangs nicht, wie sie sich Tina gegenüber verhalten sollten und sie waren überrascht, wie gut sie eigentlich aussah und wie glücklich sie war. Sie waren bis spät in die Nacht bei uns und niemand erwähnte die Krankheit auch nur mit einem Wort. Mit der Zeit wurden wir alle etwas gelöster und ich bemerkte, wie froh Tinas Eltern waren, dass es ihrer Tochter so gut ging.

„Das hat sie dir zu verdanken", sagte Tinas Mutter, bevor sie gingen. „Ich bin froh, dass sie dich hat. Danke."

Es war das Schönste, das sie je zu mir gesagt hatte.

3. Tag

„Ich möchte heute zum See fahren", sagte Tina, nachdem wir gefrühstückt hatten. Es war ein kalter Tag und es regnete. Ich fand die Idee nicht sehr gut, aus Angst, Tina könnte sich verkühlen, was aufgrund ihrer Krankheit schlecht enden könnte. Doch als sie mich mit flehendem Blick ansah, konnte ich nicht widerstehen. Sie versprach mir jedoch, sich wenigstens warm anzuziehen.

Wir redeten nicht sehr viel, während wir fuhren. Doch ich wusste, dass Tina dieselben Gedanken hatte wie ich. Ich dachte daran, wie schön es noch vor kurzem gewesen war, als wir zum See fuhren. Es war der Tag gewesen, an dem Tina mir eröffnete, dass sie ein Baby erwartete. Wie wir uns darauf gefreut hatten, was wir alles geplant hatten und dass alles nur ein entsetzlicher Irrtum gewesen war. Ich spürte einen kleinen Stich in meinem Herzen und ich wusste, dass Tina in diesem Moment genauso empfand. Ihre Gesichtszüge hatten sich verhärtet und sie kniff die Lippen zusammen.

„Denk nicht daran", sagte ich.

Sie blickte mich verwundert an.

„Woher weißt du, woran ich denke?", fragte sie.

„Weil ich dasselbe denke. Und es tut mir genauso weh", antwortete ich.

Doch sie schüttelte nur den Kopf und ihre Augen begannen wieder glasig zu werden. Sie stand kurz davor, in Tränen auszubrechen.

„Nein!", rief sie. „Es kann dir nicht so weh tun wie mir. Denn du hast immerhin noch dein Leben vor dir. Und du kannst noch ein Baby haben, wenn du möchtest. Mit einer anderen Frau. Mit einer gesunden Frau, mit der du alt werden kannst."

Sie war sehr aufgebracht und ich ärgerte mich, dass ich dieses Thema überhaupt angeschnitten hatte. Ich konnte nur zu gut verstehen, was sie meinte und ich konnte auch verstehen, dass es sie mehr schmerzte, weil bei ihr noch der Neid dazukam, dass ich vielleicht noch eine glückliche Familie haben könnte und sie nicht.

„Das werde ich nicht", sagte ich bestimmt. „Niemals werde ich eine andere Frau lieben. Und wenn du mich richtig lieben würdest, dann würdest du das wissen." Ich sah nicht zu ihr hinüber. Der Verkehr nahm meine ganze Aufmerksamkeit in Anspruch. Aber ich konnte aus meinem Augenwinkel heraus sehen, dass sie leicht zusammenzuckte und dass ihr verärgerter Ausdruck einem eher nachsichtigen Lächeln wich.

„Ja, das sagst du heute. Und du meinst es heute auch sicher so. Aber was wird in zehn Jahren sein? Da wirst du mich längst vergessen haben", sagte sie mit leiser Stimme. Sie hatte es mehr zu sich selbst gesagt als zu mir und ich beschloss, lieber nicht darauf zu antworten. Ich musste ihr Zeit lassen, sich über meine Worte Gedanken zu machen und ich wusste, sie würde irgendwann zu der Erkenntnis gelangen, dass ich Recht hatte, mit dem was ich sagte. Doch um das jetzt zu verstehen, war sie noch viel zu aufgewühlt. Und die Gegend, durch die wir fuhren, tat das Ihrige dazu. Sie schwieg dann wieder und starrte aus dem Fenster. Die ganze restliche Fahrt über änderte sich ihr Zustand nicht mehr. Und ich beließ es dabei, da ich wusste, dass sie sich noch über vieles klar werden musste. Erst als ich mit dem Wagen hielt und sie sich immer noch nicht aus ihrer Lethargie befreit hatte, rüttelte ich sie sanft an ihren Schultern. Sie schrak auf, als hätte ich sie geweckt und mit einem genauso geistesabwesenden Blick starrte sie mich an.

„Wir sind da", sagte ich.

Sie nickte nur und versuchte dann wieder, ihr glücklichstes Lächeln aufzusetzen. Und ich erschrak, wie gut ihr das gelang. Von einem Augenblick auf den anderen schien es mir so, als wäre sie ein vollkommen anderer Mensch. Rasend schnell kehrte Leben in die verhärteten Gesichtszüge und sie sah wieder genauso aus wie immer.

„Sehr gut", stellte sie fest. „Dann wollen wir zu unserem Platz gehen, okay?" Hand in Hand gingen wir, wie so oft zuvor, am Strand entlang. Der Wind blies eisig in mein Gesicht und ich fühlte, wie sich meine Wangen rot färbten, so kalt war es. Tina summte leise, während sie neben mir ging. Sie sah dabei wie ein frisch verliebter Teenager aus und nicht wie eine todkranke Frau, die vielleicht das letzte Mal hier war. Als wir an unserem Platz ankamen, breitete ich die Decke aus, die ich mitgenommen hatte, und wir setzten uns nebeneinander. Es hatte inzwischen aufgehört zu regnen, doch der Himmel hatte sich wieder verdunkelt und Gewitterwolken zogen auf. Ich bemerkte, wie ich mich wunderte, dass derselbe See, der im Sommer so freundlich ausgesehen hatte, jetzt so unwirtlich vor uns lag. Dunkel glitzerte die Wasseroberfläche auf der sich große Wellen bildeten, die vom eisigen Novemberwind vor sich hergetrieben wurden, und darüber wölbte sich ein direkt unheimlich aussehender Himmel, von dem es mir schien, als würde er den See samt den wogenden Wellen mit Haut und Haar verschlingen wollen.

„Es ist wirklich kalt hier", sagte Tina, während sie wie ich unseren gemeinsamen See beobachtete. Ich legte ihr sofort meine Jacke über die Schultern, doch sie wehrte ab.

„Nein", sagte sie. „Nicht auf diese Weise. Die Umgebung kommt mir so kalt vor. Ja, es kommt mir sogar so vor, als seien alle unsere Erinnerungen durch die kalte Jahreszeit erfroren und gestorben. Als sei nichts mehr von dem da, das uns so sehr an diesen Ort hier bindet."

Ich nickte, denn ich verstand genau, was sie meinte. Genauso kam es mir jetzt vor, doch ich sagte es nicht, denn sie hätte sonst vielleicht noch das Gefühl gewonnen, dass die Erinnerung an sie, wenn sie gestorben war, genauso schnell erlöschen würde wie die Erinnerungen hier an den See.

„Hast du das wirklich ernst gemeint als du gesagt hast, dass du niemals eine andere Frau lieben würdest?", fragte sie.

„Ja", antwortete ich, „ganz ernst. Und ich weiß genau, dass sich das niemals ändern wird. Solange ich lebe. Und ich hoffe, ich lebe nicht mehr allzu lang."

Glücklich aufseufzend lehnte sie ihren Kopf an meine Schulter und ich wusste, ohne dass ich hinsehen musste, dass sie jetzt, in diesem Moment, weinte. Denn sie verstand erst jetzt, wie sehr ich sie eigentlich liebte.

Wir blieben bis spät abends auf unserem Platz sitzen. Bis wir plötzlich bemerkten, dass wir ziemlich hungrig waren und dass es begonnen hatte zu regnen. Wir hatten nicht einmal bemerkt, dass wir schon bis auf die Haut nass waren. Ja, wir wussten es jetzt beide, als wir zum Wagen gingen. Wir wussten, dass niemand einen anderen so lieben konnte wie wir einander.

4. Tag

„Würdest du mir einen Wunsch erfüllen?", fragte Tina am nächsten Morgen. Ihre Stimme klang dabei äußerst geheimnisvoll.

„Welchen?", fragte ich misstrauisch.

Sie lachte, als sie mein eher verstörtes Gesicht sah.

„Ich möchte wieder mit Jenny und Johnny ausgehen. So wie früher", eröffnete sie mir. Ich wusste gleich, dass es wahrscheinlich nicht möglich sein würde, denn Jenny und Johnny waren kein Paar mehr.

„Das wird nicht gehen", sagte ich und kam mir ziemlich mies vor, dass ich ihr nicht einmal einen ihrer letzten Wünsche erfüllen konnte. „Jenny und Johnny sind nicht mehr zusammen. Ich glaube nicht, dass sie besonderes Interesse daran haben werden, gemeinsam Zeit zu verbringen."

Tinas Lächeln wich einem traurigen Blick. Sie senkte ihren Kopf und murmelte: „Schade."

Sie tat mir so leid, wie sie so vor mir stand. Wie ein Häufchen Elend, das nichts mehr vom Leben hatte und dessen größter Wunsch es war, die Vergangenheit noch einmal aufleben zu lassen. Ich nahm sie in meine Arme und drückte sie an mich.

„Ich werde mal schauen, was sich machen lässt, okay?", sagte ich schließlich. Ihr Gesicht hellte sich sofort wieder auf.

„Danke", murmelte sie.

Ich fuhr sofort zu Johnny. Eigentlich wusste ich nicht, was ich ihm sagen sollte. Er war zwar mein bester Freund, aber vielleicht würde ich doch etwas zu viel von ihm verlangen. Jenny und er waren nicht gerade im Guten auseinandergegangen. Johnny freute sich, als er mich sah.

„Jack!", rief er erfreut. „Ich bin so froh, dich zu sehen. Wie geht es dir denn?" Er bat mich ins Wohnzimmer und drückte mir eine Dose Bier in die Hand. Dann setzte er sich zu mir und blickte mich erwartungsvoll an. Ich stotterte etwas herum, bevor ich mit meiner Bitte herausrückte. Ich erzählte ihm von Tina, dass sie vielleicht sterben würde und von ihrem Wunsch. Er dachte eine Zeit lang nach und sagte dann:

„Natürlich werde ich ihr diesen Wunsch erfüllen. Das ist doch ganz klar. Ich rufe sofort Jenny an und wir kommen heute Abend zu euch. Ganz bestimmt. Und wenn ich sie fesseln muss. Aber sie wird mitgehen."

Ich hatte es zwar gehofft, hätte aber nicht gedacht, dass er mir die Bitte erfüllen würde. Ich kam mir richtig schlecht dabei vor. Denn ich hätte es wissen müssen. Er hätte immer alles getan, um zu helfen, wo es ging. Ich wusste gar nicht, was ich sagen sollte und stammelte nur: „Danke." Doch Johnny winkte ab.

„Das ist doch wohl klar. Also, wir holen euch so gegen acht Uhr ab."

Tina war sehr glücklich, als die beiden um Punkt acht vor der Türe standen. Beide mit einem strahlenden Lächeln, als ob sich nichts geändert hätte. Wir gingen zusammen tanzen und anschließend spazieren wie, wir es immer getan hatten, und Tina hatte schon lange nicht mehr so viel gelacht wie an jenem Abend. Sie war ausgelassen und fröhlich, als ob es kein Morgen gäbe. Ich war Johnny so dankbar, dass er sich so fantastisch verhielt. Er machte Scherze, wie er es immer getan hatte, und Jenny und er hatten wie immer kleinere Streitigkeiten, die eigentlich mehr Spaß als Ernst waren. Ich hätte nie gedacht, dass wir es schaffen würden, Tinas trübe Gedanken zu vertreiben. Doch Johnny schaffte das spielend. Er musste sich nicht einmal besonders dabei anstrengen. Als wir nach Hause fuhren und wir uns verabschiedeten, sagte er noch:

„Wir können das jederzeit wiederholen, wenn ihr wollt."

Ich hätte ihn umarmen können. Denn Tinas Augen strahlten, als sie sagte:

„Ja, so bald wie möglich."

Winter

10. Kapitel

Seit Tina zu Hause war, überlegte ich wie ich sie zu einer Behandlung überreden könnte. Anfangs war ich schon glücklich darüber gewesen, dass sie es geschafft hatte, sich an den Gedanken an der Krankheit zu gewöhnen. Doch jetzt, da alles wieder seinen gewohnten Lauf zu nehmen schien, plagte mich diese Sorge mehr denn je. Ich hatte nur einmal versucht, sie darauf anzusprechen. Doch sie war gleich wieder wütend geworden und ich begann, mich zu sorgen, dass meine ganze Mühe der vorhergehenden Tage umsonst gewesen war. Ich hatte deshalb beschlossen, lieber den Mund zu halten und ich sprach auch nicht mehr davon. nächsten. Das gelang mir auch eine ganze Zeit lang. Doch irgendwann, nachdem mich meine Mutter schon mit Vorwürfen überhäuft hatte, indem sie mir vorhielt, ich hätte doch eine gewisse Verantwortung meiner kranken Frau gegenüber, entschloss ich mich, die Behandlung ihrer Krankheit endlich wieder anzusprechen. Und obwohl ich mich fest dazu entschlossen hatte, fiel es mir schwer. Ich versuchte, den geeigneten Zeitpunkt dafür zu finden. Und der geeignetste schien mir der zu sein, als Tina und ich nebeneinander vor dem Fernsehgerät saßen und uns ein Quiz ansahen. Tina war an diesem Tag überhaupt sehr aufgekratzt gewesen. Und als wir es uns vor dem Fernseher so richtig bequem gemacht hatten und uns eng umschlungen hielten, sagte ich:

„Wäre es jetzt nicht an der Zeit, dass du dir darüber Gedanken machst, eine etwaige Behandlung in Erwägung zu ziehen?"

Schon bevor ich den Satz beendet hatte, wurde Tinas Gesicht wieder starr vor Wut. Sie stieß mich unwirsch von sich und blickte mit bösen, ausdruckslosen Augen an.

„Was meinst du mit Behandlung?", fragte sie.

Ich begann, mich ein wenig unwohl zu fühlen. Ich wollte sie ja nicht verärgern.

„Naja, der Arzt meinte doch, dass es vielleicht noch eine Chance für dich gibt, wenn du dich einer Behandlung unterziehen würdest. Und ich glaube, es wäre wirklich notwendig, jede Chance, auch wenn sie noch so gering sein sollte, zu ergreifen."

Es wurde wieder einmal still im Raum. Ich starrte in den Fernseher, nur um Tina nicht in die Augen blicken zu müssen, denn ich fühlte ihren Blick, der vorwurfsvoll auf mir ruhte. Und dieser Blick war voller Enttäuschung.

„Wie kannst du so etwas Unmenschliches von mir verlangen?", brüllte sie plötzlich und stand auf. „Ich möchte nicht, dass mein Leiden noch verlängert wird. Dass sie mir Behandlungen verschreiben, von denen mir die Haare ausfallen und mein Gesicht hässlich aufquellen lässt. Und dann werde ich trotzdem sterben. Und in meinem Sarg wird ein entstelltes Etwas liegen und nicht ich." Ich wusste, dass sie Recht hatte und ich wusste auch, dass sie auf keine Behandlung ansprechen würde und ich wusste, dass sie danach noch kränker aussehen würde, als sie es jetzt schon tat. Denn sie würde jeden Tag in den Spiegel sehen und jeden Tag würde ihr schönes Gesicht noch entstellter aussehen. Und es würde nichts nützen, denn sie würde sterben.

„Ich wollte dich nicht kränken", sagte ich mit ruhiger und sanfter Stimme, wie man einem störrischen Kind zuredet, vor dessen hysterischem Geschrei man sich fürchtet.

„So?", schrie sie weiter. „Dann hast du das aber nicht sehr geschickt gemacht." Sie setzte sich wieder neben mich, doch obwohl sie so nahe war, klaffte immer noch eine große Kluft zwischen uns. Ich schob meine Hand zu ihr hinüber und legte sie auf ihre. Doch sie wandte provokant ihr Gesicht von mir ab und dabei sah sie wirklich aus wie ein störrisches Kind.

„Ich werde dich nie wieder fragen, okay?"

Keine Reaktion.

„Ich habe mir nur Sorgen um dich gemacht und ich weiß, ich habe es falsch angepackt, dir das zu zeigen. Du brauchst keine Behandlung über dich ergehen lassen und ich schwöre dir, ich werde alles tun, damit es dabei bleibt", fuhr ich fort.

Immer noch keine Reaktion.

„Vertragen wir uns jetzt wieder?"

Und von einem Moment zum anderen huschte schon wieder ein Lächeln über ihr Gesicht.

„Natürlich", sagte sie und fuhr kommentarlos fort, Knabbereien in sich hineinzustopfen und das Quiz zu verfolgen. Sie sprach an diesem Abend kein Wort mehr darüber und auch an den nächsten nicht. Ja, es schien mir sogar, als hätte sie völlig vergessen, dass sie krank war. Eines Morgens fragte sie mich sogar, ob ich denn nicht vorhabe, wieder zur Arbeit zu gehen. Doch bei aller Liebe zu ihr und wenn sie es von mir verlangt hätte, ich hätte es nicht getan. Und der einzige Grund dafür war, dass ich Angst davor hatte, auf meine Kollegen zu treffen, die mit ihren ernsten Gesichtern versuchen würden, nicht darüber zu sprechen, dass ich eine krebskranke Frau hatte. Und gerade daran, weil sie es so unauffällig taten, konnte man sehen, dass ich ihnen leidtat und ich wollte niemandem leidtun. Denn nicht ich war es, der Mitleid brauchte und schon gar kein Mitleid, das geheuchelt war. Denn niemand von diesen Typen kannte Tina und niemand kannte mich wirklich. Und trotzdem würden sie alle sagen: „Ich kann mir vorstellen, wie schwer das für dich sein muss." Und jedes Mal, wenn ich daran dachte, stieß mir säuerlicher Magensaft auf und ich musste mich zurückhalten, um mich nicht zu übergeben. So sehr ekelte ich mich vor solchen Menschen. Nein, ich konnte nicht arbeiten gehen. Und es gab bei Gott nichts, was unwichtiger schien als das. Doch das alles sagte ich nicht. Ich meinte nur, dass ich mich noch nicht stark genug dafür fühlte. Und Gott sei Dank glaubte sie mir.

Doch irgendwann begann sich ihr Gesundheitszustand rapide zu verschlechtern. Und an einem der kalten Dezemberabenden, an denen wir an einem heißen Grog schlürften und dem Schneetreiben durchs Fenster zusahen, begann sich ihr Gesicht zu verändern. Sie sah nicht mehr jung und frisch aus sondern von einem Moment zum nächsten krank und aschfahl. Bisher hatte ich mir oft eingeredet, dass sich die Ärzte vielleicht geirrt hatten, da sie ja immer so gesund ausgesehen hatte. Sie stellte ihre Tasse auf den Tisch, ihr Gesicht war verzerrt vor Schmerzen und sie krümmte sich neben mir auf der Bank.

„Jetzt sind sie wieder da, diese Schmerzen!", rief sie.

Hilfesuchend streckte sie ihre Hand nach mir aus. Doch wieder einmal wurde mir auf erschreckende Weise bewusst, dass ich diesen Anforderungen nicht gewachsen war. Denn ich saß nur steif vor Schreck neben ihr und war unfähig, irgendetwas für sie zu tun.

„Tu doch etwas!", schrie sie. Ihre Schmerzen schienen immer schlimmer zu werden. Sie weinte. Ich fing mich wieder, stand auf, nahm sie auf den Arm und trug sie zum Wagen.

„Ich bringe dich jetzt ins Krankenhaus. Ob du willst oder nicht", sagte ich, als sie mich anflehte, wieder umzukehren.

•••

Da war es wieder, dieses sterile Zimmer in dem sterilen Krankenhaus. Und das Einzige, das ich hören konnte, war das Piepsen der Geräte, an die Tina angeschlossen war. Ein hohes Piepsen, schnell und laut. Ein dumpfes Piepsen, das in meinen Ohren hämmerte und viele andere verschiedene Piepstöne, die von verschiedenen Geräten kamen, einige hatten Schläuche, die direkt in Tinas Armbeuge endeten. Ihre schlanken, weißen Arme waren zerstochen und blau, ihr Gesicht war grau und ihre Augen gelb und stumpf. Und ich stellte fest, dass sie jetzt schon wie eine Leiche aussah und es kam mir so vor, als wäre sie mir schon entglitten. Sie war bei Bewusstsein, redete aber nicht. Und ich saß neben ihr am Bettrand und hielt ihre Hand, die mir eigenartig kalt vorkam.

„Bring mich nach Hause, bitte", sagte sie endlich, ohne mich dabei anzusehen. Sie hatte ihren Blick immer noch starr nach oben an die Decke gerichtet. Und sie war sich nicht bewusst, dass es nicht so einfach sein würde, sie in diesem Zustand hier herauszuholen.

„Ich möchte hier nicht sterben", sagte sie und ihre Stimme war nur mehr ein Flüstern. Ich wusste, sie würde anfangen zu weinen und ich würde es verstehen. Aber trotzdem würde ich nicht wissen, wie ich darauf reagieren sollte. Denn würde ich es nicht schaffen, sie nach Hause zu holen, weil die Ärzte es verboten, dann wäre ich für sie ein Versager, der sie in ihrer Not im Stich lässt.

„Ich hole dich hier heraus. Ganz sicher. Ich werde gleich mit dem Arzt reden. Ich verspreche es dir", beeilte ich mich zu sagen, da ihr schon die ersten Tränen der Verzweiflung über die Wangen rannen.

„Ich halte es hier nicht aus. Sobald man hier ist, weiß man, dass man sterben wird und dieses Wissen bringt einen noch schneller um, als wenn man ganz einfach zu Hause bleibt. Ich würde wahnsinnig werden, wenn ich hier bleiben müsste. Verstehst du? Wahnsinnig. Ich spüre es jetzt schon. Ich kann nicht einmal mehr klar denken. Man wird hier so stumpf. So ohne Lebenswillen. Ich kann hier nicht mehr liegen, mit all den Schläuchen und Geräten. Ich komme mir wie ein Versuchstier vor, an dem Ergebnisse der Forschung ausprobiert werden. Ganz egal, ob es hilft oder nicht. Ganz egal, ob es stirbt oder nicht. Und es ihnen scheißegal, ob es weh tut oder nicht. Denn es sind nicht ihre Schmerzen. Es sind meine. Und die interessieren niemanden. Ich möchte nicht unter den Totkranken sein, die einen jede Sekunde daran erinnern, dass man bald den Löffel abgibt. Ich möchte zumindest das Gefühl haben, noch zu leben. Bring mich nach Hause. Bitte", flehte sie mich an und weinte. Sie weinte und es waren Tränen der Verzweiflung, die über ihre Wangen auf den Kopfpolster rannen. Ich dachte daran, wie viele Menschen hier schon geschluchzt hatten und wie viele von ihnen schon die Augen für immer geschlossen hatten. Wie vielen es verwehrt geblieben war, ihre letzten Stunden zu Hause zu verbringen. In gewohnter Umgebung, zusammen mit ihren Verwandten, die ihnen in dieser schweren Zeit die Hand gehalten und sie getröstet hätten. Ich schwor mir, es niemals zuzulassen, dass Tina unter solchen Umständen sterben musste. Ich küsste ihre Stirn, wischte ihre Tränen ab und stand auf.

„Ich gehe jetzt zum Arzt. Ich nehme dich mit. Du bleibst keinen Tag länger hier. Ich verspreche es", sagte ich noch. Dann ging ich. Ich ging hinaus auf den Gang, Ärzte gingen vorbei,

Schwestern waren mit Patienten beschäftigt und niemand hatte für mich Zeit. Ich rannte den Gang hinunter bis zu Dr. Petersons Büro. Es war seine Assistentin, die mich davon abhielt, hineinzustürmen. Ich hatte schon die Türklinke in der Hand, als sie plötzlich ihre Hand auf meine Schulter legte und sagte:

„Der Doktor ist im Moment bei der Visite. Kann ich Ihnen helfen?"

Ich fuhr herum wie ein gehetztes Tier, dessen einziger Ausweg versperrt war und starrte sie an.

„Nein", stammelte ich. „Sie können mir nicht helfen. Ich bin mir nicht einmal sicher, ob mir überhaupt jemand helfen kann."

Ich drehte mich um und ging. Ich ging immer schneller den Gang hinunter, an Tinas Zimmer vorbei und die Stufen hinunter. Und gerade als ich das Krankenhaus durch die große, schwere Türe verlassen wollte, stoppte ich und ich fragte mich: „Was tust du eigentlich? Du verschwindest hier einfach und lässt sie im Stich? Jetzt, wo sie dich am meisten braucht? Du Arschloch!"

„Suchen Sie jemanden?", hörte ich eine männliche Stimme hinter mir. Als ich mich umdrehte erkannte ich Dr. Peterson, Er lächelte, als er mich erkannte.

„Mr Smith. Wollten Sie zu mir?"

Noch war ich zu verwirrt, um etwas sagen zu können und ich nickte nur.

„Na, dann kommen Sie mit mir in mein Büro", sagte er und ging voraus. Ich ging hinterher, kam mir töricht vor, weil ich versucht hatte, vor dem Problem einfach wegzulaufen und hielt meinen Blick gesenkt, bis wir in Petersons Büro angekommen waren.

„Ich möchte meine Frau heute mit nach Hause nehmen", sagte ich, noch bevor er an seinem Schreibtisch Platz genommen hatte. Erstaunt sah er mich an, nickte nur anstatt zu antworten und kratzte sich nachdenklich mit einer Hand an seinem Kinn.

„Hören Sie, Ihre Frau ist sehr krank. Sie muss behandelt werden. Vielleicht gibt es eine kleine Chance, dass wir sie retten können. Und diese Behandlung kann sie einfach nur hier im Krankenhaus machen. Verstehen Sie?", erklärte er und setzte sich.

„Nehmen Sie doch Platz", sagte er, doch ich verneinte.

„Hören Sie, sie will nicht hier bleiben. Sie möchte zu Hause in Ruhe sterben. Und das kann man ihr nicht verdenken. Sie ist doch für Sie nur ein Versuchstier, mit dem Sie experimentieren. Sie hat doch keine wirkliche Chance, wieder gesund zu werden. Und das weiß sie. Sie möchte keine Behandlung. Und ich nehme sie mit. Ob Sie jetzt einverstanden sind oder nicht!", schrie ich. Ich spürte mein Herz in meiner Brust beben und meine Handflächen waren triefend nass vor Schweiß, so sehr hatte ich mich aufgeregt. Dr. Peterson sagte kein Wort. Er rieb sich immer noch nachdenklich sein Kinn und fuhr fort, vor sich hinstarrend, zu nicken. Ich begann, nervös zu werden und diese Nervosität führte dazu, dass ich am ganzen Körper zitterte.

„Okay", sagte Dr. Peterson endlich und ich hörte auf zu zittern. „Sie können sie mitnehmen. Ich gebe Ihnen Tabletten für sie mit. Sie muss sie drei Mal am Tag nehmen. Sie sind gegen die Schmerzen."

„Okay", beeilte ich mich zu sagen. Ich hatte Angst, dass er es sich sonst anders überlegen und seinen Entschluss rückgängig machen würde. Als ich die Packung nehmen wollte, hielt er sie kurz fest.

„Sie müssen mir versprechen, dass sie die Tabletten bekommt und dass sie ihr zureden, dass sie es sich überlegt und vielleicht doch wiederkommt", sagte er eindringlich und ich nickte.

Ich wartete in meinem Wagen, bis Tina gebracht wurde. Sie wurde von einem Pfleger im Rollstuhl geschoben. Ich hatte das Radio aufgedreht und hoffte, die Musik würde mich etwas entspannen. Dass dem nicht so war, bemerkte ich erst, als die sanften Klänge sentimentale Gefühle in mir erweckten. Tina klopfte an die Scheibe und zwinkerte mir mit einem eher gekünstelten Lächeln zu.

„Ich freue mich schon auf zu Hause. Ich fühle mich so müde."

Sie redete so, als hätte sie schon ganz vergessen, dass sie bis vor kurzem noch im Krankenbett gelegen hatte und dass ihre Arme von Nadeln zerstochen waren. Nur ihr blasses Gesicht erinnerte daran, dass sie krank war und dass sie sich selbst schon seit langer Zeit aufgegeben hatte. Sie redete die ganze Fahrt über. Die

Worte sprudelten nur so aus ihr heraus. Und das Erschreckende war die Belanglosigkeit ihrer Geschichten. Sie redete nur, um nicht an den Tod denken zu müssen und ich beneidete sie um ihre Stärke. Ich hatte noch nie einen Menschen gesehen, der so stark und mutig war wie sie. Tina hatte es geschafft, nicht mehr daran zu denken, dass sie krank war und wollte ihr Leben so weiterzuführen wie bisher. Und sie hatte es geschafft zu vergessen, dass sie bis vor kurzem noch im Bett lag und sich wie eine Verrückte gebärdete, damit ich ihr half, zurück in ihr Leben zu finden. Und dafür bewunderte ich sie.

„Danke, dass du mir geholfen hast", sagte sie dann und legte ihren Kopf an meine Schulter.

„Ich liebe dich eben", erwiderte ich und ich wusste, dass dies alles erklären würde und dass ich nichts davon erzählen musste, dass ich sie beinahe im Stich gelassen hätte und dass ich Angst davor gehabt hatte, dem Arzt die Wahrheit zu sagen.

24. Dezember – Heiligabend – 8.30 Uhr abends
Tina saß vor dem Fernseher in einem der Fauteuils, die Beine hochgelagert, und sie aß eine große Portion Eis mit Schlagsahne. Sie hatte es sich gewünscht, mitten im Winter Eis mit Schlagsahne zu essen. Und wie jeder ihrer Wünsche wurde er ihr sofort erfüllt. Ich war gerade dabei, den Weihnachtsbaum zu schmücken. Wir hatten diesmal einen besonders großen ausgesucht, obwohl wir immer der Meinung gewesen waren, dass große Bäume mehr Arbeit machten und kleine daher besser wären. Doch im Hinblick darauf, dass ich nicht wusste, ob es nicht unser letztes Weihnachtsfest sein würde, ließ es meine Sentimentalität nicht zu, einen dieser kleinen, mickrigen Bäume zu nehmen, deren Nadeln schon nach wenigen Tagen abfallen.

„Sieh nur, wie es schneit!", rief sie plötzlich. Ihre Stimme klang aufgeregt und erfreut. Ich ging zu ihr, umklammerte sie und wir blickten beide aus dem Fenster. Große, dicke Schneeflocken wehten vom Himmel, als ob sie schwebten und die Nacht war sternenklar. Es waren kaum Menschen auf der Straße. Und die, die wir sehen konnten, waren dick eingemummt in warmen

Mänteln, die Krägen waren aufgestellt und sie trugen Mützen, die sie weit ins Gesicht gezogen hatten. Die Wangen waren rot vor Kälte und die Augen glasig, so sehr tobte der eisige Wind. Plötzlich umgab mich ein Gefühl von Wärme und Dankbarkeit, dass wir beide jetzt zusammen vor dem Fenster saßen und zusammen Weihnachten feiern konnten.

„Es ist Zeit für deine Medizin", sagte ich dann.

Es war mir im Laufe der Zeit gelungen, sie dazu zu bringen, die Tabletten zu nehmen, ohne dass sie sich dagegen sträubte. Und ich glaube, sie war froh, dass sie sie hatte. Denn so gut sie es auch zu verbergen versuchte, ich bemerkte doch, dass ihre Schmerzen schlimmer wurden. Und manchmal, wenn die Schmerzen sogar für mich schon unerträglich geworden waren, hasste ich Gott dafür, dass es mir nicht gegeben war, diese Schmerzen einfach aus ihr herauszureißen und in meinen eigenen Körper einzupflanzen. Ja, ich wäre für sie gestorben. Wir feierten ein wundervolles Weihnachtsfest, obwohl Tina schon so schwach war, dass sie die meiste Zeit über sitzen musste, weil ihre Beine sie nicht mehr tragen konnten. Die Krankheit hatte ihren Tribut gefordert und ihre Muskeln geschwächt. Trotzdem saßen wir nebeneinander vor dem Baum auf dem Boden. Wir hielten uns an den Händen und sangen Weihnachtslieder. Und als ich zu Tina hinüberblickte, sah ich ihre strahlenden Augen, mit denen sie den Baum anblickte und ich war glücklich, dass sie trotz allem noch so strahlten.

11. Kapitel

Kalte Tage.
Kühle Atmosphäre.
Eisige Zukunft.
Ich fror. Ich fror entsetzlich. Ich fror, obwohl das Feuer im Kamin brannte und anheimelnde Wärme in unser sonst so kaltes Heim brachte. Ich hatte kalte Hände und Füße und ein erfrorenes Herz. Und mein Gesicht war glühend heiß. Es war heiß, weil

mir Minute um Minute, Stunde um Stunde Fragen, die ich nicht beantworten konnte, durch den Kopf gingen. Ich hatte schon lange aufgehört zu essen, zu trinken, zu schlafen. Zu viel Verzweiflung hatte mein Herz zugeschnürt. Ich hatte den Unterschied zwischen Gegenwart, Vergangenheit und Zukunft vergessen. Ich wusste nicht einmal mehr das Datum. Und ich bemerkte nicht, dass meine Mutter die die meiste Zeit bei uns verbrachte, vor Sorgen zu vergehen schien. Tinas Zustand hatte sich nicht gebessert und ihre Schmerzen hatten sich verschlimmert, obwohl sie diese verdammten Tabletten nahm. Und irgendwann fand ich mich im Badezimmer, die Tablettenschachtel in der Hand, wie ich sie in die Toilette werfen und wegspülen wollte. So sehr verachtete ich sie für etwas, wofür sie keine Schuld hatten.

Doch trotz ihrer Schmerzen versuchte Tina, so lebendig wie möglich zu bleiben. Jeden Morgen stand sie auf, sofern ihre Beine stark genug waren und obwohl es jedes Mal länger dauerte, bis sie den Weg vom Schlafzimmer ins Badezimmer zurückgelegt hatte. Die Schmerzen waren fast unerträglich, aber sie verzog keine Miene. Sie war nur so dünn geworden, so abgemagert, so stumpf. Und eines Tages stand sie nicht mehr auf. Sie hatte es versucht. Diesmal hatte ihr das Schicksal einen Streich gespielt. Sie war direkt neben dem Bett zusammengebrochen und diesmal hatte sie wieder geweint. Doch sie rief mich trotzdem nicht zu Hilfe. Irgendwann, nachdem ich zu lange vergeblich mit dem Frühstück auf sie gewartet hatte, war ich ins Schlafzimmer zurückgegangen und hatte sie so vorgefunden.

Ich erschrak, lief zu ihr und versuchte, sie wieder zurück ins Bett zu heben. Doch sie wehrte sich mit dem Rest der ihr verbliebenen Kraft.

„Bitte nicht zurück ins Bett. Menschen streben im Bett", weinte sie und sie klammerte sich am Nachtkästchen fest, sodass es mir nicht gelang, sie aufzuheben. Erschöpft und verzweifelt ließ ich von ihr ab, setzte mich keuchend auf den Bettrand und begann mit ruhiger, sanfter Stimme auf sie einzureden. Doch wie immer, wenn sie störrisch war und über ihre Krankheit nicht hinweg kam, hörte sie mir nicht zu. Sie presste ihre Hände gegen ihre Ohren und begann wieder zu summen. Ich hörte schließlich auf zu reden.

„Lass mich bitte hier", rief sie noch einmal eindringlich, bevor sie sich ganz zurückzog und sie wieder ihren starren, leblosen Blick bekam. Und ich wusste, dass ich jetzt keinerlei Chancen hatte, bei ihr Gehör zu finden. Also gab ich es auf, ging resigniert in die Küche zurück, nahm die Kanne Kaffee, die ich vorbereitet hatte, und leerte den Inhalt in den Ausguss.

Es war das erste Mal, dass ich anfing zu toben. So lange war es mir gelungen, den Mund zu halten, aus Liebe zu Tina, Nachsicht walten zu lassen und immer und ewig gute Miene zum bösen Spiel zu machen. Ich wäre fast zugrunde gegangen an meiner Fürsorge und sie hatte mich fast in den Wahnsinn getrieben mit ihrer Singerei und den ausgefallenen Wünschen. Und diesem Menschen zuliebe hatte ich das alles so lange Zeit über mich ergehen lassen, bis ich zur Gänze ausgelaugt war. Ich hatte es die ganze Zeit über gefühlt, dass ich irgendwann durchdrehen würde. Nur war mir bis vor kurzem noch nicht klar gewesen, wie schnell so etwas gehen kann. Immerhin war ich doch auch nur ein Mensch und Tina hatte es geschafft, mich mehr und mehr zu einem Wrack zu machen. Und gleichzeitig wusste ich auch, dass ich ihr zuliebe weiterhin schweigen und mich zum Idioten machen lassen würde.

Ich beließ es nicht dabei, den Kaffee in den Ausguss zu leeren. Es genügte mir nicht. Mit einer schnellen Bewegung meines Unterarmes fuhr ich über den Tisch, der bereits gedeckt war. Die Teller und Tassen fielen mit einem lauten Klirren zu Boden und verstreuten ihre Scherben überall auf dem Teppich. Verzweifelt und laut atmend ließ ich mich auf die Couch fallen, stützte meinen Kopf in meine Hände und weinte. Ich weinte laut, immer noch wütend und gleichzeitig ratlos, und ich weinte lange, so lange, bis ich nicht mehr weinen konnte. Es kam mir anfangs eigenartig vor, denn ich hatte noch niemals zuvor so lange geweint, dass ich einfach nicht mehr konnte und ich wusste nicht, woran es lag. Es wurde plötzlich still. Ich war müde geworden und die Augen fielen mir zu. Doch einschlafen konnte ich nicht.

Dafür war ich viel zu aufgewühlt. Ich weiß nicht, ob ich wach war oder schlief. Ich hörte plötzlich ein leises, verzweifeltes Wimmern aus dem Schlafzimmer. Wie in Trance nahm ich es wahr, dieses Wimmern, das immer leiser werdend an mein Ohr drang und irgendwie den Weg in mein Gehirn nicht schaffte, denn ich weiß noch, es dauerte lange, bis mir bewusst wurde, dass dieses Wimmern von Tina kam. Ich schrak auf. Was um Gottes Willen hatte ich schon wieder getan? Ich war so wütend geworden, dass ich vergessen hatte, dass im Zimmer nebenan ein Mensch im Sterben lag, der meine Hilfe brauchte. Und ich war einfach nur dagesessen, hatte mich in meinem Selbstmitleid gesuhlt und es hatte mir gefallen, einmal der arme Schwache zu sein. Dabei wurde mir erschreckend bewusst, dass es die ganze Zeit über niemals wirklich um mich gegangen war.

„Tina!", schrie ich und rannte in ihr Zimmer. Ich fand sie im Bett liegend vor. Sie hatte wieder Schmerzen. Ich gab ihr sofort ihre Tabletten, gleich zwei davon. Doch sie nützten nichts mehr. Ich wusste es gleich: Es waren die letzten Schmerzen ihres Lebens. Und obwohl ich die ganze Zeit über gewusst hatte, dass sie irgendwann den Kampf gegen ihre Krankheit verlieren würde, überkam mich unendliche Verzweiflung und ich begann zu schreien:

„Tina, bitte nicht sterben! Bitte nicht!"

Doch sie lächelte nur gequält.

„Es ist zu spät. Bald werde ich es geschafft haben."

Und wieder war es wie ein Geschenk des Himmels, dass meine Mutter plötzlich bei der Türe hereinkam.

„Mum, sie stirbt", sagte ich und erschrak, so ruhig war meine Stimme plötzlich geworden. In Mutters Blick spiegelte sich nacktes Entsetzen. Doch nur für einen Bruchteil einer Sekunde. Sie behielt die Fassung, wie sie es immer schon getan hatte. Und sie sagte:

„So ein Unsinn, Tina. Du wirst schon wieder."

Doch Tina schüttelte den Kopf. Dann schloss sie ihre Augen und wieder überkam mich Panik. Ich hatte Angst, dass sie tot war und dass ich nicht einmal ihre Hand dabei gehalten hatte.

Doch als ich mein Ohr auf ihre Brust legte, hörte ich noch ihr Herz schlagen und unendliche Erleichterung überkam mich.

„Lass sie jetzt schlafen", sagte meine Mutter im Flüsterton.

Sie nahm mich bei der Hand und zog daran, sodass ich nach einiger Zeit widerwillig, aber doch aufstand und ihr in die Küche folgte.

„Ich werde jetzt einmal etwas Stärkendes zu essen machen, damit sie wieder ein wenig zu Kräften kommt. Und du beruhige dich erst einmal. Es ist bestimmt nur ein vorübergehender Schwächezustand. Das legt sich bald wieder", versuchte meine Mutter, mich aufzumuntern und zwang mich mit einem leichten Druck auf meine Schultern, mich zu setzen. Doch ich war so unruhig, meine Beine konnten nicht ruhig bleiben und meine Sorge um Tina zwang mich dazu, wieder zu ihr zu gehen und mich wieder neben sie auf das Bett zu setzen. Sie schlief und ihr Atem wirkte ruhig und entspannt. Doch trotz allem quälte mich die Sorge um ihren Gesundheitszustand mehr denn je. Denn im Innersten fühlte ich, dass das Ende nahte und gleichzeitig wusste ich, dass ich nichts daran ändern konnte, ob ich jetzt hier saß oder nicht.

„Was tust du denn hier?", flüsterte meine Mutter, die mir gefolgt war.

„Lass mich hierbleiben. Bitte", sagte ich, ohne mein Gesicht von Tina abzuwenden. Sie wusste, dass es keinen Sinn haben würde, mich mit Gewalt dazu bringen zu wollen, das Zimmer zu verlassen. Daher seufzte sie nur nachsichtig und zuckte mir den Schultern.

„Wie du willst", sagte sie und ging.

Tina schlief den ganzen Tag. Einerseits war ich froh darüber, dass sie trotz der Schmerzen schlafen konnte. Doch trotzdem verbrachte ich die meiste Zeit bei ihr, prüfte ihren Puls und beobachtete ihr Atmen. Es war schwach, doch es zeigte mir, dass sie noch lebte. Spät nachts schlief ich dann ein. Ich schlief nicht sehr tief, hatte jedoch schwere Träume, zusammenhanglos und ohne Sinn. Als ich erwachte, fühlte ich mich müder als zuvor. Ich warf einen schnellen Blick zu Tina hinüber und stellte mit Beruhigung fest, dass sie immer noch schlief. Auf leisen Sohlen ging ich ins Wohnzimmer. Meine Mutter war immer noch da.

Sie lag zusammengerollt auf der Wohnzimmercouch und schlief, jedoch nicht mehr sehr lange. Sie musste meine Schritte gehört haben, denn gerade als ich ins Badezimmer gehen wollte, öffnete sie etwas verschlafen die Augen.

„Wie geht es Tina?", fragte sie schlaftrunken.

„Sie schläft", antwortete ich.

Und ich wusste, sie würde nie wieder aufwachen.

Meine Mutter war da, Johnny war da. Er verbrachte so ziemlich jede freie Minute bei uns und er versuchte auf jede nur erdenkliche Art und Weise, mich mit seinen flachen Witzen etwas aufzumuntern. Das gelang ihm jedoch nur selten. Er war auch hier, als Tina wieder die Augen öffnete. Mit Mühe hatte sie es geschafft, aus ihrem Schlaf, den sie wahrscheinlich aus Schutz vor den Schmerzen gewählt hatte, zu erwachen. Und sie sagte auch, sie hätte weitergeschlafen, wenn sie nicht gewusst hätte, dass ich mir solche Sorgen machte, dass sie so lange nicht aufgewacht war. Sie sah mir in die Augen und sagte:

„Ich werde jetzt aufstehen. Hilfst du mir, Johnny?"

Und Johnny half ihr. Er trug sie auf seinen dicken, aber doch kräftigen Armen aus dem Zimmer und setzte sie dann auf den Stuhl neben dem Fenster. Sie wollte es so. Sie sagte, sie wolle auf alle Fälle noch einmal die kleine Stadt sehen, in der sie fast glücklich geworden wäre. Und auf diesem Platz schloss sie auch dann ihre Augen für immer.

Es war mir nicht einmal aufgefallen, dass sie tot war. So friedlich war sie auf dem Stuhl gesessen, den Kopf dem Fenster zugewandt und es kam mir so vor, als hätte sie gelächelt.

Johnny stellte dann fest, dass mit Tina irgendetwas nicht stimmte. Er war es, der den Krankenwagen rief. Ich war wieder einmal nicht fähig gewesen, irgendeine Entscheidung zu treffen. Ich saß nur da, den Blick starr auf Tina gerichtet und murmelte:

„Jetzt ist sie tot. Du musst den Krankenwagen nicht mehr holen."

Doch Johnny hörte nicht auf mich. Der Arzt, der dann kam, war voller Mitleid als er sagte:

„Sie ist tot."

Und ich sagte: „Ich auch."

12. Kapitel

Sie starb am 3. Februar 1957. Es war furchtbar gewesen, als der Arzt sagte: „Sie ist tot."

Und das Schrecklichste war sein mitleidiger Blick, mit dem er mir diese Mitteilung machte. Es kann durchaus sein, dass er wirklich Mitleid empfand, doch in diesem Moment des Schmerzes kam es mir wie reiner Hohn vor. Er und zwei Sanitäter hoben Tinas Körper vom Stuhl auf die Couch.

„Wir müssen das Bestattungsunternehmen informieren", sagte er dann.

Ich nickte nur, starrte auf den leblosen Körper meiner Frau und antwortete: „Ich mache das gleich."

Ich war froh, als die Männer endlich gegangen waren. Ich setzte mich neben Tina auf die Couch, nahm ihre kleine Hand in meine und weinte, weil ihr Körper noch so warm war. So, als ob sie noch lebte.

„Jetzt bist du weg", sagte ich.

„Du bist einfach gegangen und hast mich zurückgelassen. Was soll denn nur werden?"

Es wurde mir jetzt erst richtig bewusst, dass ich jetzt alleine war und dass mir diese Welt nichts mehr bedeutete ohne die Frau, die ich so sehr geliebt hatte. Und das erste Mal nahm ich eine Flasche Bourbon zur Hand, nur um mich zu beruhigen, und nahm einen großen Schluck daraus. Ich kann nicht sagen, dass dieser erste Schluck wirklich gut war. Im Gegenteil, er brannte meine Kehle hinunter und ich verzog mein Gesicht.

Als die Männer von der Bestattung kamen und Tina mitnahmen, bekam ich plötzlich das Bedürfnis, zu schreien, sie sollten sie doch hierlassen. Denn ich wusste, dieser Abschied war für lange, lange Zeit. Und als die Männer gegangen waren, blieb nur die Einsamkeit zurück, denn überall, in jedem Raum, war Tina noch so gegenwärtig, dass es schmerzte. Nachdem ich lange Zeit auf und ab gegangen war, fasste ich den Entschluss, das Haus zu verlassen. Ich hielt es nicht mehr aus, die ganze Zeit über daran zu denken, dass Tina bis vor kurzem noch gelacht hatte und ich hörte ihre Stimme noch, die sanft an meine Ohren drang und mich erschrecken ließ. Ich schloss die Türe zum Schlafzimmer, denn ich glaubte bei dem Anblick des Bettes, in dem sie heute Morgen noch gelegen hatte, zusammenzubrechen. Trotzdem warf ich noch einen letzten Blick durch den Türspalt. Es war wie ein Zwang. Ich konnte gar nichts dagegen tun. Und als ich es dann sah, das Bett und die von ihrer Hand zurückgeschlagenen Decke, weinte ich wieder. Es waren nur wenige Tränen, die ich vergoss. Und es waren die letzten.

•••

Ich hatte das Haus dann gleich verlassen und war, wie schon so oft in letzter Zeit, zum Haus meiner Mutter gegangen. Ich wollte ihr sagen, dass Tina gestorben war. Doch als sie mir die Türe öffnete und sie mir gegenüberstand, brachte ich kein Wort über meine Lippen. Es gelang mir nicht, diese Worte auszusprechen. Mutter nickte nur, senkte ihren Blick und zog mich an sich.

„Mein armes Kind", schluchzte sie. „Warum musstest du dich gerade in ein Mädchen verlieben, mit dem du überhaupt keine Chance gehabt hast?"

„Ich würde es wieder tun. Immer wieder. Denn ich habe immer nur sie geliebt. Und ich werde keine andere Frau lieben", antwortete ich, entrüstet über ihre Worte. Ich stieß sie weg.

„Es tut mir leid", sagte sie. Sie weinte immer noch. Erst dann gingen wir ins Haus.

„Möchtest du darüber reden?", fragte sie noch.

Doch ich verneinte.

„Ich möchte jetzt nur meine Ruhe", sagte ich. „Ich gehe in mein Zimmer."

Und als ich die Stufen hinaufging, erschrak ich, da mir plötzlich bewusst wurde, dass es keinen Sinn gehabt hatte, aus unserem Haus zu fliehen. Ich konnte der Erinnerung an sie nicht entfliehen, denn alles, auch das Haus meiner Mutter und jede Stufe, die ich jetzt langsam hinaufstieg, erinnerte mich an Tina. Sie war überall und ich wusste, sie würde immer bei mir sein und ich hatte nur eine Chance, ich musste mich damit abfinden. Und irgendwann, wenn auch ich den letzten Atemzug getan hatte, würden wir wieder zusammen sein. Ich beschloss, jeden Tag so zu leben, immer diesen Augenblick vor Augen und endlich würde ich es schaffen, meine Trauer abzulegen und nur mehr Freude zu empfinden. Freude auf den Tag, an dem ich sie wieder bei mir haben würde.

Ich schloss mich in mein Zimmer ein und warf mich auf das Bett. Auf mein Bett, das mit dem bunten Überzug und dem darüberliegenden kleinen Fenster mit den schönen Vorhängen. Ich lag auf dem Rücken und starrte die Wände an. Und sie alle waren noch da. Meine Poster, die ich aufgehängt hatte, noch bevor ich Tina kannte, und ich sah Liz Taylor, die mich anlachte. Ich erinnerte mich, wie sehr ich dieses Bild geliebt hatte, weil es Tina so ähnlich war und weil ich Tina so sehr liebte. Und jetzt war sie weg und dieses Bild – dieses verdammte Bild – war immer noch da. Es war da und es würde mich jeden Tag daran erinnern, dass meine Zukunft mit dem Mädchen meiner Träume zerstört war. Es überkam mich Zorn, Wut und Hass, sodass ich aufsprang und das Poster mit einer schnellen Bewegung von der Wand riss. Ich riss es herunter und zerriss es in kleine Stücke und diese warf ich dann mit einem lauten Schrei der Verzweiflung zu Boden.

„Ich kann nicht hierbleiben!", schrie ich. „Ich kann das alles nicht mehr sehen."

Und ich rannte aus dem Zimmer, knallte die Türe hinter mir zu und lief, ohne zu sehen, wohin ich lief, die Stufen hinunter, hinaus auf die Straße. Ich hörte noch meine Mutter schreien: „Bleib da, Jack. Ich bitte dich, bleib da!" Doch ihre Stimme wurde leiser, sie erreichte bald mein Ohr nicht mehr, je weiter ich lief. Es war Johnny, der mich aufhielt. Er hielt mich einfach am Zipfel meiner Jacke fest, sodass ich nicht mehr weiterlaufen konnte und erst dann kam ich zu mir. Ich drehte mich gehetzt um und war froh, Johnny zu sehen. Sein Blick war sehr ernst. Er legte seinen Arm um mich und sagte:

„Ich hab's gerade erst gehört. Es tut mir so leid, Jack. Du weißt, wie sehr ich Tina mochte und ich weiß auch, wie sehr du sie geliebt hast. Es ist alles so furchtbar."

„Ja, es ist furchtbar. Aber das Furchtbarste sind all die anderen mit ihrem Mitleid!", rief ich, riss mich los und lief weiter. Ich lief zurück zu meinem Wagen. Ich hatte plötzlich das Bedürfnis, eine Spritztour zu machen. Denn ich hatte immer schon im Wagen am besten träumen können. Und dann fuhr ich, ganz einfach nur so, ohne Ziel. Ich wollte nur fahren. Es war wie ein innerer Zwang, der mich dazu trieb. Und ich folgte ihm. Und während ich fuhr, wunderte ich mich, dass es so schnell dunkel geworden war. Die Straßenbeleuchtung war mangelhaft und so musste ich etwas Gas wegnehmen, da ich die Fahrbahn nur mehr sehr schlecht sehen konnte. Die Gegend kam mir auch nicht mehr bekannt vor. Und plötzlich hatte ich das Gefühl, das alles schon einmal erlebt zu haben. Ich verwarf diesen Gedanken jedoch wieder. Es war sehr still um mich, drückend still. Und plötzlich begann es zu regnen. Erst war es nur ein leichtes Nieseln, das jedoch schnell zunahm und in einen starken Regen überging. Die ohnehin schon schlechte Sicht wurde noch mangelhafter. Ich beschloss, irgendwo umzudrehen und zurückzufahren. Doch ich konnte in absehbarer Entfernung keinen geeigneten Umkehrplatz finden. Und so fuhr ich weiterhin geradeaus, ohne ein Ziel und mit dieser Leere in meinem Kopf, die von Minute zu Minute größer wurde. Ich drehte das Radio an, doch es kam nur ein Rauschen aus den Boxen. Und obwohl ich versuchte, den Sender richtig einzustellen, wurde das Rauschen nur stärker.

„Was ist denn hier eigentlich nur los?", rief ich verwundert und gleichzeitig ein wenig ängstlich aus. Doch niemand war da, der mir diese Frage hätte beantworten können. Und ich konnte es schon gar nicht. Also drehte ich das Radio wieder ab und konzentrierte mich auf die Straße, die jetzt ein wenig holprig wurde. Es war jetzt bereits Nacht geworden und ich warf einen Blick auf meine Uhr. Ihre Zeiger zeigten jedoch erst fünf Uhr nachmittags an.

„Eigenartig", murmelte ich, ohne mich jedoch wirklich zu wundern.

„Es hat keinen Sinn", stellte ich resigniert fest. „Ich weiß überhaupt nicht, wo ich eigentlich bin."

Und dann dachte ich an meine Mutter und daran, dass sie sich Sorgen machen würde, wo ich wohl sei. Ich entschloss mich, bei der nächsten Telefonzelle anzuhalten und sie anzurufen. Die Nachricht von Tinas Tod war schlimm genug für sie gewesen. Ich wollte sie nicht noch mehr unnötig aufregen. Doch als ich meinen Wagen anhielt, war weit und breit keine Telefonzelle zu sehen, nur eine gerade Straße ohne Beleuchtung, ohne Bäume oder Häuser. Nichts. Ich wunderte mich, wieso ich eigentlich hier stehen geblieben war, doch trotz meiner Verwunderung stieg ich aus. Ich hatte den Wagen an einem kleinen Lokal angehalten, das ich vorher nicht gesehen hatte. Es war plötzlich da. „The Fifties" stand in Leuchtschrift auf der Fassade und leise Musik drang durch das offene Fenster. Ein schlimmer Verdacht überkam mich. Es war anfangs nur ein Verdacht, der sich erhärtete als ich mich nach dem Wagen umdrehte …

* * *

Statt meines geliebten roten Cabriolets stand dort ein anthrazitgrauer BMW. Der Wagen von Mr Tom Springfield, Alter: 35, Familienstand: ledig, Beruf: Manager, geboren: London, wohnhaft in: Manchester …

Und da war er wieder. Nach genau einem Jahr. Mein dunkler Anzug und darüber mein Mantel. Und als ich mein Gesicht mit den Händen berührte, war auch er wieder da, mein Schnurrbart, und ein Blick in den Seitenspiegel des Wagens nahm mir auch noch den Rest eines Zweifels. Ja, es war das Gesicht von Tom Springfield. Ich atmete erleichtert auf, als ich feststellte, dass ich offensichtlich nur geträumt hatte. Die Zeiger meiner Uhr zeigten Mitternacht, als ich das Lokal betrat.

„Hey Tom!", rief Kate. „Du kannst dich wohl nicht von uns trennen. Hast du was vergessen?"

„Nein", sagte ich schnell und ich fühlte wieder diese drückende Hitze, die meinen Körper durchzog. „Nein, ich wollte nur … ich wollte … noch eine Bloody Mary."

„Wird gemacht."

Ich setzte mich auf meinen Platz, von dem ich mich erst vor kurzer Zeit erhoben hatte und von dem aus ich zu Jack hinübergegangen war. Diesem alten, versoffenen Mann, den niemand ernst nahm. Wirklich niemand? fuhr es mir durch den Kopf. Verstohlen warf ich einen Blick zu Jacks Platz hinüber. Und da saß er. Und vor ihm stand ein großes Glas Bier und seine Schirmkappe war ihm ins Gesicht gerutscht. Er schien zu schlafen, denn sein Kinn lag auf seiner Brust und er schnarchte leise. Sehr leise. Doch ich konnte es genau hören.

Ich erschrak, als Kate mir meinen Drink auf den Tisch stellte. Sie musste es bemerkt haben, denn ich war sichtlich zusammengezuckt. Ich hatte mich sofort ertappt gefühlt, ertappt, dass ich den alten Jack beim Schlafen beobachtete.

„Ist irgendetwas nicht in Ordnung?", fragte sie sichtlich besorgt.

„Nein, ich bin, glaube ich, nur etwas müde", antwortete ich mit heiserer Stimme. Mir war jetzt unerträglich heiß geworden und ich begann wieder, meine Krawatte etwas zu lockern.

„Ich muss im Wagen eingeschlafen sein", fügte ich noch hinzu.

„Eingeschlafen?", fragte Kate und ihr Blick wurde noch besorgter. „Das kann nicht sein, Tom. Du warst keine zwei Minuten weg. Du kannst gar nicht eingeschlafen sein."

Ich hatte nicht geschlafen? Aber das war doch unmöglich. Ich hatte immerhin einen sehr ausgedehnten realen Alptraum hinter mir. Und wieder begann ich, an meinem Verstand zu zweifeln. Ich dankte Gott dafür, dass Kate durch einen eintretenden Gast von dem Thema abgelenkt wurde und sie verließ mich.

Ich trank meine Bloody Mary in einem Zug aus und trotz allem änderte sich nichts an meinem sehr eigenartigen Zustand. Mir war immer noch heiß und meine Kehle war wie ausgetrocknet. Der Drink war nur ein Tropfen auf dem heißen Stein gewesen. Denn die Flüssigkeit, die meine Kehle hinuntergeronnen war, verdunstete innerhalb von einem Augenblick. Und zurück blieb ein trockener Gaumen, ein fahler Geschmack im Mund und Schweißperlen auf meiner Stirn. Ich hatte mir zwar vorgenommen, Jack jetzt nicht mehr zu beobachten, sondern einfach aufzustehen und zu gehen, doch irgendwie gelang es mir nicht. Wieder, einem Drang zufolge, warf ich einen Blick zu ihm hinüber.

„Hallo, Tom", hörte ich plötzlich seine raue Stimme.

Er sagte es, ohne den Kopf dabei zu heben. Ja, er wusste nicht einmal, dass ich überhaupt hier war. Oder doch? Verwirrt blickte ich mich um. Ich wollte einfach nur Gewissheit darüber haben, dass auch jemand anderer Jacks Stimme gehört hatte. Doch ich wurde enttäuscht. Kate stand hinter der Bar und unterhielt sich mit einem Gast, sehr intensiv und sie lachte dabei. Und keiner von ihnen schien irgendetwas bemerkt zu haben.

„Sie können mich nicht hören", sagte Jack und sah mich an. Wie hypnotisiert starrte ich einige Sekunden lang in seine wasserblauen, stechenden, versoffenen Augen. Es gelang mir nicht, meinen Blick von ihm abzuwenden, obwohl ich es wirklich versuchte. Dann stand ich auf und ging zu ihm hinüber. Ich setzte mich und Jack lächelte.

„Weißt du jetzt, was richtige Liebe ist?", fragte er und fuhr fort, mich mit anzustarren.

„Ich weiß nicht, was du meinst, Jack", stammelte ich, obwohl ich es ganz genau wusste.

„Du weißt sicher, was ich meine, Tom", antwortete er.

Er lächelte immer noch und wartete sehr geduldig auf meine Antwort.

„Oh ja, ich ... ich glaube, ich weiß, was Liebe ist."

Jack lehnte sich zurück und verschränkte die Arme vor seiner Brust. Sein Gesicht wirkte plötzlich jünger und nicht mehr so versoffen. Und seine Augen, sie begannen zu leuchten. Sie strahlten in einem seltsamen Licht der Zufriedenheit. Und er sah wie ein gehetztes Tier aus, das endlich vor seinen Verfolgern Frieden gefunden hatte. Und während ich ihn so beobachtete, begann ich mich zu fragen, was zum Teufel ich hier eigentlich tat. Ich saß hier bei einem alten Mann, der bis zum Hals mit Bier voll war und dessen Leber nur mehr ein hartes Stück Fleisch war und hörte mir seine unsinnigen Fragen an. Und das absurde dabei war, dass ich nicht die geringsten Anstalten machte, aufzustehen und endlich nach Hause zu fahren, obwohl meine Augen mehr als nur müde waren. Sondern ich blieb hier sitzen und beantwortete seine Fragen.

„Kate, zahlen!", rief er plötzlich.

„Komme sofort", hörte ich Kates Stimme hinter mir.

„Ich werde jetzt gehen", sagte Jack und blickte mich wieder an. „Ich glaube, es ist Zeit."

„Wohin gehst du?", fragte ich und meine Stimme war heiser.

Doch Jack antwortete nicht. Er fuhr fort, auf diese eigentümliche Art zu lächeln, zahlte und stand auf.

„Ich wünsche dir mehr Glück in deinem Leben, als ich in meinem hatte", sagte er noch, bevor er ging. Er klopfte mir freundschaftlich auf meine Schulter und dann verließ er, leise eine Melodie vor sich hin summend, das Lokal. Und plötzlich wusste ich, wohin er ging. Ich erkannte es an der Melodie, die er s summte. Es war dieselbe, die Tina immer gesungen hatte. Ich wusste, es war Zeit für ihn geworden, zu Tina zurückzukehren, damit er mit einem neuen, besseren Leben beginnen konnte. „Wohin er wohl geht?", fragte Kate, die immer noch neben mir stand. „Es kommt mir vor, als würde er nie wieder kommen."

„Ja, da hast du Recht. Er kommt nie wieder", sagte ich mit fester Stimme, denn ich wusste es genau.

„Hier", sagte ich und schob ihr einen Geldschein zu. „Behalte den Rest."

Dann stand ich auf, nahm meinen Mantel und verließ das Lokal. Ich hatte so viel gelernt in dem letzten Jahr oder waren es ein paar Stunden? Ich beschloss, einige Tage auszuspannen – irgendwo –, einfach nur ausspannen und versuchen, alles zu vergessen. Und trotzdem wusste ich, ich würde es nie vergessen. Dafür waren sie alle – Jack, Tina, Johnny und all die anderen – viel zu stark eingeprägt.

DAS LETZTE KAPITEL
VOM ALTEN JACK SMITH

Als ich eine Woche später vom Urlaub zurück ins Büro kam, fühlte ich mich wie neu geboren. Ich hatte viel Zeit gehabt, um über all das nachzudenken und es war mir gelungen, es schließlich aus meinem Gedächtnis zu verbannen. Und dieser Montagmorgen sollte ein neuer Anfang für mich werden. Ich hatte beschlossen, das Leben leichter zu nehmen, nicht mehr so viel zu arbeiten und vor allem – vorsichtiger mit Menschen umzugehen.

„Guten Morgen, Mr Springfield", begrüßte mich Miss Pingley. „Wie war der Urlaub?"

„Sehr erholsam", sagte ich fröhlich und schloss die Türe hinter mir. Ich hatte mich kaum gesetzt und mit einem tiefen Seufzer festgestellt, dass eine Menge Arbeit während der Zeit liegen geblieben war, als das Telefon läutete. Es Inspektor Ashley, ein sehr guter Freund von mir.

„Hallo, Tom. Na, wieder bei der Arbeit?", rief er.

„Ja, der Urlaub war kurz. Was gibt's denn?"

Schweigen am anderen Ende.

„Eigentlich nichts Besonderes. Ich wollte nur wissen, wie es dir so geht. Ich muss dann sowieso weg. Die Woche beginnt für mich mit einem Toten. Sie haben eine Leiche in der Schlucht gefunden. Es handelt sich wahrscheinlich um den alten Jack Smith. Du weißt doch, der alte Mann, der ..."

„Ja", unterbrach ich ihn. „Ich kenne ihn. Und du bist sicher, dass er es ist?"

„Ich weiß es nicht. Ich habe ihn noch nicht gesehen. Aber es gibt angeblich einen Zeugen, der gesehen hat, dass Jack in die Schlucht gesprungen ist. Und er sagt, er hat dabei gesungen. Kannst du dir das vorstellen?"

„Ja, das kann ich mir vorstellen", sagte ich, denn ich war mir sicher, dass es so war. Als ich den Hörer aufgelegt hatte, fühlte ich mich sehr traurig und irgendwie auch erleichtert. Denn ich wusste, dass Jack es so hatte haben wollen und dass er jetzt endlich glücklich war. Einige Stunden später erreichte mich wieder Inspektor Ashleys Anruf, der mir seine Vermutung bestätigte. Es war Jacks Leiche, die man in der Schlucht total verstümmelt aufgefunden hatte. Er hatte sich von der Klippe in die Schlucht gestürzt und war auf der Stelle tot gewesen.

„Er hatte keine Verwandten. Wir werden ihn wohl in einem Massengrab beerdigen müssen", sagte Inspektor Ashley am Telefon.

„Auf keinen Fall!", hörte ich mich plötzlich antworten.

„Ich verstehe nicht, was du meinst."

„Ich meine, dass er wohl etwas Besseres verdient hat, als in einem Massengrab beerdigt zu werden. Immerhin ist er doch ein Mensch. Wie kannst du nur so etwas sagen?", brüllte ich in den Hörer.

Es wurde still am anderen Ende.

„Ich werde die Beerdigung bezahlen", fügte ich hinzu.

Als mich mein Freund nach dem Grund fragte, wusste ich nicht, was ich ihm darauf antworten sollte. Es gab keinen bestimmten Grund dafür. Ich wusste nur eines: Ich konnte diesen armen Menschen jetzt nicht im Stich lassen. Jetzt, da ich so viel von ihm wusste und da ich seine Motive für seinen Selbstmord kannte. Ich weiß, niemand verstand, wieso ich so eine Menge Geld für einen stadtbekannten Trinker ausgab Doch ich suchte eine besonders schöne Beerdigung für ihn aus. Es war niemand außer mir und meinem Freund Ashley gekommen. Ich ging hinter dem Sarg, mit einem dunklen Anzug gekleidet und mit einem Herzen voller Trauer. Selbst der Pfarrer, der eine kurze Rede hielt, stand dem Ganzen eher verständnislos gegenüber. Doch er fragte nicht nach dem Grund. Immerhin war er Christ.

„Kann ich dich kurz sprechen?", fragte Ashley anschließend. „Ich verstehe immer noch nicht, wieso du das tust. Du hast doch den alten Jack nicht mehr oder weniger gekannt als die anderen dieser Stadt. Wieso bedeutet es dir so viel, ihm eine angemessene letzte Ruhestätte zukommen zu lassen?"

„Du irrst dich, wenn du glaubst, ich habe ihn nicht gekannt. Ich habe ihn besser gekannt als irgendjemand anderer auf dieser Welt. Glaube mir. Ich hatte lange genug Zeit, darüber nachzudenken."

Ashley verstand es trotzdem nicht. Als er sich von mir verabschiedet hatte und ging, blickte ich ihm kurz nach und ich sah, wie er verständnislos den Kopf schüttelte. Ich wandte mich wieder dem Grabstein zu und legte einige Blumen auf die frisch angehäufte Erde seines Grabes.

„Genaueres wissen wir nur wir", sagte ich.

Auf seinem Grabstein stand:

Jack SMITH

Geboren: 1935

Verstorben: 1991

Er starb an gebrochenem Herzen

Teil 2

DIE BEICHTE EINES MENSCHEN

28. Jänner 1990

Es war der Geruch ihres verwesenden Körpers, der verriet, dass sie gestorben war. Die alte Dame, die unter ihr im Parterre wohnte, bemerkte als Erste, dass irgendetwas passiert sein musste. Sie alarmierte die Polizei.

„Sie müssen sofort kommen. Hier bei uns im Haus stinkt es erbärmlich. Mit der Frau über mir muss etwas passiert sein. Beeilen Sie sich!", stammelte sie, als der Beamte den Hörer abnahm. Bereits kurze Zeit später fuhr die Polizei mit Blaulicht und kreischender Sirene vor dem Haus vor. Die drei Beamten, die aus dem Wagen sprangen, wurden sogleich von der alten Dame empfangen, die ihr Eintreffen schon erwartet hatte. Sie schien ziemlich aufgeregt, als sie ihnen mit ihren kleinen, trippelnden Schritten entgegenlief. Eine uralte, bucklige Frau mit schütterem, weißem Haar und dürren, sehnigen Armen.

„Kommen Sie, es ist im ersten Stock", krächzte sie.

Schon beim Betreten des Hauses wurden die Beamten aufgrund des aufdringlichen Verwesungsgeruches, fast wie durch einen Hammerschlag auf die Stirn, zurückgeworfen.

„Verdammte Scheiße", fluchte einer. „So, wie das hier stinkt, muss die ja schon seit Wochen tot sein."

Schnellen Schrittes liefen sie die Treppe hinauf, während die schrullige, alte Dame, die keuchend hinter ihnen her trippelte, immer weiter zurückblieb. Erst als einer der Beamten die Türe aufgebrochen hatte, wichen sie angewidert zurück. Der süßliche Geruch war bereits so intensiv, dass der Jüngste von ihnen, ein zarter, blonder junger Mann, mit aschfahlem Gesicht an der Alten vorbei die Treppe hinunterlief. Er schaffte es nicht mehr bis auf die Straße und kotzte gleich in den Flur. Es war das erste Mal, dass er die Ausdünstung eines toten, vermodernden Körpers gerochen hatte und er weinte. Die beiden anderen hatten die Wohnung bereits betreten. Sie hielten sich Taschentücher vor Mund und Nase, um atmen zu können. Die Wohnung glich einem Kellerloch. Die Wände waren feucht, voller Schimmel und der Verputz hatte Risse gebildet. Der Fußboden war schwammig und aufgeworfen und alles strotzte vor Schmutz. An der Decke brannte einsam eine Glühbirne ohne Lampenschirm und warf ihr schummriges Licht auf die Gestalt einer jungen Frau, die auf dem Boden lag. Sie lag da, in ihrem eigenen Erbrochenen, mit offenen Augen. Ihr Körper war bereits teilweise verwest, mit blauen Flecken übersät und sie war nur mit einem schmutzigen, einst weißen Kleid bekleidet.

Stühle waren durcheinandergeworfen und auf dem Teller des Plattenspielers drehte sich unaufhörlich eine Platte, bereits zerkratzt, am Ende ihres Liedes – wie jene junge Frau mit dem starren Blick in ihren leblosen Augen. Neben ihr auf dem Boden lag eine zerbrochene Flasche Gin, ihre Hand, von den Scherben zerschnitten, und das Blut eingetrocknet auf dem Parkett. Das erste Ungeziefer hatte begonnen, sich an ihrem mageren, toten Körper zu laben; Fliegen, Maden, Ameisen …

Die Beamten standen da, bleich und angeekelt von dem Bild, das sich ihnen darbot und unfähig, sich zu bewegen, ja sogar unfähig, ihre Gesichter abzuwenden. Es vergingen sicher einige Minuten, bis einer von ihnen sagte:

„Los, wollen wir das hinter uns bringen."

Sie arbeiteten rasch, der Gerichtsmediziner war schon vor Ort, die Leiche wurde weggebracht, vorsichtig wegen Verwesung. Doch plötzlich, sie hatten die Wohnung beinahe verlassen, stutzte einer von ihnen. Mit einem Blick auf den runden Tisch, der in der Mitte des Zimmers stand, sagte er:

„Seht mal, dort auf dem Tisch."

Er ging näher und nahm einen Bogen Papier auf.

„Ein Abschiedsbrief?", krächzte die Alte, die ihnen bereits schon vor längerer Zeit gefolgt war. Mit neugierigem Blick trippelte sie näher, stellte sich direkt hinter den Polizisten und reckte ihren Hals, so gut sie konnte. Sie wollte ja nichts verpassen. Dabei grinste sie ironisch und meinte dann:

„Sie war ein leichtes Mädchen, wissen Sie?"

Als von den Beamten jedoch nicht die gewünschte Reaktion kam, bohrte sie weiter:

„Dauernd waren andere Männer in ihrer Wohnung, ein ungezügeltes Weib. Naja, mit solchen Sünden auf den Schultern kann man einfach nicht leben, finden Sie nicht?"

Während sie sprach wurde ihre Stimme immer lauter, ungeduldiger und schriller. Nervös zappelte sie von einem Bein auf das andere. Anfangs ignorierten die Beamten sie noch, hatten die Köpfe über dem Papier zusammengesteckt und reagierten nicht.

„Es ist nicht schade um so eine Schlampe oder sind Sie anderer Meinung?", versuchte sie ein letztes Mal, die Aufmerksamkeit der beiden Männer auf sich zu lenken und es gelang. Die wollten wirklich nicht auf ihre Worte reagieren. Doch plötzlich tat es doch einer. Er drehte sich um, lächelte sie freundlich an, schnappte sie an ihrem dürren Arm und beförderte sie, fast schon zu rüde, vor die Tür.

Die Alte wehrte sich. Sie schrie und zeterte.

„Verdammte Bullenschweine!", brüllte sie noch.

Doch der Beamte knallte die Türe vor ihrer Nase zu und fluchte:

„Altes Miststück."

Der andere der beiden begann plötzlich, laut zu lesen, es waren einige Sätze mit zitternder Schrift auf dem Bogen Papier geschrieben.

Ich musste es tun, stand in der ersten Zeile. Und dann darunter:

Ich musste mich töten, um endlich Ordnung in mein Leben zu bringen. Mein Tod ist eine Notwendigkeit, denn ich war immer schon zu schwach, zu einsam und zu ungeschickt, um das Richtige aus meinem Leben zu machen. Da ich rein gar nichts habe, keinen Besitz und kein Geld, das ich meinen über alles geliebten Eltern vermachen könnte, habe ich für sie die Geschichte meines

Lebens, meines Sterbens, meiner Leiden und meiner Freuden nie-
dergeschrieben. Denn nur so werden sie verstehen, dass es keinen
anderen Ausweg für mich gab und sie werden nicht mehr traurig
sein, wenn sie zu der Einsicht gelangen, dass für mich mein Todes-
tag der schönste Tag in meinem Leben war. Ich hoffe, ich werde im
Jenseits nicht für meine Sünden leiden müssen. Gott, vergib mir.

Erschüttert legte der Beamte das Blatt Papier beiseite.

„Mein Gott", murmelte er.

„Ein menschliches Wrack", sagte der andere.

Ihre Blicke trafen sich, schweiften durch den Raum und plötzlich entdeckten sie das erwähnte Manuskript, handgeschrieben,
und auf der ersten Seite stand:

DIE BEICHTE EINES MENSCHEN

Leichtes Schaudern durchzog ihre Körper. Das Leiden und Sterben eines Menschen so nahe zu wissen, erfüllte die beiden, die eigentlich jeden Tag aufs Neue dem Tod ins Auge blickten, mit Grauen. Die beiden nahmen noch schnell das Manuskript und verließen schweigend die Wohnung. Es war ihnen durchaus bewusst, dass sie eigentlich nichts aus der Wohnung hätten mitnehmen dürfen, doch es war ihnen einfach ein menschliches Bedürfnis, dieser armen, bemitleidungswürdigen Kreatur ihren letzten Wunsch zu erfüllen.

„Eigenartig", begann der eine plötzlich, als sie bereits im Wagen saßen und in Richtung Polizeirevier fuhren. „Ich kenne dieses Mädchen nicht und eigentlich geht es mich nichts an, aber sie tut mir leid." Und der andere nickte.

Auszug aus dem Autopsiebericht:
Name der Verstorbenen: Elaine Herolds
Alter: 25 Jahre
Größe: 1,70 m
Gewicht: 54 kg
Todesursache: Medikamentenvergiftung in Verbindung mit Alkohol
Wahrscheinlich Suizid
Beruf: Sexdienstleisterin
Familienstand: verheiratet, vom Gatten getrennt lebend
Kinder: 1 Sohn

Elaine Herolds Eltern wohnten in Boston, etwa 60 km von der kleinen Stadt entfernt, in der sie selbst gewohnt hatte. Laut Ermittlungen hatte sie ihre Familie seit ihrem 16. Lebensjahr nicht mehr gesehen. Anscheinend hatte es einige Ungereimtheiten in Elaines Leben gegeben, von denen ihre Eltern nichts wissen wollten. Sie hatten sie aus dem Haus gejagt und seitdem war der Kontakt abgebrochen. Ihr Vater war Immobilienmakler, ihre Mutter Hausfrau. Sie hatten ein kleines Haus mit Garten. Sie lebten zurückgezogen und bescheiden. Keine Skandale. Nur ruhige Familienidylle. Die Jacksons galten in der Umgebung als angesehene Familie.

Die Polizeibeamten, die Elaines Leiche gefunden hatten, waren gleich bereit, zu den Eltern der Verstorbenen zu fahren, um sie vom Tod der Tochter zu benachrichtigen. Für einen Polizisten die schwerste aller Aufgaben und auf der Fahrt nach Boston hatten beide ein äußerst beengtes Gefühl in der Magengegend. Sie sprachen kaum ein Wort miteinander. Der eine fuhr mit fast schon rasender Geschwindigkeit über den Highway, nur um diese unangenehme Sache etwas schneller hinter sich zu bringen und der andere saß neben ihm, die Lippen fest zusammengepresst und das Manuskript auf dem Schoß.

„Das ist so eine Sache, bei der ich beginne, meinen Job zu hassen“, sagte er. Als sie dann nach schier endloser Zeit das Haus der Jacksons erreicht hatten, blieben sie noch eine Zeit lang stumm nebeneinander sitzen, bis sich einer von ihnen entschloss, den ersten Schritt zu tun. Sie betätigten die Türglocke und nach einigen Minuten öffnete ihnen eine etwas dickere Frau mit langem, dunklem Haar und lustigen, blauen Augen. Erstaunt blickte sie die Beamten an, lächelte dann freundlich und sagte:

„Ja bitte. Was kann ich für Sie tun?“

„Dürfen wir eintreten?“, fragte der eine ernst. „Wir suchen Claire Jackson. Sind Sie das?“

„Ja, das bin ich. Ist irgendetwas passiert?“, fragte sie und starrte die Männer mit ängstlichem Blick an.

Sie versuchten, ihr die Nachricht so behutsam wie möglich mitzuteilen. Doch sie hatten noch nicht geendet, als Mrs Jackson begann, sich wie eine Irre zu gebärden. Sie schrie immer und immer wieder dieselben Worte.

„Nein!“, schrie sie. „Nein! Das glaube ich nicht. Das gibt es nicht!“

„Beruhigen Sie sich, Mrs Jackson“, versuchte sie der Beamte zu besänftigen, doch sie wand sich in seinen Armen und starrte ihn mit ihren großen Augen hilflos an. Ihr Mund war erschreckend verzerrt und sie schrie in schierer Hilflosigkeit, bis sie nicht mehr schreien konnte, bis ihr die Stimme versagte. Dann stand sie da, keuchend, und sie murmelte unverständlich vor sich hin. Ja, es schien sogar, als hätte sie Anwesenheit der beiden Polizisten völlig vergessen. Ihr Schmerz und ihr Kummer waren so groß, dass sie nichts mehr von dem wahrnahm, was rund um sie herum passierte, sie nur noch weinte. Es dauerte fast eine Stunde, bis sie sich soweit beruhigt hatte, dass sie ansprechbar war. Wie in Trance nahm sie die Stimme des Polizisten wahr, wie er sagte:

„Es war Selbstmord. Wir fanden sie gestern, aber sie muss schon länger tot gewesen sein."

Mrs Jackson hatte sich inzwischen gesetzt. Ihre Augen waren verschwollen, ihr Gesicht tränennass. Sie merkte nicht, wie ihr einer der Beamten das Manuskript in den Schoß legte und irgendwann, nachdem sie ihr noch ihr Beileid ausgedrückt hatten, gingen sie. Die Haustüre fiel ins Schloss und Mrs Jackson war alleine mit ihrem Kummer und der Leere in ihrem Herzen, aus dem ihr das Kind entrissen worden war. Irgendwann, nach einiger Zeit, in denen sie nur dasaß, in Erinnerungen gefangen, und sie dem Ticken der Wanduhr gelauscht hatte, schlug sie die gebündelte, handgeschriebene Lebensgeschichte ihrer Tochter auf und begann zu lesen. Sie hoffte, darin eine Erklärung für Elaines Selbstmord zu finden; sie hoffte auf einige Worte des Verzeihens dafür, dass sie ihre Tochter damals so grausam im Stich gelassen hatten, damals, als sie den Beistand ihrer Eltern so gebraucht hatte. Ihre Gedanken wanderten in die Vergangenheit. Weit zurück. Bis zu jenem Tag, an dem ihr Mann Elaine, die fast noch ein Kind war, so brutal aus dem Haus geworfen hatte und sie, die Mutter, ihn angefleht hatte, es sich doch zu überlegen und er nur rüde gemeint hatte: „Soll sie doch sehen, wo sie bleibt. Ich möchte sie nicht mehr in meinem Haus haben. Nie mehr."

Damit war die Diskussion für ihn beendet gewesen und Elaines Name war in all den Jahren nicht mehr gefallen. Er hatte sie dazu getrieben. Ja, es musste so sein, denn sie selbst hatte doch versucht, ihrer Tochter zu helfen. Es konnte nicht ihre Schuld gewesen sein. Niemals!

Doch plötzlich kamen ihr Zweifel an ihrer Schuldlosigkeit. Sie hätte ihr bestimmt helfen können, richtig helfen können. Sie hätte sie vor diesem Schicksal bewahren können, hätte sie es nur richtig versucht. Sie hatte es nicht getan. Sie hatte sich in alle den Jahren wie eine Heuchlerin benommen, wie eine Heuchlerin. Sie hatte sich ihr reines Gewissen nur eingeredet, um sich selbst zu beruhigen, damit niemand über sie urteilen konnte. All die Jahre, in denen Elaine gelitten hatte, hatte sie ein angenehmes Leben geführt, sie hatte genug zu essen gehabt und ein warmes Bett. Doch Elaine war in die große Welt gestoßen worden. Nur weil sie schwanger geworden war, hatten sie sie behandelt wie eine Aussätzige, die man lieber tötete, als sie und ihre Krankheit, die man Schwangerschaft nannte, den lieben, vornehmen Bekannten und Nachbarn bekannt zu geben.

„Elaine, bitte verzeih mir", flüsterte sie mit tränenerstickter Stimme und betrachtete mit zärtlichem Blick das Bild eines jungen Mädchens, das auf dem Kaminsims stand. Ein fröhliches junges Mädchen mit blondem Haar und leuchtend grünen Augen. Ein zartes Geschöpf, das immer so viel Wärme und Geborgenheit gesucht und niemals wirklich gefunden hatte. Sie hätte studieren und Juristin werden können. Warum, in Gottes Namen hatte es so enden müssen? Mein Gott, wie schön waren jene Tage gewesen, als alles noch schön und so voller Hoffnung für die Zukunft war, damals, als sie noch Pläne hatten. Mrs Jackson träumte und plötzlich lächelte sie und sie las die erste Seite auf der geschrieben stand: DIE BEICHTE EINES MENSCHEN

Liebe Eltern!
Euch gelten meine ersten Zeilen.
Ich habe euch verziehen. Ihr musstet damals so handeln und ihr müsst euch keine Vorwürfe machen. Es ist nicht eure Schuld, dass ich sterben musste. Es war mein Leben, das mich dazu trieb und mein Gewissen, mit dem ich nicht weiter leben und weiter leiden kann. Und mein Todestag ist bei weitem der schönste Tag für mich, da ich mich von mir und meiner Scheißvergangenheit erlöst sehe. Nie mehr muss ich diese Wohnung sehen, die Wände

anstarren, die feucht und verschimmelt sind, und nie mehr muss ich die Leute in dem Haus sehen, die mir immer ausweichen. Sie grüßen mich nie, geschweige denn redet einer mit mir. Im Gegenteil. Sie sind immer sichtlich berührt, wenn es der Zufall so will, dass wir uns im Stiegenhaus begegnen. Immer versuchen sie, einfach an mir vorbeizusehen, so, als existiere ich nicht, als wäre ich Luft. Ich komme mir immer vor wie der letzte Dreck. Oft schon habe ich mir vorgenommen, einen von ihnen einfach anzusprechen und einfach mal zu fragen, wieso denn keiner mit mir reden will – so, als hätte ich irgendeine ansteckende Krankheit. Doch jedes Mal, wenn ich ihre feindseligen Blicke sah und ich bemerkte, wie sie eilig versuchten, das Haustor zu erreichen, bekam ich Angst und vergaß meine Vorsätze. Ihr könnt euch nicht vorstellen, wie oft ich geweint und mich nach dem Sinn meiner Existenz gefragt habe und wie oft ich daran gedacht habe, einfach Schluss zu machen. Doch dann wieder dachte ich: „Was soll's? Es muss weitergehen. Und es wird schon einmal besser werden. Denn jetzt ist es schon schlimm genug." Aber es wurde nie besser. Niemals. Und irgendwann erlag ich meinen Depressionen und meiner Todessehnsucht, die von Tag zu Tag näher kam und greifbarer wurde. Ihr wisst gar nicht, wie sehr ich gelitten habe, wie viele Tränen der Verzweiflung ich vergossen habe, wie oft ich von Neuem angefangen habe zu hoffen und wie oft ich enttäuscht wurde. Und diese Enttäuschungen wurden von Mal zu Mal schlimmer und unerträglicher. Ich hatte plötzlich Angst vor dem Aufwachen am Morgen, vor den Wänden, die mich in meiner Wohnung umgaben, und sogar vor mir selbst. Ich bin froh, mein Vorhaben, mit allem Schluss zu machen, verwirklicht zu haben. Bitte seid nicht traurig. Ich liebe euch.
Eure Tochter Elaine

1. Kapitel

Oft denke ich an meine Kindheit zurück. Es war so schön damals. Ich sehe unser Haus auf dem Land, den verwilderten Garten, die mächtigen Obstbäume und die zahllosen Blumen: weiße Margeriten, blutrote Rosen und zahllose andere duftende Blumen. Überall waren sie, diese weißen Margeriten. Der ganze Rasen war damit übersät und nachts sahen sie aus wie Sterne, die vom Himmel gefallen waren.

In Nächten, in denen nicht ein einziger Stern am Himmel zu sehen war, stand ich oft am Fenster und weinte. Ich befürchtete, dass jetzt alle Sterne auf unserer Wiese verstreut waren und sie nie mehr ihr strahlendes Licht hoch oben über den Wolken entfalten würden, denn niemand konnte sie zusammensammeln und wieder aufhängen.

Ich litt damals wirkliche Qualen, Qualen eines kleinen Mädchens. Ich wusste nicht, dass es nur Blumen waren, die mit so strahlender Schönheit und Frische unsere Wiese bedeckten. George hörte mich eines Nachts schluchzen und kam in mein Zimmer. Weil ich ihm leidtat, als er mich dort auf dem Bett sitzen sah, die Augen und Wangen gerötet, und der Kragen meines Nachthemds war nass von den Tränen. Meinen Teddy eng an mich gepresst, starrte ich aus dem Fenster und weinte vor mich hin.

„Elaine!", rief er bestürzt. „Um Gottes Willen, Baby, was ist denn passiert?"

Und ich stürzte in seine Arme, erzählte von meiner furchtbaren Beobachtung und gestand ihm meine Angst, dass ich meine über alles geliebten Sterne für immer verloren sah. Er nahm mich auf den Schoß und strich mir mit seinen weichen, sanften Händen mein Haar aus der Stirn. Obwohl meine Angst unbegründet und töricht war und sie nur einer Fantasie einer Vierjährigen existierte, blickte er mich ernst an und sagte:

„Du musst keine Angst haben. Die Sterne sieht man nur auf dem Boden liegen, wenn sie sich ausruhen. Sie müssen genauso schlafen wie du und ich. Und dann, wenn sie wieder wach sind, kommt der liebe Gott und hängt sie wieder an ihren Platz. Am nächsten Abend kannst du sie dann wieder sehen."

Dann legte er mich in mein Bett, deckte mich zu und irgendwann, als ich zu erschöpft war, um meine Augen offen zu halten, war ich eingeschlafen. Am nächsten Abend waren die Sterne dann wieder da und ich war unendlich glücklich.

•••

George, erinnert ihr euch überhaupt noch an ihn? Er war ein lieber Kerl. Mager, rothaarig und blass. Und doch war er fröhlich. Ein junger Mann, am Anfang seines Lebens. Und erinnert ihr euch noch an sein Ende? Er erhängte sich – aus Liebeskummer. Er war wohl der beste Freund, den ich je hatte. Ich hatte nämlich nicht viele. Und als er starb, starb auch ein Stück von mir. George war nicht nur mein Bruder – er war der beste Mensch, den ich kannte.

4. Juni 1972

Es war ein Tag wie jeder andere. Die Sonne stand sehr hoch am Himmel. Und für einen Frühlingstag war es schon sehr heiß. Ich glaube, es war ein Sonntag. Jedenfalls hatte ich keine Schule und ich spielte mit Joe, unserem Hund, auf der Wiese. Wir spielten Fangen. Es war jener Tag, an dem wir beide in der Hitze des Gefechts in den Pool fielen. Dad musste uns dann herausholen. Meine Schwimmkenntnisse waren noch nicht so weit fortgeschritten und für Joe war der Beckenrand zu hoch und zu rutschig. Mum war gerade in der Küche. Das Fenster war weit geöffnet und man konnte sie bis in den Garten leise singen hören, während sie Kartoffel schälte; und ganz schwach konnte man den diesen verführerischen Duft von gegrilltem Fleisch riechen, der durch das Fenster an unsere Nasen drang. Als ich plötzlich laut aufschrie, weil ich den Boden unter den Füßen verloren hatte und ich in den Pool fiel, kam sie sofort aus dem Haus gerannt, in den Augen diesen ängstlichen Blick, und sie rief:

„Elaine, mein Gott, Elaine!"

Doch Dad hatte Joe und mich bereits aus dem Wasser gefischt und er lächelte belustigt, als er mich vor sich stehen sah, bis auf die Haut durchnässt, die dürren Arme und Beine, an denen sich Gänsehaut bildete, und den Schreck in meinen Augen. Mit den Worten „Jetzt zieh dir erst einmal etwas Trockenes an" schubste er mich vor sich her ins Haus und schickte mich auf mein Zimmer. Ich erinnere mich noch, als ob es gestern gewesen wäre. Ich hatte mich gerade abgetrocknet und mein Haar trocken gerieben, als ich plötzlich hörte, wie ein Wagen vor unserem Haus hielt. Meine Neugierde ließ mich auf meinen Schreibtisch klettern, von dem aus ich direkt auf die Straße sah. Ich reckte meinen Hals so gut ich konnte und entdeckte den Wagen des Sheriffs unten vor der Hauseinfahrt stehen. Ich freute mich. Sheriff Fraser war ein netter Mann mit dickem Bauch und kahlem Haupt. Er und Dad kannten sich aus der Schule. Manchmal kam er auf Besuch vorbei und meistens brachte er mir auch Schokolade mit.

Aufgeregt sprang ich von meinem Schreibtisch, zog mir ein Shirt und eine Hose über und lief die Treppe hinunter, um den Sheriff zu begrüßen. Und dann – ich hatte noch nicht einmal die Haustüre erreicht – hörte ich plötzlich, wie Mum schrie. Ich hörte, wie sie laut zu weinen begann und ich hörte Sheriff Fraser, wie er mit seiner tiefen Stimme beruhigend auf sie einredete.

„Er war sofort tot. Er hatte sicher keine Schmerzen. Bitte Claire, hör doch auf zu weinen. Er hat bestimmt nicht gelitten."

Zutiefst erschrocken schlich ich zur Türe und blickte verstohlen durch den Spalt in die Küche. Sheriff Fraser stand mit dem Rücken zu mir. Er hatte den Arm um Mums Schultern gelegt und drückte sie fest an sich, während er ihr tröstende Worte zuflüsterte und ich sah Dad am Küchentisch sitzen, den Kopf in seine Hände gestützt und wie er am ganzen Körper zitterte. Ich wusste nicht, was passiert war, doch ich hatte plötzlich dasselbe Gefühl wie an jenem Abend, an dem George mir die Geschichte von den Sternen erzählt hatte. Ich bekam Angst, furchtbare

Angst. Und so öffnete ich langsam die Türe und trat in die Küche. Anfangs beachtete mich niemand. Jeder war zu sehr mit sich selbst beschäftigt, um ein siebenjähriges, zu Tode erschrockenes Mädchen zu bemerken, das seinen Körper in panischer Angst an die Wand presste.

„Was ist denn passiert, Mum? Wieso weinst du denn?", fragte ich dann nach schier unendlich langer Zeit mit heiserer Stimme.

Abrupt drehte sich meine Mutter zu mir um. Und dann sah ich ihr Gesicht. Es glich nicht mehr dem meiner Mutter, jenem Gesicht, das mir so vertraut war, diese ewig fröhlichen Augen, dieses gesunde Rot auf ihren Wangen und der rote, schön geschwungene Mund. Ich erschrak bei dem Anblick, der sich mir bot. Die aschfahle Farbe ihres Teints, die nach unten gezogenen Mundwinkel und dieser starre, leblose Blick in den Augen, mit denen sie mich anstarrte, als ob sie mich gar nicht sah. Ich glaube, es war Sheriff Fraser, der mich sanft, aber bestimmt bei der Türe hinausschob und mir gebot, in mein Zimmer zu gehen.

„Ich komme gleich zu dir und werde dir alles erklären", sagte er noch und strich sanft über meine Wange. Ich weiß nicht mehr, wie lange ich in meinem Zimmer auf und ab gegangen bin, wie oft ich an der Türe gelauscht habe, in der Hoffnung, irgendetwas zu hören, das mich hätte beruhigen können. Es kann sein, dass ich mich irre, dass es mir vielleicht nur so lange vorgekommen ist. Als sich dann nach langer Zeit, die Türe öffnete und Sheriff Fraser hereinkam, saß ich auf dem Bett und weinte. Und er nahm mich auf den Schoß, so wie George damals, als er mich getröstet hatte, und er erklärte mir, dass George, mein Bruder, tot sei.

„Dein Bruder ist jetzt bei den Engeln im Himmel. Aber er wird immer bei dir sein und dich beschützen", sagte er. Und plötzlich weinte ich nicht mehr. Denn ich wusste, dass das alles nicht wahr war und dass George sicher heute oder morgen oder irgendwann zurückkommen würde. Ich hielt das alles für einen Irrtum und daran klammerte mich bis zu jenem Tag:

Georges Beerdigung fand in aller Stille statt. Nur die engsten Familienmitglieder und einige Jugendliche aus seinem Bekanntenkreis waren gekommen. Ich erinnere mich an diesen Tag, als ob es gestern gewesen wäre. Ich sehe sie noch vor mir, die dunkel gekleideten Männer und Frauen und ich sehe meinen Vater, wie er meine Mutter stützen musste. Sie war am Ende ihrer Kräfte, mager, blass und sie sah entsetzlich schlecht aus. Die Rede des Herrn Pfarrer hörte ich nicht. Ich stand abseits der kleinen Gesellschaft. Niemand hatte gesehen, wie ich langsam die Hand meiner Großmutter losließ und mich aus dem Kreis der Verwandten und Bekannten löste, um endlich mit meinen Gedanken alleine zu sein. Wie hätte es auch jemand bemerken können? Jeder war doch nur mit sich und dem Schmerz beschäftigt. Ich weiß noch, wie ich daran dachte, wie weit die meisten mit ihren Gedanken weg waren. Und ich weiß noch, wie sehr ich sie alle dafür hasste, dass sie jetzt neben meinen Eltern standen, die einzigen, die wirklich um George trauerten, dass sie neben ihnen stehen durften, ohne wirklich mit den Gedanken hier zu sein. Meine Mutter stand da wie versteinert – ihr Gesicht wirkte so tot; keine, nicht die geringste Regung konnte man darin entdecken, in diesen starren Gesichtszügen. Mein Vater weinte, und ich stand ganz hinten, schon fast an der Mauer und dachte an George. Ich lächelte, während ich das tat und ich sprach zu ihm, wie kleine Kinder es halt eben tun, wenn sie einfach nicht glauben können, dass ein Mensch einfach tot sein kann, so von einem Tag auf den anderen.

An viel mehr kann ich mich wirklich nicht erinnern, zumindest möchte ich es auch gar nicht. Irgendwie ist die Erinnerung an diese schreckliche Zeit nur mehr ein dunkler Schatten in meinem Leben, der von Jahr zu Jahr mehr verblasst. Ich glaube, wäre ich älter geworden, hätte ich die Erinnerung an den Tod meines Bruders ganz verloren. So, als ob dieser Tag nie existiert hätte, obwohl dieser Tag ein Wendepunkt in meinem Leben war. Meine Eltern begannen, sich seither mehr und mehr zu verändern. Sie vergruben sich in ihrem Schmerz so tief, ohne ein einziges Mal die Augen für andere Dinge zu öffnen. Ich weiß noch, wie sie früher waren; sie verhätschelten mich und waren den ganzen Tag um mich. Ich durfte ihnen von allen kleinen oder auch größeren Problemen erzählen. Ich kann mich nicht erinnern, dass sie mich je weggeschickt hätten. Doch seit jenem Tag schoben sie mich irgendwie ab. Es ist mir nie schlecht gegangen. Das kann ich bei Gott nicht behaupten. Doch es kam mir jedes Mal so vor, als existierte ich für sie nicht mehr wirklich. Und irgendwann habe ich dann eingesehen, dass mit Georges Tod meine Kindheit endete. Es tut mir heute noch leid. Denn im Grunde war ich noch viel zu klein, um so plötzlich von einem Tag auf den anderen erwachsen zu werden.

2. Kapitel

10. Jänner 1981

Der Tag meines sechzehnten Geburtstages.

Der Tag, an dem ich plötzlich begann, mich erwachsen zu fühlen.

Ich erwachte an diesem Morgen mit dem Gefühl, irgendetwas versäumt zu haben und ich hatte plötzlich das Bedürfnis, endlich mit dem richtigen Leben, das ich bisher nur aus Filmen kannte, zu beginnen.

Ich nahm mir nicht einmal Zeit, mich richtig anzuziehen. Ich sprang aus dem Bett, begrüßte meine Goldfische mit einem fröhlichen „Guten Morgen", fütterte sie und zog mir einen Morgenmantel über. Meine Eltern erwarteten mich bereits. Sie saßen schon am Frühstückstisch, der reichlich gedeckt war und auf dem bereits meine Geburtstagstorte stand. Stolz betrachtete ich sie und vor allem die sechzehn Kerzen, die auf ihr brannten.

„Mein Gott", dachte ich, „Sechzehn Jahre. Jetzt bin ich eigentlich schon ein richtiger Teenager und kein kleines Mädchen mehr."

„Dad", sagte ich, nachdem ich die Kerzen ausgepustet hatte, „ab wann ist man eigentlich erwachsen?"

„Erwachsen bist du noch lange nicht", erwiderte er streng, aber plötzlich blickte er mich über den Rand seiner Brille hinweg mit einem eher lustigen Glanz in seinen Augen an. Es war der Bick, der zu sagen schien: Nanu, bist du etwa schon reif fürs Leben geworden?

„Aber man wird schneller erwachsen, als man denkt. Sieh mich an."

Er fuhr sich mit seinen Fingern durch sein grau meliertes Haar. „Bis vor kurzem sind mir meine grauen Haare noch gar nicht aufgefallen. Jetzt übersäen sie bereits mein ganzes Haupt", sagte er mit einem eher spaßig verzweifelt klingenden Unterton in seiner Stimme. Wir lachten dann beide und ich begann, meine

Geschenke auszupacken, alle liebevoll verpackt und alle hatten eine Schleife rundherum. Das war sicher Mums Werk, denn Dad hätte niemals Geduld dafür gehabt.

Ich erinnere mich: Es war der Tag, an dem mir Mum dieses wahnsinnig tolle Kleid geschenkt hatte, rosa, mit Rüschen und einem weiten Rock. Ich war sprachlos, als ich es in meinen Händen hielt. Plötzlich stand Mum hinter mir.

„Gefällt es dir?", fragte sie und legte ihre Hand auf meine Schulter.

„Es ist toll. Wirklich toll", erwiderte ich leise und presste es an meine Brust.

„Ich dachte mir, jetzt, wo du schon sechzehn bist, wird bald eine Zeit kommen, wo du auf deinen ersten Ball gehen wirst. Naja, auf jeden Fall wirst du dann zauberhaft aussehen."

Ich drehte mich zu ihr um und ich sah, dass sie Tränen in den Augen hatte. Es waren Tränen der Rührung.

„Ja, ich werde ganz sicher toll aussehen", flüsterte ich und insgeheim stellte ich mir schon vor, wie alle Jungs staunen würden, wenn ich es trug und wie alle Mädchen meiner Schule blass vor Neid sein würden. Ja, ich war reif geworden. Reif für die Liebe, reif für Jungs und auch reif für Sex. Und ich wusste, dass meine Eltern insgeheim die Sorge plagte, was wohl aus mir werden würde. Sie hatten Angst vor meinem Alter, Angst vor meiner Reife. Das sehe ich heute. Damals sah ich es nicht.

21. März 1981

Die ganze Schule sprach davon.

Die Mädchen waren aufgeregt und die Burschen arbeiteten schon seit Wochen daran: der erste Frühlingsball an unserer Schule. Wochenlang hatte ich schon darauf gewartet, dass mich jemand dazu einladen würde. Aber da mich niemand gefragt hatte, beschloss ich, nicht weiter darüber nachzudenken und eben einfach nicht hinzugehen. Die Enttäuschung war groß. So sehr hätte ich es mir gewünscht, dass Ted Kramer mich fragen würde. Doch angeblich ging er bereits mit meiner Freundin Lucy hin. Ich hatte mir schon länger gedacht, dass er lieber mit ihr statt mit mir zum Ball ginge. Sie war immerhin schon siebzehn und hatte viel mehr Oberweite als ich. Auf so etwas standen Jungs in meinem Alter eben. Jedenfalls stellte ich mich bereits auf einen Abend zu Hause vor dem Fernseher ein. Lucy löcherte mich die ganze Zeit über, ich solle doch mitkommen, dann seien wir eben zu dritt. Aber das wollte ich nicht. Es wäre mir peinlich gewesen. Also lehnte ich höflich ab.

„Ich kann ja Tommy fragen, ob er mit dir hingeht, wenn dir das lieber ist. Im Grunde ist es doch egal, mit wem du auf diesen verdammten Ball gehst. Hauptsache ist doch, du bist dort."

Der Gedanke daran, mit Lucys etwas übergewichtigen, rothaarigen, verpickelten Bruder auf den Ball zu gehen, erfüllte mich nicht gerade mit Begeisterung.

„Nein danke, Lucy. Lieb von dir. Aber ich werde wohl lieber zu Hause bleiben", sagte ich und zündete mir eine Zigarette an. Wir standen nach Unterrichtsschluss meist noch einige Zeit zusammen vor der Schule, rauchten und plauderten miteinander. Doch heute hatte es Lucy eilig.

„Ich muss los", sagte sie. „Solltest du es dir anders überlegen, ruf einfach an. Ich bin mir sicher, Tommy schnappt über vor Freude, wenn er mit dir auf den Ball mitkommen darf."

Und schon war sie verschwunden.

Ich blieb noch auf der Mauer vor unserer Schule sitzen, rauchte noch eine Zigarette und starrte vor mich hin.

Eigentlich war ich sogar sehr enttäuscht. Ich hatte es mir wirklich gewünscht, dass Ted Kramer mich fragen würde. Mit keinem anderen hätte ich gehen wollen. Verärgert über meine Niederlage warf ich meine Zigarette zu Boden und trat sie mit dem Fuß aus. Ich wollte mich gerade umdrehen, um zu gehen, als jemand meinen Namen rief. Erschrocken stellte ich fest, dass es Ted war, der vor mir stand und mich anlächelte. Mein Gott, sah er gut aus. Blond, groß mit türkisen Augen. Mein Herz fing an, schneller zu schlagen und meine Handflächen wurden feucht.

„Hallo, Ted", sagte ich, „was gibt's?"

„Ich hätte gerne kurz mit dir gesprochen. Hast du Zeit?"

Niemals hätte ich mit dieser Frage gerechnet. Natürlich hatte ich Zeit. Ich hatte jede Menge Zeit.

„Nicht sehr lange", hörte ich mich antworten.

„Schade", erwiderte er. Er lächelte immer noch. „Ich hoffte, wir könnten zusammen noch irgendwo etwas trinken."

Ich glaubte, mich verhört zu haben. Er konnte doch unmöglich mich damit gemeint haben. Ich starrte ihn ungläubig an.

„Ich glaube nicht, dass das eine gute Idee ist", entgegnete ich, nahm meine Schulbücher, drehte mich um und lief in Richtung U-Bahn. Doch er lief mir nach.

„Elaine!", rief er. „Bitte bleib doch stehen. Bitte."

Und ich blieb tatsächlich stehen. Atemlos stand er hinter mir. Er lächelte nicht mehr und stotterte, als er mich fragte, ob ich mit ihm auf den Ball gehen wollte. Ich glaubte an einen Scherz von ihm.

„Ich denke, du gehst mit Lucy, oder nicht?", fragte ich.

„Ich wollte immer schon mit dir gehen, aber ich dachte, du gehst sicher mit Freddy auf den Ball."

Wie kam er bloß auf die Idee, dass ich mit Freddy gehen wollte? Gut, Freddy war ein sehr netter Junge und wir waren wirklich gute Freunde, aber das war schon alles und außerdem hatte Freddy eine feste Freundin, die ich sehr mochte und ich auch gut kannte.

„Lucy sagte mir, dass du mit ihm gehst", fügte er hinzu.

„Diese niederträchtige, miese Schlange", fuhr es mir durch den Kopf. Sie hatte ihm das nur erzählt, damit er mit ihr geht.

„Unsinn. Ich gehe nicht mit Freddy."

Er lächelte wieder.

„Also, dann gehen wir beide?", fragte er.

Ich versuchte, meine Freude zu verbergen, aber ich glaube nicht, dass mir das sehr gut gelang. Er brachte mich noch nach Hause, trug meine Schulbücher und als er sich von mir verabschiedete, sagte er noch: „Ich hole dich um acht ab."

Dann rannte er die Straße hinunter und ich konnte es nicht verhindern. Ich stand da, blickte ihm nach und lächelte. Ach ja, das Leben konnte wundervoll sein.

Ich litt unsägliche Qualen, während ich mich ankleidete. Mum stand mir hilfreich zur Seite. Sie richtete meine Frisur, die nicht halten wollte, brachte mir meine Schuhe und meine Clutch und sprach mir Mut zu, wenn ich vor lauter Nervosität mit den Tränen kämpfte.

„Mum!", rief ich verzweifelt. „Ich werde es niemals schaffen, dass ich fertig bin, wenn Ted kommt. Ich glaube, ich flippe noch aus."

Und gerade an dem Tag ging alles schief. Ein Knopf an meinem Kleid riss ab, die Schuhe waren mir zu eng und meine Haare – ach Gott, wenn ich an meine Haare denke –, sie wollten einfach nicht halten. Es war kurz vor acht, als ich beschloss, sie einfach offen zu lassen.

„Es hat keinen Sinn!", schrie ich hysterisch. „Sie halten nicht. Oh mein Gott, wenn Ted jetzt kommt. Jetzt flippe ich wirklich aus."

In diesem Augenblick läutete es bereits an der Tür. Ich erstarrte. Mum lächelte.

„Hör auf, dich so aufzuregen, sonst trifft dich der Schlag und du kannst überhaupt nicht auf den Ball gehen. Oder du fängst an zu schwitzen und das Make-up verläuft."

Ich erinnere mich, wie ich die Stufen hinunterging. Ted stand unten im Vorraum und begrüßte meinen Vater. Sie unterhielten sich gerade recht angeregt, als er mich sah. Er lächelte und ich glaubte, vor Glück zu platzen.

„Du siehst so fantastisch aus", flüsterte er mir zu, als wir in seinen Wagen stiegen. Mein erster Ball – es war das tollste Erlebnis, an das ich mich erinnern kann. Ted und ich tanzten die meiste Zeit. Ab und zu verschnauften wir, tranken ein Glas Bowle und er machte mir Komplimente. Lucy war mit Teds Freund Jim gekommen. Ich hatte mir zwar vorgenommen, sie zu erwürgen, weil sie versucht hatte, mir Ted auszuspannen, doch ich war so glücklich, dass ich beschloss, dieses Vorhaben auf den nächsten Tag zu verschieben.

„Es ist ziemlich heiß hier", flüsterte er mir ins Ohr. „Gehen wir ein paar Schritte?" Wir gingen zu der großen Trauerweide vor unserer Schule und setzten uns auf eine kleine Bank. Er legte den Arm um meine Schultern und wir küssten uns das erste Mal. Als er mich später nach Hause brachte und wir uns zum Abschied noch einmal küssten, sagte er: „Ich hole dich morgen nach dem Essen ab. Du gehst doch sicher mit Boot fahren." Ich ging natürlich mit Boot fahren und ich ging jeden Morgen mit ihm zur Schule und ich ging mit ihm zu seinen Eltern. Ich lernte seine Schwester kennen, seine Großmutter, die schwerhörig war und nur jedes zweite Wort verstand, und ich hatte heiße Diskussionen mit seinem Papagei „Lord Byron". Die Zeit mit ihm war schön und aufregend und vor allem war alles so neu für mich. Wir machten alles zusammen. Wir lachten, wir freuten uns miteinander, wir waren miteinander traurig und wir redeten über alles. Doch eines hatten wir noch nicht getan. Wir hatten noch keinen Sex miteinander gehabt.

Oft sprachen wir darüber, stundenlang versuchte er, mich davon zu überzeugen, dass es herrlich werden würde. Doch meine Angst davor war noch zu groß. Irgendwann, Monate nach dem Frühlingsball, an dem ich ihm mein Herz geschenkt hatte, beschloss ich, ihm auch meinen Körper zu schenken. Ich erinnere mich sehr gut an diesen Abend. Es war der Abend, an dem ich nicht nur meine Unschuld verlor. Ich verlor alles. Meine Eltern, mein Heim, mein Leben.

18. Juli 1981

Ted holte mich am Nachmittag ab. Wir beschlossen, ein bisschen zum nahe gelegenen See hinauszufahren, um zu schwimmen, zu faulenzen und ein Sonnenbad zu nehmen. Mum hatte uns einen Korb voll mit Essen hergerichtet: Sandwiches, Obst, Süßigkeiten und Limonade. Ted verstaute unsere Sachen im Wagen.

„Was du alles mit dir herumschleppst. Wir fahren ja nicht für eine Woche weg, sondern nur für einen Tag", stöhnte er, als er meine Tasche in den Kofferraum quetschte. Wir hatten an alles gedacht und ich war mir sicher, es würde ein wundervoller Tag werden. Selbst das Wetter schien uns hold zu sein. Die Sonne strahlte vom wolkenlosen Himmel, sie brannte auf meinen bloßen Schenkeln und färbten sie binnen kurzer Zeit rot.

„Mist", entfuhr es mir, „ich habe mein Sonnenöl vergessen. Ich werde mir einen Sonnenbrand holen."

„Es ist zu spät, um noch einmal umzukehren. Du musst dich eben in den Schatten legen."

Erschrocken stellte ich fest, dass ich kleine rote Flecken bekam, die brannten. Ich fluchte und Ted lachte. Er legte die Hand auf mein Knie und streichelte mich.

„Du bist so süß, wenn du dich aufregst", stellte er fest und zwinkerte mir zu. Ich genoss seine Nähe jedes Mal. Er strahlte so viel Wärme und Freude aus, dass ich aufblühte, wenn er mich nur ansah. Der Tag am See war herrlich. Ich erinnere mich noch an den sanften Duft der Blumen auf der Wiese, an die Hitze und den Schweiß auf meinem Körper. Wir lagen nebeneinander, hielten uns an den Händen, träumten mit offenen Augen von der Zukunft und achteten nicht auf die anderen Leute. Für uns existierten nur wir. Wir genügten einander vollkommen und wir freuten uns auf jede Minute, die wir miteinander verbringen konnten. Wir liefen zusammen ins Wasser, stürzten uns ins kühle Nass und küssten uns. Ich spürte dann die Gänsehaut, die meinen Körper langsam von den Beinen bis auf die Stirn hinaufkroch und meine heiße Haut kühlte. Wir bemerkten nicht, wie schnell die Zeit verging und wie sich die Wiese langsam leerte. Die Leute brachen auf, einer nach dem anderen, bis wir beide alleine waren.

Und plötzlich wusste ich, diesmal war es so weit. Ich wollte mich ihm hingeben und unsere Liebe vollkommen machen. Zärtlich strich er über mein Gesicht, küsste mich. Erst sanft, dann immer fordernder. Ich konnte seinen Schweiß riechen, ich hörte ihn stöhnen und ihn immer wieder sagen, dass er mich liebte. Und dann der kurze Schmerz, als er in mich eindrang, die immer schneller werdenden Bewegungen seiner Lenden und wie er immer lauter stöhnte und er in mir kam. Anschließend lösten sich unsere Körper voneinander. Er lag neben mir, streichelte meine Brüste und küsste mein Gesicht.

„Ted", sagte ich, „du wirst mich nicht verlassen, oder? Ich habe Angst, dass du mich jetzt nicht mehr willst; jetzt, wo du alles von mir bekommen hast."

Ich sehe ihn noch vor mir, wie er auflachte, amüsiert und überzeugt.

„Du spinnst. Natürlich werde ich dich nicht verlassen. Ich liebe dich doch."

Das war die erste Lüge meines Lebens.

•••

Die Zeit danach war für mich wie ein furchtbarer, dunkler Albtraum. Ich habe, seit es passiert war, nicht mehr darüber gesprochen. Ich wollte nur vergessen und habe es verdrängt. Doch jetzt muss es einfach raus, versteht ihr? Ich habe stumm an diesem Schmerz gelitten – neun Jahre lang. Ich habe geglaubt, es irgendwann vergessen zu können, aber es hat immer an mir genagt. Neun Jahre lang hat es mich langsam innerlich zerfressen.

Erinnert ihr euch noch an jenen Tag im Herbst des Jahres 1981, als mein Leben zu einem kümmerlichen Dasein wurde? Jener Tag, an dem mein Leben zerbrach. Ihr erinnert euch doch, oder? Solltet ihr euch vielleicht nicht mehr erinnern, werde ich eurem Gedächtnis ein bisschen auf die Sprünge helfen. Und jetzt denkt zurück:

4. Oktober 1981

Ich war krank.

Ich ging nicht zur Schule.

Ich lag im Bett und verweigerte das Essen. Von meinem Bett aus konnte ich direkt in unseren Garten sehen. Die Bäume hatten ihre Blätter verloren und der Wind strich durch ihre dürren Äste. Ich konnte ihn pfeifen hören, so still lag ich da. Manchmal kam es mir so vor, als hätte ich aufgehört zu atmen. Lucy kam vorbei und brachte mir die Hausaufgaben und Ted rief jede Stunde an und fragte, ob er vorbeikommen dürfe. Doch ich ließ mich verleugnen. Ich wollte ihn nicht sehen, nicht seine Stimme hören, überhaupt nicht an ihn erinnert werden. Meine Eltern sorgten sich um mich. Sie wollten mir helfen und ich ließ es nicht zu. Natürlich wussten sie nicht, was mit mir los war. Ich wusste es doch selbst erst seit kurzem und ich wollte es auch niemandem sagen. Auch nachts lag ich wach. Ich hörte das Ticken der Uhr auf meinem Schreibtisch: tick-tack, immer wieder, stundenlang. Es war wie ein Hammer in meinem Kopf und ich stellte mir immer wieder dieselbe Frage. Warum? Ich war schwanger. Ich trug Teds Kind unter meinem Herzen und niemand durfte es wissen. Ich war erst sechzehn. Ich hatte mich geirrt, ich war noch nicht erwachsen. Ich war ein Kind, ein hilfloses Kind, das Angst hatte und weinte. Ich hatte das nicht gewollt. Ich hatte nicht vorgehabt, irgendjemandem weh zu tun. Ich wollte nicht, dass Daddy von mir enttäuscht war, von seinem einzigen Kind, für das er sich so viel erhoffte und von dem er sich so viel erwartete.

Meine Mutter versuchte einige Male, mit mir zu reden. „Elaine, ich bitte dich. Sag mir doch, was los ist. Vielleicht kann ich dir helfen."

Doch ich sagte kein Wort. Sie hätte mir doch sowieso nicht helfen können. Sie konnte mir doch nicht die Frucht aus meinem Leib abnehmen, sie nicht einfach herausreißen; es war da und es lebte. Mein Kind lebte. Es verging ungefähr eine Woche, bis meine Mutter nicht mehr warten konnte. Sie hielt die Ungewissheit nicht mehr aus, die Ungewissheit darüber, was mit mir los war. Sie befürchtete eine schlimme Krankheit. Und ich wollte, es wäre so gewesen. Ich hatte seit einer Woche kaum gegessen und sie entschloss sich, Dr. Baxter zu holen. Da wusst ich, dass es sich jetzt nicht mehr verbergen ließ. Das Spiel war aus. Dr. Baxter würde sofort feststellen, was mir fehlte. Als Dr. Baxter sich von mir verabschiedete und mein Zimmer verließ, kletterte ich auf meinen Schreibtisch und blickte aus dem Fenster. Ich saß auf dem Fensterbrett, verschränkte die Arme vor meinem

Bauch und wartete, bis mein Vater die Treppe heraufstürmte, mich anschrie, mich verdammte und ich dann zu weinen begann. Ich überraschte mich dabei, wie ich lächelte. Ich wusste, ich konnte nichts mehr ändern; die Zeit arbeitete für mich. Die Minuten vergingen langsam, sehr langsam, manchmal schien es mir, als sei die Zeit stehen geblieben und ich hoffte, es würde so bleiben. Doch es blieb nicht so und dann hörte ich die Schritte meines Vaters auf der Treppe und ich sah, wie Dr. Baxter in seinen Wagen stieg und wegfuhr. Mein Vater stieß die Türe auf, blickte mich wie versteinert an, sagte kein Wort. Meine Mutter stand hinter ihm, Tränen in den Augen.

„Bitte, Bill, beruhige dich", sagte sie mit zitternder Stimme.

Doch er stand nur da, kreidebleich im Gesicht, und starrte mich an, bewegungslos und starr. Ich begann zu zittern, ich versuchte zu weinen, doch ich fühlte mich wie ausgetrocknet. Ich wollte etwas sagen, eine Bitte um Verzeihung, doch ich wusste nicht, was genau ich sagen sollte. Ich wusste, es gab nichts mehr zu sagen. Mein Vater tobte nicht. Er weinte ein wenig und meine Mutter weinte auch. Und in diesem Moment kam ich mir so schmutzig vor und mir ekelte vor mir selbst.

An die Szenen, die folgten, erinnere ich mich, als ob ich in Trance gewesen wäre. Mein Vater schrie mich an, nannte mich eine Hure und dann schlug er auf mich ein – mit beiden Fäusten –, bis ich auf dem Boden zusammenbrach, gedemütigt, jeglicher Ehre beraubt, und ich schluchzte nur noch still vor mich hin. Meine Mutter versuchte, ihn zu beruhigen, sie warf sich auf ihn und versuchte, ihn so gut es ging festzuhalten. Aber er tobte, bis er erschöpft war und keuchend neben mir auf dem Boden kniete. Dann folgte minutenlanges Schweigen. Mein Kopf war leer, nicht der kleinste Gedanke war in ihm. Ich wusste, es würde Folgen haben und ich wusste auch, dass diese Folgen mein Leben entscheidend verändern würden. Doch ich war so schwach, so verzweifelt und so jung, dass ich einfach nicht über meine Zukunft nachdenken wollte. Es war mir nicht richtig bewusst, dass es sich nicht einfach um einen Alptraum handelte und dass ich nicht einfach aufwachen und alles wie vorher sein würde.

Irgendwann stand mein Vater auf. Er sah mich nicht an; er starrte durch mich hindurch und dann sage er leise, aber bestimmt: „Ich möchte, dass du unverzüglich deine Sachen packst und verschwindest. Verschwinde aus meinem Haus. Ich möchte dich nie wieder sehen. Ich möchte nicht, dass die Leute mit den Fingern auf deine Mutter und mich zeigen. Ich gebe dir eine Stunde. Dann bist du verschwunden."

Er drehte sich um und ging und meine Mutter lief ihm nach, bettelte und flehte, er möge doch Mitleid haben und noch einmal darüber nachdenken. Doch seine Worte waren endgültig. Und als ich mit meinem kleinen Koffer vor der Türe stand und noch einmal die Fassade des Hauses betrachtete, in dem ich meine so glückliche Kindheit verbracht hatte, sah ich meinen Vater, wie er vom Fenster aus auf mich starrte ohne die geringste Regung in seinem ausdruckslosen Gesicht. Er verabschiedete sich nicht von mir. Meine Mutter nahm mich in die Arme. Sie weinte.

„Ruf mich an, wenn du etwas brauchst. Ich werde trotzdem versuchen, dir zu helfen. Auch wenn du Schande über uns gebracht hast."

Ich starrte sie an, verstand nicht, was sie da von sich gab. Dann stieß ich sie von mir weg. Ich stieß sie so hart, dass sie nach hinten fiel und in den Staub der Straße stürzte. Sie weinte noch mehr und ich begann, meine Eltern zu hassen.

3. Kapitel

Es muss bereits sehr spät gewesen sein, als ich vor Teds Haus stand, müde und erschöpft. Ich stellte meinen Koffer neben mich und hatte Angst. Was sollte nur aus mir werden, wenn Ted mich auch weg schickte? Ich ließ einige Zeit verstreichen, ehe ich mich dazu entschloss, an der Türe zu läuten. Ted öffnete mir. Ich bemerkte sofort, wie unangenehm berührt er bei meinem Anblick war.

„Oh, du bist es", sagte er und fuhr sich nervös mit den Fingern durch die Haare.

„Hallo", sagte ich und versuchte zu lächeln. Ich spürte förmlich, wie es misslang. „Darf ich reinkommen?"

Ted zögerte für den Bruchteil einer Sekunde, doch obwohl seine Unsicherheit nur von so kurzer Dauer war, fiel es mir sofort auf. Im Wohnzimmer angekommen, ließ ich mich erschöpft in einen der bequemen Ledersessel fallen. Ich wusste nicht, wie ich es ihm sagen sollte. Sollte ich ihm sagen: „Hey, ich erwarte ein Kind von dir und da du mir doch immer wieder gesagt hast, wie sehr du mich liebst, nehme ich doch an, dass wir beide heiraten und für immer und ewig zusammen bleiben"?

Ted saß mir gegenüber und blickte verlegen zu Boden. Der Anblick seiner gefühllosen Blicke, die er mir ab und zu zuwarf, nahm mir auch das bisschen Mut, das mir geblieben war.

„Du musst nichts sagen", begann er plötzlich und erhob sich aus seinem Sessel. „Ich weiß es bereits."

Erschrocken fuhr ich hoch.

„Was?? Von wem denn, um Gottes Willen?", stotterte ich und fühlte kalten Schweiß auf meiner Stirn.

„Dein Vater hat meinen Vater angerufen und ihm die ganze Geschichte brühwarm erzählt. Er hat ihn angebrüllt und anschließend seinen verdammten Hurensohn beschimpft. Ich nehme doch stark an, dass er mich damit gemeint hat, obwohl …"

Zynisch vor sich hin lächelnd zündete er sich eine Zigarette an und hielt mir die Schachtel hin. Als ich stumm den Kopf schüttelte, fuhr er fort:

„… Obwohl ich ja nicht wissen kann, ob es sich bei dem be-
sagten Baby überhaupt um meines handelt. Ich meine, du hattest
ja mit Freddy auch ein ganz schön enges Verhältnis. Für mich
sah es nach mehr aus als nach Freundschaft.“

Mir wurde schwarz vor Augen. Ich war hier, um bei dem Vater meines Babys Hilfe zu suchen. Ich hatte angenommen, dass er
mir irgendwie helfen würde. Ich meine, ich stand auf der Straße.
Ich hatte niemanden, keinen Menschen und nur wenig Geld. Und
Ted stand da und faselte irgendetwas davon, dass er nicht glaubte,
der Vater von unserem Baby zu sein. Fassungslos starrte ich ihn an.
Ich begriff anfangs überhaupt nicht, worum es hier eigentlich ging.
Ich glaubte an einen miesen Scherz und ich glaubte sogar noch daran, dass er irgendwann zu lachen anfangen sagen würde, er hätte
nur Spaß gemacht und er werde natürlich versuchen, für mich und
unser Kind einen Unterschlupf zu finden. Doch er sagte es nicht.

„Was starrst du mich so an?“, brüllte er plötzlich. „Was hattest du dir eigentlich erwartet? Findest du wirklich, dass ich wie
jemand aussehe, der mit achtzehn Jahren ein Kind großzieht
und eine Familie ernährt? Hast du tatsächlich daran geglaubt?“

Er fing an zu lachen.

„Baby, ich glaube nicht, dass du dir das tatsächlich eingebildet hast.“

Er griff über den Tisch hinweg und versuchte, meine Hand
zu nehmen. Ich entriss sie ihm abrupt und fuhr auf. Ich atmete schwer, mein Herz schmerzte und Tränen rannen über meine
Wangen als ich sagte:

„Ist schon okay. Ich habe dich verstanden. Ich habe dich sogar sehr gut verstanden. Ich habe mich in dir getäuscht, denn ich
habe geglaubt, dir vertrauen zu können. Ich schaffe es ohne dich.
Wahrscheinlich schaffe ich es sogar besser ohne dich, denn ein
Waschlappen wie du wäre sowieso nur eine Belastung für mich,
du verdammtes Arschloch. Du bist ein Weichei, ein nichtssagen-
der Mensch. Du bist feige und kein Mann. Wenn ich daran denke, dass du mich angreifen durftest, ekelt es mich.“

Nein, ich sagte es nicht. Ich brüllte es ihm ins Gesicht, in sein
falsches, verlogenes Gesicht und ich sah, wie er zusammenzuckte.

Doch dann lachte er wieder. Es war ein mieses, zynisches Lachen und ich drehte mich um. Bevor ich ging, spuckte ich vor seine Füße und sagte: „Das halte ich von dir."

Dann begann ich zu laufen. Ich sah nicht, wohin ich lief, doch ich weiß noch wie er mir nachrief: „Verschwinde, du Schlampe!"

Als ich wieder halbwegs klar sehen und denken konnte, stand ich vor einem kleinen Lokal, aus dem Musik zu hören war. Ich war halb verdurstet und meine Knie zitterten vor Erschöpfung. Also beschloss ich, erst einmal eine Pause einzulegen und mir im Stillen Klarheit über meine Situation zu verschaffen. Mein Haar war schweißnass und hing in Strähnen über meine Schultern und ins Gesicht, meine Augen waren rot und verschwollen vom Heulen und ich fror. Immerhin war es Herbst und ich war viel zu leicht gekleidet. Am Ende meiner Kräfte angelangt, setzte ich mich an einen der Tische und stützte den Kopf in meine Hände. Erst nach und nach begann ich aufzutauen. Ich ließ mir vom Kellner ein Glas Orangensaft bringen, lehnte mich zurück und lauschte der Musik. Was um Gottes Willen sollte ich jetzt nur tun? Ich war gerade einmal sechzehn, hatte keine Ahnung, wie man Geld verdient und kannte auch niemanden, dem ich mich hätte anvertrauen können oder den ich um Rat fragen konnte. Es vergingen ein bis zwei Stunden, in denen ich nur dasaß und versuchte, mir diese Dinge zu beantworten. Ich bemerkte nicht, wie schnell die Zeit verging. Ich bemerkte nur, dass ich langsam müde wurde und es wurde mir bewusst, dass ich nicht einmal wusste, wo ich diese Nacht schlafen konnte. Die Zeit verging und je später es wurde, desto stärker wurde die Panik, die Gestalt in mir annahm. Nichts an meiner Situation änderte sich und ich hätte noch Stunden hier sitzen können und es hätte sich nichts geändert. Nach und nach bemerkte ich, dass ich keine Chance hatte. Irgendwann war ich kurz eingenickt, die Hände auf dem Tisch verschränkt und den Kopf darin vergraben. Ich träumte wirres Zeug und erwachte erst wieder, als mir jemand auf die Schulter klopfte.

„Sie können hier nicht schlafen, Miss. Wir sperren jetzt zu", sagte jemand. Ich schrak hoch. Vor mir stand der Kellner, ein magerer, älterer Mann, der mich mitleidig anblickte.

„Oh ja, gewiss", sagte ich. Dann kramte ich in meiner Handtasche und gab ihm einen Geldschein.

„Danke", sagte er und lächelte. „Es tut mir wirklich leid", fügte er hinzu.

Ich antwortete nicht, suchte meine Habseligkeiten zusammen und verließ das Lokal. Plötzlich weinte ich wieder. Ich stand auf der Straße, nur mit einem dünnen Hemd und Jeans bekleidet, fror entsetzlich und war verzweifelt. Es regnete. Die Straße war nass und nur wenige Menschen waren zu sehen. Eingemummt in Regenmäntel, hasteten sie an mir vorbei und gingen nach Hause. Jeder von ihnen hatte ein Heim, ein warmes Bett und vielleicht auch einen lieben Menschen, der zu Hause auf sie wartete, sie umsorgte und ihnen eine warme Mahlzeit bereitete. Ich ertappte mich dabei, wie Neid in mir hochkam und ich mich danach zu fragen begann, wieso mir diese Dinge verwehrt blieben. Und ich begann, mein Baby zu hassen. Ich irrte durch die Straßen, Regentropfen rannen von meiner Stirn und vermischten sich mit meinen Tränen.

Nach einiger Zeit, in der ich ziellos durch die Stadt gelaufen war, begannen meine Füße zu schmerzen. Der Tag war angebrochen und es hatte aufgehört zu regnen. Sonnenstrahlen fielen scheu zwischen den Häusern hindurch und erfüllten mein Gesicht mit angenehmer Wärme, die nach und nach meinen ganzen Körper ergriff. Plötzlich fühlte ich mich wohl. Ich setzte mich auf eine Bank inmitten eines kleinen Parks und legte meine Beine hoch. Meine Füße brannten und waren geschwollen. Mir war immer noch kalt, obwohl es besser geworden war. Ich saß da, einsam und verlassen, hoffnungslos und starrte in den blauen, strahlenden Himmel, als ich plötzlich eine Stimme hörte.

„Miss, kann ich Ihnen helfen?"

Ich sah hoch und direkt in das Gesicht eines jungen Mannes, der mich anlächelte. Seine dunklen Augen wirkten warmherzig. Plötzlich wusste ich nicht, was ich sagen sollte. Ich begann, wirre Sätze zu bilden, stotterte herum und gab es schließlich auf, als er zu lachen begann.

„Na, jetzt einmal langsam. Ich denke, wir beide sollten einmal etwas frühstücken. Dann können Sie mir ja alles erzählen", meinte er lächelnd.

„Ich habe aber überhaupt kein Geld", sagte ich leise. Ich hatte Angst, er würde von seinem Vorhaben abkommen. Und ich hatte doch solchen Hunger. Doch er lächelte nur, nahm meinen Koffer in die eine Hand und meine Hand in die andere.

„Ich kenne hier ein sehr nettes Lokal, wo man fantastische Ham and Eggs bekommt."

Und so gingen wir schweigend nebeneinander her und ich fühlte, wie ich wieder ganz leicht zu lächeln begann, wie in dieser ganzen Trostlosigkeit ein Funke Hoffnung aufkam, in Gestalt dieses jungen Mannes, der sich einfach meiner angenommen hatte, just in dem Moment, als ich schon die ersten Gedanken hatte, meinem Leben ein Ende zu setzen. Erst als wir in dem Lokal angekommen waren und Platz genommen hatten, bemerkte ich, dass ich am ganzen Körper zitterte. Er legte seine Jacke über meine Schultern. Ich weiß noch, wie wir aßen und ich ihm die ganze Geschichte meines Lebens erzählte und wie ich hinzufügte, dass ich keinen Ausweg sah. Er blickte mich ernst an und stocherte mit seiner Gabel auf seinem Teller herum.

„Hören Sie, Elaine", sagte er dann. „Ich glaube, dass wir beide jetzt eine Lösung finden müssen. Ich würde vorschlagen, dass Sie jetzt einmal zwischenzeitlich bei mir wohnen. Meine Wohnung ist groß genug. Sie könnten ein eigenes großes Zimmer haben. Ich meine, ich habe keine schlechten Gedanken dabei, wenn ich Ihnen diesen Vorschlag mache. Und ich werde Ihnen nicht zu nahe treten. Das verspreche ich Ihnen."

In jedem anderen Moment wäre ich einfach aufgestanden und hätte ihn gefragt, was er sich dabei dachte, einfach ein junges, minderjähriges Mädchen zu sich nach Hause einzuladen. Doch in diesem Augenblick hätte ich ihn am liebsten dafür geküsst. Ich war gerührt, dass es in einer Stadt wie dieser noch Menschen gab, die sich um andere kümmerten und sie nicht einfach ihrem Schicksal überließen. Und sein vertrauensvolles Lächeln hatte mich sowieso schon überzeugt.

4. Kapitel

Sein Name war Greg und er hatte eine riesige Wohnung mitten im Stadtzentrum. Er überließ mir das Gästezimmer, das sogar über ein eigenes Badezimmer mit Toilette verfügte. Gleich als ich meine Sachen ausgepackt hatte, fiel ich todmüde in das weiche, warme Bett und schlief sofort ein. Ich hatte angenehme Träume und schlief über mehrere Stunden. Als ich erwachte, stand er lächelnd vor meinem Bett und betrachtete mich mit einem warmen, zärtlichen Blick.

„Na, gut geschlafen?", fragte er.

Ich blinzelte verschlafen und rieb mir die Augen.

„Wie spät ist es denn?"

„Zu spät, um noch im Bett herumzuliegen", antwortete er fröhlich. „Ich habe etwas zu essen mitgebracht."

Fröhlich trällernd verließ er mein Zimmer. Schlaftrunken drehte ich mich noch einmal zur Seite und musterte meine Umgebung. Das Zimmer, das Greg mir überlassen hatte, war hell und freundlich. Durch das riesige Fenster, das meinem Bett gegenüberlag, konnte ich den angrenzenden Park sehen. Kinder tobten auf dem Spielplatz, grölten und lachten. Nur ab und zu wurden sie durch strenge Mahnungen ihrer Mütter wieder zur Vernunft gezwungen. Ich stellte mir schon vor, wie ich in einigen Jahren auf einer dieser Bänke sitzen würde. Ich würde meinen Körper in den Sonnstrahlen baden und an einem Pullover für mein Kind stricken, der mit den anderen Kindern Fangen spielte. Ich begann zu lächeln und strich über meinen Bauch.

„Wir beide schaffen das schon", sagte ich zu dem Ungeborenen in meinem Bauch und lächelte. Ich versuchte, nicht mehr an die vergangenen Ereignisse zu denken. Ich verbannte meine Eltern und Ted aus meinem Gedächtnis und schwor mir, das Beste für mein Kind und für mich zu machen. Ich würde es schaffen, Arbeit zu finden und ich würde mein Kind ernähren können. Ich würde es glücklich machen und ihm eine wunderbare Kindheit schenken. Und wenn Greg mir nur ein bisschen dabei half, würde es ganz bestimmt funktionieren. Er war es auch, der mich aus meinen Gedanken riss. Er steckte seinen Kopf durch den Türspalt und rief:

„Was ist denn? Ich dachte, wir wollen essen. Sie müssen ja immerhin auch an Ihr Kind denken. Es verhungert sonst ja."

„Ich komme schon!", rief ich lachend.

Ja, ich würde an mein Kind denken. Es würde das Einzige sein, an das ich je denken würde. Ich zog mich also an, frisierte mich und band mein langes Haar zu einem Pferdeschwanz.

Greg hatte inzwischen alles hergerichtet. Der Tisch im Wohnzimmer war reichlich gedeckt. Er hatte wirklich an alles gedacht. Ich war hungrig wie ein Tier, das man eine Woche lang ausgehungert hatte. Mit einem Heißhunger verschlang ich solche Mengen, dass ich anschließend den Knopf meiner Hose öffnen musste, so viel hatte ich gegessen. Greg beobachtete mich mit einem wohlwollenden Lächeln. Erst jetzt fiel mir auf, dass er noch kein Wort gesprochen hatte, seit ich in das Zimmer gekommen war.

„Ich hoffe, es hat geschmeckt", sagte er dann.

Ich nickte stumm und zufrieden.

„Wir müssen dann besprechen, wie es weitergehen soll", sagte ich. „Ich kann ja nicht ewig hier wohnen."

Doch er winkte ab.

„Erst einmal muss das Baby kommen und dann sehen wir weiter. Es gibt doch genug Platz für uns. Und Sie können sich doch um die Wohnung kümmern und ums Essen, während ich in der Arbeit bin."

Ich war überwältigt. So viel konnte man doch von keinem Menschen erwarten. Dabei hatte er doch jetzt schon so viel für mich getan. Ich konnte es gar nicht fassen. Ich willigte in seinen Vorschlag ein.

„Sie werden sich wundern. Ich werde alles so blitzsauber halten, dass Sie die Wohnung gar nicht wiedererkennen werden", versprach ich und er nickte nur.

Eine wundervolle Zeit begann für mich. Greg umsorgte mich, verwöhnte mich und er heiterte mich auf, wenn ich einmal traurig war. Ich ging auch regelmäßig zum Arzt, der das Wachsen des

Babys beobachtete und der auch sehr zufrieden mit mir war. Ich ernährte mich gesund, ging regelmäßig zur Schwangerschaftsgymnastik und ich freute mich auf mein Kind. Es war mir sogar gelungen, meine Eltern und Ted gänzlich aus meinem Gedächtnis zu verbannen. Eines Abends läutete das Telefon. Es war Greg.

„Zieh dir etwas Hübsches an. Ich hole dich in einer Stunde ab und dann gehen wir essen. Ich habe nämlich etwas Wichtiges mit dir zu besprechen."

Als er aufgelegt hatte, begann ich, ein wenig nervös zu werden. Einerseits ahnte ich schon, was Greg mit mir zu besprechen hatte, doch andererseits hatte ich Angst, er würde mich doch nicht mehr bei sich zu Hause haben wollen. Ich versuchte, mich so hübsch wie möglich zu machen. Ich hatte dabei zwar einige Schwierigkeiten, denn im siebten Schwangerschaftsmonat war es einfach nicht mehr so leicht, sich schick zu kleiden. Greg kam viel zu früh. Ich hatte mich nicht einmal noch richtig angezogen.

„Ich sehe furchtbar aus, stimmt's?", jammerte ich, als ich mich im Spiegel betrachtete. „Ich sehe aus wie eine Tonne."

Ich war den Tränen nahe. Doch er lachte nur.

„Du siehst ganz toll aus. Bestimmt", beschwichtigte er mich und küsste mich auf die Stirn. Eines musste man ihm lassen. Er schaffte es in dieser Zeit immer wieder, mich aufzuheitern.

Wir aßen in einem sehr vornehmen Restaurant. Greg hatte dort einen Tisch für uns reserviert. Nach dem Essen, als bereits abserviert worden war, setzte er eine sehr ernste Miene auf.

„Nun ist es so weit", begann er dann. Mit einer schnellen Handbewegung holte er aus seiner Sakkotasche ein kleines Etui heraus und öffnete es.

„Damit unser Baby einen Namen hat und weil ich dich mehr als irgendetwas auf dieser Welt liebe, möchte ich dich bitten, meine Frau zu werden", sagte er feierlich und steckte mir einen zierlichen Goldring mit einem kleinen Diamanten an den Finger. Obwohl ich es geahnt hatte, war ich sprachlos vor Glück. Plötzlich begann ich zu weinen. Greg blickte mich bestürzt an.

„Natürlich möchte ich deine Frau werden", schluchzte ich. Dann fiel ich ihm um den Hals und wir küssten uns. Ich spürte zwar den verwunderten Blick des Kellners, doch mein Glück war so vollkommen, dass es mir egal war, was andere von uns dachten.

„Du machst mich zum glücklichsten Mann der Welt, Elaine", flüsterte er und liebkoste mein Ohr mit seinen Lippen. Plötzlich wollte ich nicht mehr in diesem Lokal sitzen. Ich wollte alleine mit ihm sein, ihn küssen und streicheln und ihm mit meinem ganzen Körper zeigen, wie glücklich er mich gemacht hatte. Greg zahlte und wir fuhren nach Hause. Es war eine wunderbare Nacht. Ich sah die Stadt plötzlich mit ganz anderen Augen. Es kam mir vor, als wäre ich an einem ganz anderen Ort. Die Häuser mit den kleinen, erleuchteten Fenstern schienen freundlich auf uns herabzublicken und jeder Mensch, der sich auf der Straße befand, erschien mir so, als ob er lachte. Ich seufzte und legte meinen Kopf auf Gregs Schulter.

„Ich liebe dich", sagte ich und streichelte seine Hand.

Es war ziemlich spät, als wir zu Hause ankamen. Ich fiel etwas erschöpft auf die Wohnzimmercouch und Greg zog mir die Schuhe aus. Er küsste mich, immer und immer wieder, so zärtlich, so voller Liebe, dass ich fast erstickt wäre. Dann löste er sich von mir und flüsterte:

„Darauf müssen wir noch ein Glas Sekt trinken."

Während er den Sekt aus der Küche holte, streckte ich meine Beine aus und lehnte meinen Kopf zurück. Noch vor einigen Monaten hatte ich gedacht, dass mein Leben zu Ende sei und dass es keine Chance für das Baby und mich gab. Und jetzt … es hatte sich alles geändert. Ich musste nicht mehr in eine trostlose Zukunft blicken. Ich musste mir keine Gedanken mehr machen, was wohl aus uns werden würde. Ich hatte Greg. Einen gut aussehenden, jungen Mann, der sich in mich verliebt hatte. Der mich, eine verstoßene ledige Mutter, heiraten wollte. Ich schickte ein Gebet zum Himmel. Einen Dank an Gott, der mir so viel Güte zukommen ließ.

Ich war so tief in meinen Gedanken versunken, dass ich Greg nicht ins Zimmer kommen hörte.

„Woran denkst du?", fragte er und reichte mir mein Glas.

„An meine Vergangenheit", antwortete ich und lächelte.

„An die brauchst du nicht mehr zu denken. Das liegt weit zurück. Von nun an gibt es nur mehr uns drei", sagte er und streichelte zärtlich meinen Bauch.

„Nur mit der Hochzeitsnacht sollten wir beide uns noch etwas Zeit lassen. Er möchte das vielleicht nicht."

Als ich an diesem Abend zu Bett ging, fühlte ich mich anders als am Abend zuvor. So viel hatte sich geändert. Heute hatte ich eine Zukunft, die ich gestern noch nicht hatte. Plötzlich dachte ich wieder an meine Eltern. Vielleicht sollte ich sie doch anrufen und sie an meinem Glück teilhaben lassen. Sie würden mir sicher verzeihen und sie trotz allem wieder stolz auf ihre Tochter sein. Doch ich verwarf diesen Gedanken sofort wieder. Die alte Wut bäumte sich in mir auf und ich sagte mir: „Warum solltest du das tun? Sie haben auch nicht an dich gedacht, als sie dich aus dem Haus geworfen haben. Und jetzt denkst du an sie? Nie im Leben." Trotzig drehte ich mich auf die Seite und weinte den ganzen Hass in mein Kissen. Und ich schwor mir, ich würde mich nie wieder bei ihnen melden. Mit diesem Vorsatz schlief ich ein. Es war die erste Nacht, in der ich von meinem Baby träumte. Ich träumte, wie ich es im Arm hielt und es war so schön, dass ich noch lächelte, als ich aufwachte. Greg war bereits zur Arbeit gegangen. Im Wohnzimmer lag ein Zettel für mich: „Ich wollte dich nicht wecken. Ich liebe dich. Greg." Ich nahm den Zettel auf, dieses Stück Papier, das so viel für mich bedeutete und liebkoste es mit meinen Lippen. „Wir werden eine wundervolle Zukunft zusammen haben", flüsterte ich. „Ich werde alles dafür tun."

Als Greg von der Arbeit nach Hause kam, brachte er mir Rosen mit.

„Wir heiraten nächste Woche", sagte er dann, hob mich auf und trug mich ins Schlafzimmer.

„Und außerdem können wir unsere Hochzeitsnacht doch noch abhalten. Ich habe deinen Arzt angerufen und der meinte, es sei ganz und gar nicht für den Kleinen schädlich."

Ich war wegen des Babys noch etwas unsicher, doch Greg begann, mich am ganzen Körper zu küssen und Verlangen kam in mir auf, wie ich es noch nie verspürt hatte. Unsere erste Nacht war wundervoll. Wir liebten uns immer wieder, bis der Morgen anbrach und wir endlich erschöpft einschliefen.

Als ich nach einigen Stunden die Augen wieder öffnete, war Greg bereits wach. Er lag neben mir und beobachtete mich.

„Du bist so schön, wenn du schläfst", sagte er und küsste mich wieder. Dann stand er auf.

„Ich muss ins Büro."

„Was? Jetzt noch?", rief ich enttäuscht.

„Der einzige Tag, an dem ich nicht zur Arbeit gehen werde, wird unser Hochzeitstag sein. Ich lasse sonst nie auch nur einen Arbeitstag aus", sagte er ernst und knöpfte sein Hemd zu.

„Willst du denn nicht frühstücken?", versuchte ich, ihn doch noch umzustimmen. Doch er winkte ab.

„Leider, mein Schatz."

Dann blickte er mich an. Er muss die Enttäuschung, die mir ins Gesicht geschrieben war, bemerkt haben. Denn plötzlich kam er auf mich zu und küsste mich auf die Stirn.

„Heute Abend komme ich dafür so früh wie möglich nach Hause", versprach er mir. Als er gegangen war, blieb ich noch einige Zeit im Bett. Ich lag auf dem Rücken, starrte an die Decke und hing meinen Gedanken nach. Nicht mehr ganz zwei Monate und wir würden eine Familie sein. Eine richtige Familie und vielleicht würden wir irgendwann noch zusammen ein Baby haben. Ich seufzte vor Glück, als ich daran dachte. Also hatte ich mich doch in mir getäuscht. Ich war nicht zu jung. Immerhin war ich alt genug, um ein anderes, neues Leben zu beginnen. Noch vor einigen Monaten war ich sorglos durch die Welt gewandert, ohne auch nur einen einzigen Gedanken an meine Zukunft zu verschwenden. Heute hatte ich über mein Leben zu bestimmen, nur ich. Als ich mich zur Seite drehte und mein Blick zufällig auf die Uhr fiel, schrak ich auf. Es war schon sehr spät geworden und in einer Stunde begann meine Schwangerschaftsgymnastik. Als ich einmal nicht hingegangen war, hatte ich ziemlichen Ärger mit Greg bekommen. Er hatte mir vorgeworfen, nicht an mein Kind zu denken. In dieser Hinsicht war er ziemlich eigensinnig. Manchmal kam er mir selbst vor wie ein Kind.

Doch seither hatte ich keine Stunde mehr versäumt. Ich tat es nicht nur für mein Baby und für mich. Ich tat es auch für Greg. Die Tage, die folgten, rasten nur so dahin. Unser Hochzeitstag rückte unaufhaltsam näher und ich wurde von Tag zu Tag nervöser. Nicht nur, dass mein Baby mich kaum noch schlafen ließ, weil es munter strampelte und ich an Sodbrennen litt, ich hatte auch ein wenig Angst vor diesem großen Tag. Ich war so nervös, dass ich – wahrscheinlich auch hormonbedingt – nur mehr heulte. Greg hatte unwahrscheinliche Geduld mit mir. Er verwöhnte mich und überschüttete mich mit Geschenken und seiner Liebe. Im Nachhinein kann ich sagen, dass ich sicherlich das größte Ekel war, das man sich nur vorstellen kann. Doch Greg hatte größtes Verständnis und wenn ich wieder einmal haltlos weinte, lächelte er nur und streichelte mich.

5. Kapitel

Wir feierten unsere Hochzeit nur im kleinsten Kreis. Da ich keine Freunde in dieser Stadt hatte, kam ich mir an diesem Tag auch ziemlich einsam vor. Greg hatte einige Bekannte und Arbeitskollegen eingeladen. Doch ich glaube, das hat er nur getan, damit wir nicht ganz so alleine waren. Ich hatte für kurze Zeit in Erwägung gezogen, Lucy einzuladen. Doch irgendwie verwarf ich diesen Gedanken wieder. Es hätte keinen Sinn gehabt. Sie hätte die ganze Geschichte sofort weitererzählt und dann hätten es auch meine Eltern erfahren. Außerdem schien mir meine Vergangenheit schon so lange vorbei, dass ich Lucy, meine beste Freundin aus meiner Schulzeit, nur mehr sehr schwach in Erinnerung hatte. Es kam mir wie ein anderes Leben vor. Doch trotz allem war ich an diesem Tag sehr glücklich. Wenn es nach mir gegangen wäre, hätte überhaupt niemand kommen müssen. Greg sah fantastisch aus in seinem dunklen Anzug. Wie groß und schlank er doch war. Er hätte jede Frau haben können und mich hatte er gewählt. Seine Bekannten gratulierten ihm zu seiner Wahl. Er hatte ihnen erzählt, dass er der Vater des Babys sei, weil er meinte, dass niemandem die Wahrheit etwas anging. Eine etwas ältere, dicke Frau aus Gregs Betrieb stürzte mit ihrem übergroßen geblümten Hut auf mich zu und umarmte mich. Sie erdrückte mich fast mit ihren dicken Armen.

„Mein Gott, sind Sie hübsch. Man sieht kaum, dass Sie schwanger sind. Fantastisch", rief sie mit ihrer hohen, unangenehmen Stimme. Ich war jung, noch sehr jung und ich kam mir blöd dabei vor, mir irgendwelche Komplimente von irgendwelchen überheblichen, dicken Damen anhören zu müssen. Greg hatte meine Verlegenheit sofort bemerkt und er kam auf mich zu, um mich aus ihrer Gesellschaft zu retten.

„Hätten Sie mir einen schlechten Geschmack zugetraut?", fragte er in seiner fröhlichen Art und zwinkerte mir zu. Ich war erleichtert. Um mir noch mehr Unannehmlichkeiten dieser Art zu ersparen, wich er den ganzen restlichen Tag nicht mehr von meiner Seite. Greg hatte für das Mittagessen in jenem Restaurant einen Tisch bestellt, in das er mich damals geführt hatte, als er mich von der Straße aufgelesen hatte. Niemand wusste, warum ausgerechnet dieses Lokal ausgewählt wurde, doch Greg und ich warfen einander einen wissenden Blick zu, der die anderen verstehen ließ, wie dankbar wir für diesen Tag waren, für den Tag, an dem Greg mir das Leben gerettet hatte. Nach dem Essen saßen wir noch einige Zeit zusammen, doch wir versuchten, unsere Gäste so schnell wie möglich loszuwerden. Endlich wieder alleine zu sein, war unser größter Wunsch. Und als es dann so weit war, saßen wir bei Kerzenlicht in unserem Wohnzimmer und waren glücklich.

Mein Gott, wie gerne denke ich an diesen Tag zurück. Ich hatte damals Angst davor, dass er zu Ende gehen würde, obwohl ich wusste, dass dies unabwendbar war. Doch wie ich schon sagte, ich war noch sehr jung. Ich hatte noch Träume und Träume sind wie eine Realität, nur dass sie nie zu Ende gehen müssen, wenn man es nicht will.

Wir beschlossen, unsere Flitterwochen zu Hause zu verbringen. Erstens war es nicht einfach für eine Hochschwangere, einen geeigneten und bequemen Urlaubsort zu finden und außerdem wollten wir das Geld für sinnvollere Zwecke sparen. Es musste noch so viel für das Baby eingekauft werden. Gregs Eltern unterstützten uns dabei so gut es ging. Gregs Mutter gab sich dabei die größte Mühe. Sie kaufte die schönsten und kostspieligsten Dinge. Ich verstand das nicht. Das Baby würde viel zu schnell aus den Sachen herauswachsen und es würde kaum all die entzückenden Strampelhöschen und Strickjäckchen tragen können. Ich hielt es für reine Geldverschwendung. Doch sie ließ sich nicht davon abhalten, weiterhin wie eine Verrückte für ihr Enkelkind einzukaufen.

„Lass mich nur machen. Mach dir nur keine Gedanken. Du musst dich jetzt nur mehr auf die Geburt konzentrieren", sagte sie jedes Mal, wenn ich sie darauf ansprach. Also hörte ich irgendwann auf, mit ihr darüber zu reden, vor allem als ich merkte, dass Greg ihr bei allem Recht gab.

Im letzten Schwangerschaftsmonat durfte ich überhaupt nichts mehr machen. Meine Schwiegermutter zog bei uns ein, erledigte die Hausarbeit und kochte. Sie meinte, es sei zu anstrengend für mich, den ganzen Haushalt alleine zu bewältigen. Der Enderfolg ihrer übergroßen Fürsorge war, dass ich den ganzen Tag nichts zu tun hatte, die meiste Zeit über Babybücher las und strickte. Langsam, aber sicher begann ich, mich zu langweilen. Und da ich mich langweilte, bekam ich wieder Depressionen. Ich sah von Tag zu Tag schlechter aus und dankte Gott für jeden Tag, der mich meiner Niederkunft näher brachte. Die letzten Tage verbrachte ich nur mehr liegend. Ich durfte nicht mehr aufstehen, außer um auf die Toilette zu gehen. Mein Bauch war inzwischen so groß, dass ich meine Zehen nicht mehr sehen konnte. Mein Gewicht deprimierte mich. Meine Beine waren geschwollen und mussten die meiste Zeit über hochgelagert werden. Kurz und gut – es war die Hölle für mich. Doch Greg und seine Mutter standen mir in dieser Zeit bei. Sie taten wirklich alles für mich. Greg übertraf sich dabei selbst, mir alles abzunehmen. Und dann, war es endlich so weit …

20. April 1982

Es passierte mitten in der Nacht. Ich hatte es gerade geschafft, nach langem Hin-und-her-Wälzen, in einigermaßen angenehmem Schlaf zu fallen, als ich plötzlich durch ein heftiges Ziehen in meinem Unterleib geweckt wurde. Ich schrak auf.

„Mein Gott!", raste es mir durch den Kopf. Und laut schrie ich: „Greg, schnell, du musst mir helfen. Es ist so weit."

Greg starrte mich schlaftrunken an.

„Was?", rief er aufgeregt und sprang aus dem Bett.

Kopflos rannte er hin und her, suchte nach dem kleinen Koffer, den wir schon Wochen vorher für den Klinikaufenthalt gepackt hatten und zog sich schnell eine Hose und ein Hemd über. Ich verfiel in panische Angst. Immer und immer wieder hatte die Hebamme in der Schwangerschaftsgymnastik über diesen Moment gesprochen, um uns Frauen die Angst vor der Geburt so gut es ging zu nehmen. Doch jetzt, da ich wusste, dass ich in ein paar Stunden mein Baby im Arm halten würde, hatte ich solche Angst, dass ich eine trockene Kehle und Herzklopfen bekam. Es war nicht die Angst vor den Schmerzen, die mich quälte. Es war mehr die Angst, dass mit dem Baby irgendetwas nicht stimmen könnte. Greg benahm sich genauso, wie sich der leibliche Vater benehmen würde. Er war nervös und gleichzeitig freute er sich auf seine Vaterrolle. Er half mir vorsichtig in den Wagen und fuhr so schnell es ging in die Klinik. Ich saß neben ihm und bei jeder Wehe krümmte ich mich zusammen und stöhnte. Sie kamen in immer kürzeren Abständen. Greg sprach mir Trost zu, um mich und natürlich auch sich selbst zu beruhigen. Er konnte seine Nervosität kaum verbergen. Ich hielt seine Hand und drückte sie fest, als wieder eine Wehe einsetzte. Ich weiß nicht mehr, wie lange wir brauchten, bis wir die Klinik erreichten, aber es kam mir wie eine Ewigkeit vor. Dann ging alles ziemlich rasch. Ich wurde gleich in den Kreissaal gebracht, eine Hebamme überwachte den Herzschlag des Babys und sprach mir Mut zu. Greg lief auf dem Flur auf und ab, wie alle werdenden Väter es taten, begleitet von seiner Mutter, die ebenfalls bereits eingetroffen war. Und dann, als es so weit war und sie mir meinen Sohn auf meinen Bauch legten und mir die Hebamme versicherte, dass er gesund sei, brach ich vor Freude in Tränen aus. Ein ganz inniges Gefühl der Liebe überkam mich und es war mir plötzlich egal, dass meine Eltern mich aus dem Haus geworfen hatten und dass Ted seinen Sohn verleugnete. Ich begann zu begreifen, dass es Wichtigeres gab als die Menschen, die mir so viel Leid zugefügt hatten. Dieses kleine Bündel, das ich in den Armen hielt und das mich wahrscheinlich jetzt schon liebte. Und dieser Augenblick entschädigte mich für alles, was ich durchgemacht hatte. Als sie dann endlich Greg erlaubten, sein Kind zu sehen und es in den Arm zu nehmen, wusste er anfangs nicht, was er sagen oder was er tun sollte. Dann nahm er meine Hand und küsste mich.

„Das hat meine Kleine gut gemacht. Er ist wunderschön. Wie seine Mutter", sagte er, einen zärtlichen Blick auf seinen Sohn werfend. In seinen Augen konnte man sehen, wie gerührt er war. Und plötzlich tat es mir leid, dass es nicht sein Kind war.

Die ersten beiden Nächte in der Klinik konnte ich kaum schlafen. Da ich mein Kind in der Nacht nicht bei mir behalten durfte, plagten mich stundenlang die furchtbarsten Gedanken. Ich hatte Angst, es könnte über Nacht einfach gestorben sein oder irgendjemand hätte es entführt … Und jeden Morgen war ich glücklich, wenn ich mein Baby zum Stillen bekam. Dann wusste ich, dass alles gut war. Ich muss gestehen, dass ich anfangs die Hoffnung hatte, Ted würde irgendwie von der Geburt seines Sohnes erfahren und vorbeikommen, um ihn zu sehen. Ich hatte mir in meinen Gedanken schon ausgemalt, wie ich ihn anbrüllte und ihm mein Kind aus den Armen riss. Doch er kam nicht. Nicht am ersten Tag und auch nicht am letzten. Ich war nicht enttäuscht. Greg war mir viel wichtiger, als Rache an meinem Ex zu üben. Als es Greg für mich noch nicht gegeben hatte, hatte ich oft gehofft, dass Ted nur auf Wunsch meines Vaters so reagiert hatte. Ich hatte gehofft, dass er nur auf den Augenblick wartete, wenn sein Kind das Licht der Welt erblickte. Und dass er dann zurückkommen würde, um bei mir und unserem Sohn zu leben. Doch diese Hoffnung war ohnehin nur sehr gering gewesen. Irgendwann hatte ich aufgehört, ihn zu hassen. Er war doch wirklich noch sehr jung gewesen und der Druck seiner Eltern entsprechend groß. Er hätte mich nie heiraten können. Doch dies gehörte jetzt der Vergangenheit an und ich dachte auch nicht lange an ihn.

Ich musste nur einige Tage im Krankenhaus bleiben. Greg fand, dass diese Zeit viel zu kurz war, um die Wohnung für unseren Empfang herzurichten. Der Tag, an dem ich das Krankenhaus verlassen musste, war trotz allem ein Wendepunkt in meinem Leben. Nachdem ich meine Sachen wieder in meinen kleinen Koffer gepackt hatte, stellte ich mich ans Fenster, schob den Vorhang beiseite und blickte in den angrenzenden Park. Die Sonne strahlte vom Himmel und die alte Dame, die ich öfters mal besucht hatte, saß auf einer der Bänke, hatte die Augen geschlossen und genoss die wärmenden Strahlen. Sie blinzelte ein wenig und als sie mich entdeckte, winkte sie mir lachend zu. Ich lächelte auch und nickte. Dann seufzte ich und dachte:

„Ab heute führe ich ein ganz anderes Leben. Ich muss mein Baby wickeln und baden, es stillen, für meinen Mann und den Haushalt sorgen und die Wohnung putzen. Wie schön wird das werden."

Mein einziger Wunsch bestand darin, Greg zu umsorgen und zu verwöhnen und ihm so meine ganze Liebe und Dankbarkeit zu zeigen. Die Schwester hatte den Kleinen gewickelt und angezogen und brachte ihn mir dann.

„Christopher!", rief ich erfreut und gleichzeitig wunderte ich mich, dass mir so abrupt ein Name für ihn eingefallen war.

„Ihr Mann ist auch bereits eingetroffen", sagte sie und ich begann, mich zu beeilen. Als ich das Zimmer mit dem Baby am Arm und meinem kleinen Koffer in der Hand verließ, kam er mir bereits entgegen. Er lachte.

„Elaine, meine Kleine. Was machst du denn für Sachen? Gib mir sofort den Koffer. Du sollst doch nicht so schwer tragen", rügte er mich und riss ihn mir aus der Hand. Während Greg ihn dann im Kofferraum verstaute, warf ich noch einen Blick zu meinem Fenster hinauf und ich sah, wie die Krankenschwester den Vorhang zuzog.

Meine Schwiegermutter war gerade dabei, ihre Sachen aus dem Zimmer zu räumen.

„So, ich verlasse euch wieder", sagte sie und in ihren Augen spiegelte sich ein Hauch von Traurigkeit. „Ihr braucht das Zimmer ja für den Kleinen." Doch plötzlich beachtete sie mich nicht mehr. Greg betrat mit Christopher das Zimmer. Mit einem Aufschrei des Entzückens und der Freude stürzte sie auf ihn zu und riss ihm den Kleinen förmlich aus dem Arm.

„Mein Enkel!", rief sie glücksstrahlend und wiegte ihn hin und her. „Du bist das schönste Baby der Welt", stellte sie überzeugt fest und Christopher verzog seinen Mund, als ob er lächelte.

„Er lächelt!", rief sie mit erfreuter Stimme. „Ich glaube, er mag seine Oma jetzt schon."

Und während Gregs Mutter ihre ganze Aufmerksam ihrem Enkelkind schenkte, begannen Greg und ich, meine Sachen wieder in den Schrank zu räumen. Greg hatte Christophers Sachen sorgfältig in einer Kommode geordnet. Alles war peinlichst sauber und ordentlich gefaltet und eingeräumt. Und obwohl ich ihn schon zu kennen glaubte, war ich wieder einmal von seiner Fürsorge überrascht. Sogar eine kleine Mahlzeit hatte er für mich vorbereitet.

Ich lud meine Schwiegermutter ein, noch mit uns zu essen, doch sie winkte ab. „Roger wird stocksauer sein, wenn ich so spät komme." Sie meinte damit ihren Mann, der mit etwas bitterer Miene mit verfolgt hatte, wie seine Frau zu uns gezogen war. Dann legte sie Christopher, der inzwischen eingeschlafen war, in sein Bettchen und küsste ihn sanft auf die Stirn.

„Macht es gut, ihr beiden", flüsterte sie noch und schon war sie fort. Und unser neues Leben zu dritt konnte beginnen.

6. Kapitel

Während der nächsten Zeit, die folgte, musste ich immer wieder festsstellen, dass ich mich von Tag zu Tag mehr in meinen kleinen Sohn verliebte und ich mich richtig in die Mutterrolle hineinfand. Ich ließ ihn kaum mehr als eine Minute allein. Die Angst, es könnte ihm etwas passieren, war zu groß. Egal was ich gerade tat, ich fand immer wieder Gelegenheit, ihn um mich zu haben. Ich hatte in jedem Zimmer tagsüber Krabbeldecken auf dem Boden aufgelegt. So konnte ich ungestört meiner Hausarbeit nachgehen. Und so kam es, dass ich oft neben seinem Bett saß, wenn er schlief und ihn beobachtete. Ich empfand es einfach als Glück, dass alles so gekommen war. Mir graute bei dem Gedanken, ich hätte damals anders reagiert und mein Baby abtreiben lassen. Mein Vater hatte sicher gehofft, dass ich ihm diesen Vorschlag unterbreitete, aber es war mir immer schon klar gewesen, dass ich mein Kind nicht töten würde. Und wie Recht ich doch hatte. Jedes Mal, wenn ich daran dachte, musste ich unwillkürlich lächeln. Christopher entwickelte sich prächtig. Ich liebte es, ihn zu beobachten, wenn er schlief. Er lag zusammengerollt in seinem Bettchen, den Schnuller im Mund und die Decke bis zum Kinn. Und wenn er träumte, verzog er sein Gesicht zu einem Lächeln und jauchzte manchmal auch leise vor sich hin. Dann strich ich zart über seine blonden Locken und war selig. Sein erstes richtiges Wort sagte er, als Greg von der Arbeit hundemüde nach Hause kam. Christopher krabbelte ihm entgegen und sagte: „Dada."

Gregs Gesichtsausdruck ließ sich gar nicht beschreiben. Ich habe ihn nie wieder so glücklich gesehen. Seine Augen strahlten wie die eines kleinen Kindes, das zum ersten Mal einen Weihnachtsbaum sah.

„Hast du das gehört?", rief er und begann zu lachen.

„Er hat mich erkannt. Er liebt mich. Er hat Daddy zu mir gesagt."

Und die Müdigkeit war aus seinen Augen verschwunden. Er nahm ihn hoch, wiegte ihn auf dem Arm und Christopher

kreischte vor Vergnügen. Es war alles so perfekt, dass mich zeitweise die Angst quälte, dass dieses Glück irgendwann zu Ende
war. Es kam mir einfach nicht besonders logisch vor, dass es solche Freuden im Leben überhaupt gab. Doch jedes Mal, wenn
ich sah, wie prächtig sich Greg mit Christopher verstand, verwarf ich diesen Gedanken wieder und sagte zu mir: „Was soll's,
es muss doch auch glückliche Menschen geben." Und ich machte
mir keine Gedanken mehr darüber. Ich hätte auch nie gedacht,
dass dieses Glück so ein rapides Ende finden könnte. Doch eines
Tages geschah es doch.

3. Juni 1984

„Gleich. Dein Vater kommt bald", sagte ich an diesem Tag mindestens schon das zehnte Mal. Christopher stand neben mir in
der Küche, während ich das Abendessen zubereitete und zupfte
unentwegt an meinem Rockzipfel. Andauernd fragte er nach seinem Vater. Greg war auch schon eine Stunde überfällig. Er kam
nie so spät nach Hause, zumindest nicht, ohne mich anzurufen.
Ich dachte mir nichts Besonderes dabei. Wahrscheinlich hatte er
noch irgendeine wichtige Besprechung, die er nicht unterbre-
chen konnte. In seiner Position war dies durchaus möglich. Ich
beschloss also, das Abendessen für ihn warmzuhalten. Dann begann ich, Christopher zu baden und bettfertig zu machen. Wir
schäkerten noch einige Zeit miteinander und so vergaß ich, auf
die Uhr zu sehen. Als mein Blick dann wieder auf die Küchenuhr
fiel, war es schon acht Uhr vorbei und Greg hätte schon seit zwei
Stunden zu Hause sein müssen. Da Christopher begann, müde zu
werden und andauernd quengelte, legte ich ihn in sein Bett und
wartete noch, bis er eingeschlafen war. Als ich ins Wohnzimmer zurückkehrte und mir eine Zigarette ansteckte, begann ich,
mir Sorgen zu machen. Ich beschloss, kurzerhand seine Sekretärin anzurufen. Sie müsste Bescheid wissen, wenn Greg durch
irgendetwas aufgehalten worden wäre. Sie meldete sich jedoch

nicht. Ich legte den Hörer auf und versuchte, mir Klarheit über die Situation zu schaffen. Ich blieb noch einige Zeit neben dem Telefon stehen und starrte es an. Ich glaubte, es hypnotisieren zu können und Greg würde sich melden. Doch es läutete nicht. Die Stunden vergingen. Ich rauchte eine Zigarette nach der anderen und starrte auf die Uhr, deren Zeiger sich unaufhaltsam und gnadenlos weiterbewegten, und die Zeit verstrich. Wirre Gedanken schossen mir durch den Kopf. Ich sah Greg in einer Blutlache neben seinem zertrümmerten Auto liegen. Ich sah die Polizisten, die ihre Köpfe schüttelten und einen, der sagte:

„Da ist nichts mehr zu machen. Wir müssen seine Angehörigen verständigen."

Die Bilder in meinem Kopf waren so echt, dass ich plötzlich zu weinen begann und flüsterte: „Greg, bitte sei nicht tot. Bitte melde dich endlich!"

Dann wiederum konnte ich das Bild von dem toten Greg nur mehr unklar wahrnehmen. Es verschwamm und verwandelte sich in einen gutgelaunten, strahlenden Mann, der mit einer vollbusigen Rothaarigen im Bett lag und zu seiner Geliebten sagte:

„Und zu Hause wartet mein liebendes Weib auf mich und mein warmes Essen und ich bin hier bei dir."

Und dann lachte er und küsste sie leidenschaftlich. Und ich weinte noch mehr. Ich begann mich bereits sogar zu fragen, was ich in unserer Beziehung falsch gemacht hatte und ich dachte unwillkürlich an Christopher und daran, dass vielleicht er der Grund war. „Aber nein", sagte ich mir, „er liebt den Jungen doch." Ich rauchte, starrte auf die Uhr und suchte nach einer Erklärung für Gregs Unpünktlichkeit. Doch die Erklärungen, die ich mir zurechtgebastelt hatte, erschienen mir alle nicht plausibel genug. Denn in jedem Fall hätte er Zeit gehabt, mich anzurufen. Es war bestimmt weit nach Mitternacht, als ich endlich einschlief. Ich erwachte, als jemand versuchte, die Wohnungstüre aufzusperren. Ich schrak hoch und blickte auf die Uhr. Es war vier Uhr morgens, als Greg betrunken in die Wohnung torkelte. Er konnte kaum stehen und seine Alkoholfahne konnte ich bis ins Wohnzimmer riechen. Ich lief ihm entgegen, teils erleichtert, teils erschrocken und erstarrte. Greg stand im Vorraum, mit einer Schulter an die Wand gelehnt. Die Haare hingen ihm ins Gesicht und er schnaufte.

„Wieso starrst du mich so an?", brüllte er. Ich versuchte, etwas zu sagen, kein Wort kam über meine Lippen. Ich stand nur da und sah ihn an. Es kam mir so vor, als stünde mir ein Fremder vor mir. Noch nie hatte ich ihn so gesehen. Er sah entsetzlich aus.

„Greg, um Gottes Willen, was ist denn passiert?", flüsterte ich dann mit tränenerstickter Stimme. Ich fühlte, wie sich mein Herz zusammenkrampfte und wieder diese Befürchtung in mir aufkam, er habe die Nacht bei einer anderen verbracht. Und ich bemerkte, wie mein ganzes glückliches Heim, mein ganzes Leben mit ihm plötzlich wie ein Kartenhaus in sich zusammenfiel. Greg sackte zusammen, kauerte am Boden, seinen Körper an die Wand gelehnt und begann plötzlich zu weinen.

„Es tut mir leid Elaine", stammelte er lallend. „Es tut mir so leid." Und er schluchzte lautlos vor sich hin. So gerne wäre ich zu ihm gegangen, hätte meine Hand auf seine zuckenden Schultern gelegt und ihm Trost zugesprochen. Doch ich konnte nicht. Es schien mir so, als stünde eine unsichtbare Wand zwischen uns, wie eine Barriere, die jede Annäherung an ihn verhinderte. Nachdem ich einige Minuten neben ihm verweilt hatte, ohne mich zu rühren und ihn anstarrte, als ob ich ihn gar nicht kannte, drehte ich mich um und ging ins Wohnzimmer zurück. Ich kauerte mich auf das Sofa und steckte mir sicher schon die zwanzigste Zigarette an diesem Abend an, die ich in gierigen Zügen rauchte. Ich hörte Greg im Vorzimmer weinen und er tat mir nicht im Geringsten leid. Ich wusste, dass es meine Pflicht gewesen wäre, ihm wenigstens zuzuhören, doch ich konnte nicht. Erst als ich meine Zigarette in dem übervollen Aschenbecher ausdämpfte, kam Greg zu mir und ließ sich neben mich fallen.

„Ich habe meinen Job verloren", hallte seine raue Stimme in die Stille.

Es war eigenartig, aber nicht einmal diese Nachricht brachte mich aus meiner Ruhe, die irgendwie schon beängstigend war.

„Hast du mich gehört? Ich bin am Ende – WIR sind am Ende. Ab heute kann ich nicht einmal mehr dafür garantieren, dass Christopher und du etwas zu essen bekommt."

Als ich ihn so neben mir sitzen sah, mit aschfahlem Gesicht, das ihn um Jahre älter aussehen ließ, tat er mir plötzlich leid. Ich schlang meine Arme um seinen Hals und presste ihn wie ein kleines, geprügeltes Kind an mich.

„Es wird alles gut", tröstete ich ihn, ohne jedoch wirklich daran zu glauben.

Seit jenem Tag verschlechterte sich Gregs Gemütszustand zusehends. Er ging nicht mehr aus dem Haus, trank Unmengen von Bier und Schnaps, sprach kaum noch ein Wort und ließ sich vollkommen gehen. Selbst Christopher, den er bis vor kurzem noch vergöttert hatte, konnte ihn nicht aus seiner Lethargie befreien. Ich verbrachte meine Zeit fast ausschließlich mit meinem Kind und der Hausarbeit. Und Greg wurde mir von Tag zu Tag fremder. Jedes Mal, wenn ich ihn im Wohnzimmer sitzen sah, ungepflegt und unrasiert, wurde mir mehr und mehr bewusst, dass es keine Zukunft mehr für uns gab. Auch Christopher bemerkte natürlich, dass etwas nicht stimmte und er wurde von Tag zu Tag trauriger. Ich ahnte damals noch nicht, dass es noch schlimmer werden sollte, als es sowieso schon war.

24. Juli 1984

Schon als ich aufwachte, hatte ich ein ungutes Gefühl. Ich wusste nicht, warum, aber irgendeine ungute Vorahnung machte sich in mir bemerkbar. Ich drehte mich noch einmal kurz auf die andere Seite und da ich noch ziemlich verschlafen war, nahm ich nicht einmal richtig wahr, dass Gregs Bett, wie schon so oft in letzter Zeit, unbenutzt war. Ich nahm an, dass er die Nacht auf dem Sofa im Wohnzimmer verbracht hatte. Denn oft war es so, dass er abends schon so betrunken war, dass er es nicht mehr ins Bett schaffte. Mit der Zeit hatte ich mich daran gewöhnt. Mein erster Weg jeden Morgen führte in Christophers Zimmer. Er war auch bereits wach, saß aufrecht in seinem Bett und lachte, als er mich kommen sah.

„Na, mein Liebling? Heute bist du aber schon früh auf", sagte ich, während ich ihn aus dem Gitterbett hob. Ich trug ihn ins Wohnzimmer und legte ihn auf den Wickeltisch. Erst jetzt bemerkte ich, dass Greg nicht wie gewohnt auf der Couch lag. Ich rief einige Male seinen Namen, doch als keine Antwort kam, wurde mir klar, dass er wahrscheinlich die ganze Nacht nicht zu Hause gewesen war. Während ich mich um Christopher kümmerte, ihn wickelte und ihm seinen Overall anzog, war ich mit dem Gedanken bei Greg. Ich versuchte, ihn zu verstehen und mir ein klares Konzept in meinem Kopf zurechtzulegen, wie ich ihm helfen konnte. Doch ich wusste, wenn er wieder betrunken durch die Türe kommen würde, hätte ich nicht die Kraft dazu, ihn zu unterstützen. Denn im Grunde war er mir mittlerweile schon zu fremd geworden. Er war ein Alkoholiker, der halbe Nächte in Kneipen herumlungerte oder der ungewaschen und übelriechend vor dem Fernseher saß und laut rülpste. Nein, das war nicht mehr der Mann, dem ich einmal mein Jawort gegeben hatte. Dieser Mann war schon vor langer Zeit gestorben. Der andere, dessen Lebenselixier Bier war, ging mich nichts mehr an.

„Nein, Schluss jetzt", sagte ich zu mir selbst. „Ich darf nicht mehr daran denken." Ich zog mir schnell einen Rock und ein Shirt über und wollte mit Christopher auf den Spielplatz gehen. Ein bisschen frische Luft würde mir sicher gut tun und außerdem freute sich Christopher immer so, wenn er mit den anderen Kindern spielen konnte. Gerade als ich die Wohnung verlassen wollte, kam Greg nach Hause. Seine Augen funkelten böse, als er bemerkte, dass ich gerade gehen wollte. Er war wie immer betrunken.

„Wohin willst du denn?", fragte er und packte mich am Arm. Ich stand wie erstarrt, hatte den Kleinen an mich gepresst und versuchte, ihn zu besänftigen. Ich brachte aber keine zusammenhängenden Sätze heraus, ich stammelte nur, denn jedes Mal, wenn ich seine ausdruckslosen Augen sah, wollte ich lieber überhaupt

nichts mehr sagen, aus Angst, ich könnte ihn noch mehr verärgern. Ich hatte Angst vor ihm. Nie hätte ich mir gedacht, dass
ich je vor Greg Angst haben würde. Ich betete, dass Christopher
den Mund halten würde, damit Greg ihm nichts tat.

„Beruhige dich. Ich wollte nur mit Christopher auf den Spielplatz gehen. Es ist so schön draußen", sagte ich endlich. Greg
starrte mich immer noch an. Sein Griff an meinem Arm wurde
fester und er sagte nur:

„Nein, du gehst jetzt nicht."

Ich spürte, wie Christopher unruhig wurde. Kinder sind eben
so. Sie können nicht so lange ruhig bleiben. Er wusste ja nicht,
dass Greg betrunken war und verärgert war. Er konnte es ja um
Himmels Willen nicht wissen. Ich versuchte, ihm den Mund
zuzuhalten, doch es ließ sich nicht länger vermeiden, dass er zu
quengeln anfing. Mir blieb fast das Herz stehen vor Schreck. Um
Gottes Willen, er durfte dem Jungen nichts tun. Nein, das würde ich niemals zulassen. „Nicht mein Kind", schrie es in mir. Als
ich sah, wie sich Gregs Blick dem Kind zuwandte und er meinen
Arm losließ, um ihn zu schlagen, reagierte ich blitzschnell. Ich
setzte das Kind ab und sprang ihn an. Ich sprang ihm direkt an
den Hals wie eine Löwenmutter, die ihr Junges verteidigt. Greg
stürzte und fiel mit dem Kopf gegen die Wand. Erstaunt blieb er
liegen und aufgrund seines Alkoholspiegels dauerte es eine Weile, bis er wieder auf den Beinen war. Ich nützte die Zeit, lief mit
dem bereits schreienden Jungen in sein Zimmer und versperrte die Türe von innen. Ich kauerte mich in eine Ecke, Christopher auf den Knien und die Tränen der Panik rannen über meine Wangen. Meine Gedanken überschlugen sich. Ich fürchtete
mich vor Greg. Es war einfach nur Angst, dass er dem Kind etwas antun würde. Doch sollte es so weit kommen, würde ich
ihn eher umbringen als zuzulassen, dass er dem Kleinen zu nahe
kam. Es dauerte nicht lange, bis Greg an die Tür hämmerte und
an der Türklinke zu zerren begann.

„Mach auf!", schrie er. Seine Stimme überschlug sich fast.
„Mach sofort auf. Du bist meine Frau. Du hast mir zu gehorchen, hörst du?"

Ich hielt mir mit beiden Händen die Ohren zu und schloss meine Augen. Christopher hatte aufgehört zu weinen. Er saß da, erstaunt und verwirrt und sagte: „Daddy?"

„Nein", antwortete ich. „Das ist nicht dein Daddy."

„Hör mir zu, Elaine!", hörte ich Greg wieder schreien. „Mach die Tür auf oder ich schlag sie ein."

Als ich jedoch nicht reagierte, sondern nur still dasaß mit klopfendem Herzen und hoffte, er würde aufgeben und wieder gehen, sagte er nach einiger Zeit etwas ruhiger. „Elaine, bitte komm zu mir. Ich brauche dich. Du musst keine Angst haben. Ich tu dir und dem Jungen nichts. Bitte Elaine, hörst du mich?", flehte er und die Erinnerung an den Mann, den ich liebte, kehrte wieder zurück. Ich glaubte sogar, ihn durch die verschlossene Tür sehen zu können. Wie er davorstand, zerknirscht und reumütig. Mein Greg. Ich hatte es doch gewusst. Er liebte mich doch. Er brauchte mich. Erleichtert und glücklich wischte ich die Tränen aus meinem Gesicht, setzte Christopher in sein Bett und schloss die Tür auf.

„Greg!", rief ich und lief in seine Arme, direkt in mein Verderben. Denn plötzlich veränderte er sich wieder. Er riss mich an sich und zerrte mich ins Schlafzimmer. Anfangs wusste ich nicht, wie mir geschah. Die Szenen, die folgten, erreichen mich auch heute noch immer und immer wieder in meinen Träumen. So furchtbar war es. Ich reagierte nicht und als ich die Situation in ihrer ganzen Tragweite begriffen hatte, war es bereits zu spät.

„Du gehörst mir!", rief er und zerrte an meinem Rock. Er riss mir das Shirt vom Leib, schob meinen Rock hoch und griff mir brutal zwischen meine Beine. Ich weinte wieder, wehrte mich aus Leibeskräften, zerkratzte sein Gesicht, bis er blutete, doch er lachte nur. Er lachte laut und unverschämt. Er lachte über mein Unglück, über meine Schmerzen, über mein Schicksal. Ich hasste ihn so abgrundtief, dass ich ihn am liebsten getötet hätte. Ich war so weit, dass ich ihm ein Messer zwischen die Rippen hätte stoßen können, ohne Schuldgefühle zu verspüren. Als er sich auf mich legte, mir meinen Slip herunterriss und in mich eindrang, während er meine Brüste küsste, musste ich mich übergeben. Mir wurde so übel, dass ich meinen gesamten Mageninhalt auf den Teppich spie. Ich wehrte mich auch nicht mehr. Ich weinte nur still vor mich hin und hoffte, es würde bald vorbei sein. Es dauerte länger als sonst. Der Alkohol tat das Seinige dazu. Als er fertig war und sich in mir entleert hatte, drehte er sich auf die Seite und schlief sofort ein. Und ich lag da und schluchzte.

Erst dann hörte ich Christophers klägliches Weinen. Ich lief sofort zu ihm. Er stand in seinem Bett, umklammerte mit beiden Händen die Gitterstäbe und brüllte aus ganzen Kräften. Sein Gesicht war rot und seine Wangen nass. Ich riss ihn an mich, presste seinen kleinen Kopf an meine Brust und wir weinten zusammen. Er, weil er die Welt in die er hineingeboren worden war, nicht mehr verstand und ich, weil meine Welt, die ich mir aufgebaut hatte, zusammengebrochen war. Nachdem ich mich so einigermaßen beruhigt hatte, riss ich mir den Rest meiner Wäsche vom Leib und duschte mich. Ich fühlte immer noch seine Hände auf meinen Brüsten und rieb meinen Körper so fest mit dem Schwamm, dass ich mir das Fleisch wundscheuerte. Ich stand sicher eine halbe Stunde unter der Dusche, ohne mich danach in irgendeiner Weise besser zu fühlen. Anschließend zog ich einen Bademantel über und sah mich in dem Spiegel. Selbst mein Spiegelbild war mir fremd. Mein Gesicht war blass, meine Haare hingen in Strähnen in meine Stirn und meine Augen waren vom Weinen verschwollen. Mein Gott, was war bloß in dieser kurzen Zeit aus mir geworden? Doch ich wusste, dass dies noch nicht zu Ende war – es war erst der Anfang.

7. Kapitel

Es ist sehr schwer für mich, euch von dieser Zeit zu erzählen. Ich kann ja selbst nicht daran denken. Zumindest weigere ich mich, das zu tun. Wäre es damals bloß das Ende gewesen, ich hätte mir die folgende entsetzliche Zeit erspart. Ich weiß nicht, warum ich nicht gleich gegangen bin und ich trotz allem noch immer hoffte, es würde alles besser werden. Keine Ahnung, wieso ich das geglaubt habe. Verdammt lächerlich in dieser Situation, nicht wahr? Jetzt kann ich nur mehr über meine Naivität lachen. Tränen könnte ich lachen, wenn ich daran denke, was Menschen nicht alles erleiden, um ihr kümmerliches Leben zu erhalten. Komisch, was? Man hängt einfach an seinem Dasein. Aber dabei ist es doch so einfach. Ich habe gar nicht gewusst, wie einfach es ist, wenn man so gedemütigt und geschlagen wurde wie ich. Doch trotzdem höre ich immer noch Gregs Worte, als er mich an jenem Abend zu sich rief. Ich höre sie sogar noch in meinen Träumen. Jede verdammte Nacht.

18. August 1984

Ich stand in der Küche und versuchte, so gut es eben ging, aus dem letzten Rest unserer Vorräte ein halbwegs schmackhaftes Abendessen für uns zu bereiten. Gregs gesamtes Geld war bereits aufgebraucht. Wir hatten seit Tagen nichts anderes mehr gegessen als Salzkartoffeln mit Butter. Christopher hatte die Nahrungsaufnahme bereits verweigert. Ihm hingen diese verdammten Kartoffeln zum Hals heraus und mir ging es nicht anders. Der Unterschied war nur der, dass ich wusste, dass es momentan nicht anders ging und Christopher verstand es nicht, weil er einfach noch zu klein dafür war. Und wenn ich ihm den Teller hinstellte, saß er trotzig auf seinem Hocker, den Löffel in seiner kleinen Hand und er schrie: „Nein ich mag das nicht."

Ich war jedes Mal froh, wenn Greg wieder einmal gerade seinen Rausch ausschlief und er Christophers Quengelei nicht hören konnte. Heute war mir mein Herz besonders schwer. Ich wusste, dass ich jetzt endlich einmal den Mut zusammenbringen musste, um Greg zu fragen, wie es weitergehen sollte. Immer wieder hatte ich dieses Vorhaben vor mich hergeschoben. Ich hatte einfach zu viel Angst vor seiner Reaktion. Ich stellte Christopher seinen Teller hin, setzte mich zu ihm und redete ihm gut zu, ein wenig zu essen. Ich selbst aß nichts, saß nur da und dachte nach, wie Greg das Ganze aufnehmen würde. Ich beachtete auch Christophers mürrisches Gesicht nicht, als er in seinem Essen herumstocherte. Nach dem Essen legte ich Christopher in sein Bett und warf einen Blick auf meine Armbanduhr. Es war wie immer schon sehr spät geworden und Greg war noch nicht von seiner Sauftour zurückgekommen. Während ich wartete, überlegte ich im Stillen, wie ich Greg gegenüber mit diesem heiklen Thema anfangen sollte. Doch so lange ich auch grübelte, ich hatte einfach keine brauchbare Idee. Es war so schwer, mit Greg über irgendetwas zu sprechen. Vor allem in letzter Zeit, wo er doch immer häufiger zu Wutausbrüchen neigte. Und dann noch das Thema Geld. Unruhig geworden, begann ich, an meiner Zigarette rauchend, im Zimmer auf und ab zu wandern. Leise tickte die Wanduhr und das Parkett knarrte unter meinen Füßen. Je länger ich grübelte und je näher der Zeitpunkt der Wahrheit rückte, umso mehr Tränen der Verzweiflung rannen über meine Wangen. Ich hielt inne und blickte in den Spiegel. Mein Spiegelbild sah von Tag zu Tag schmäler und verhärmter aus. Es konnte einfach so nicht weitergehen. Diese ewige, ständige Angst. Kein Mensch konnte das auf die Dauer ertragen. Doch noch mehr quälte mich der Gedanke, alleine zu sein. Ich hätte alleine mit dem Kind keine Chancen gehabt. Ich hatte von Arbeit und Geldverdienen keine Ahnung; ich war zu jung. Tief in diesen tristen Gedanken versunken, hörte ich nicht, wie Greg die Türe aufsperrte. Erst als das Gegröle von Greg und seinen beiden Saufkumpanen, die er in letzter Zeit ständig um sich hatte, immer lauter wurde, schrak ich auf.

„Auch das noch", fuhr es mir durch den Kopf. Ich hatte gehofft, einmal mit Greg alleine zu sein, um mit ihm zu reden. Es mag vielleicht verrückt klingen, ich hoffte immer noch auf einen Funken Verstand in seinem versoffenen Kopf.

„Oh, Greg, muss das denn sein, dass du andauernd jemanden mit nach Hause bringst?", sagte ich vorwurfsvoll.

Er funkelte mich mit seinen glasigen Augen scharf an.

„Magst du meine Freunde vielleicht nicht?", fragte er und lächelte. „Los, kommt herein. Macht es euch gemütlich.", sagte lallend. Ich bemerkte, wie sie mich anstarrten. Sie waren etwa einen Meter von mir entfernt. Der eine war so um die dreißig, der andere viel älter. Er musste bestimmt schon fünfzig sein. Beide waren so richtig heruntergekommene Typen mit langem Haar und schmutziger Kleidung. Sie rochen so penetrant nach Alkohol, dass es mir säuerlich aufstieß. Sie durchbohrten mich förmlich mit ihren Blicken und einer von beiden starrte mit einem so unverschämten Lächeln auf meine Brüste, dass ich ihm am liebsten ins Gesicht geschlagen hätte.

„Na, genug gesehen?", rief ich und hielt mir mit einer Hand den Ausschnitt meines Shirts zu. Ich rannte aus dem Zimmer, wieder den Tränen nahe, und hörte noch, wie einer von ihnen sagte:

„Tolles Weib, Greg. Alle Achtung. Sie hat einen geilen Körper, sieht echt scharf aus. Alle Achtung, Greg."

Plötzlich rief Greg meinen Namen. Ungeduldig wiederholte er ihn, als ich nicht gleich reagierte, da ich vor Schreck unfähig war, zu antworten. Ich ahnte Fürchterliches. Es war eigenartig. Es war die Art, wie er meinen Namen rief. Ich hatte das Gefühl, dass etwas Gefährliches in seiner Stimme lag und ich fühlte, wie ich zu schwitzen begann. Es war kalter, unnatürlicher Schweiß, der sich langsam auf meinem gesamten Körper bildete und mich erschaudern ließ. Folgsam ging ich mit hochgezogenen Schultern und gesenktem Blick ins Wohnzimmer zurück. Jeder, der mich gesehen hätte, hätte sofort bemerkt, dass diese Körperhaltung der eines geschlagenen Tiers glich, das sich kaum zu bewegen wagte. Die drei Männer saßen auf der Couch, hatten Bierdosen in der Hand und alle drei grinsten breit über ihre alkoholgetränkten, aufgeschwemmten Gesichter. Greg nahm einen großen Schluck aus seiner Dose, stellte sie auf den Tisch und rülpste lautstark, während er mich anstarrte.

„Wir haben kein Geld mehr, stimmt's? Darüber wolltest du mit mir reden, oder etwa nicht? Glaubst du, ich weiß nicht, wie lange du es schon vor mir zu verheimlichen versuchst?" Er machte eine kurze Pause, atmete schnaufend und setzte wieder dieses eigenartige Lächeln auf. „Du musst doch keine Angst haben, mein kleiner Engel", fuhr er fort, als er merkte, dass ich am ganzen Körper zitterte. „Komm zu mir." Widerwillig ging ich einige Schritte auf ihn zu, doch meine Angst war so groß, dass ich plötzlich stehen blieb. Er riss mich an sich. „Ich liebe dich doch, Elaine. Hast du das schon vergessen?", flüsterte er und sein Mundgeruch war unerträglich. Er presste mich an sich, strich mir mit seinen groben Händen über mein Gesicht und versuchte, mich zu küssen.

Ich wehrte mich, denn ich hatte ihn noch nie so widerlich und abstoßend erlebt. Heue weiß ich nicht mehr, wie ich diese entsetzlichen Stunden überstanden habe. Ich fühlte mich alleine, umgeben von drei übelriechenden, betrunkenen Männern, die mich mit gierigen Blicken anstarrten. Ich schloss einfach die Augen und hoffte, dies alles wäre ein böser Traum. Doch es war keiner.

„Elaine, hörst du mich? Träumst du?", schrie Greg plötzlich und riss mich aus meiner Lethargie. Ich schluchzte und er streichelte mein Gesicht, während er weitersprach, ruhig und freundlich. Er deutete an, dass seine beiden Freunde großes Interesse an mir hatten und sie bereit wären, jeden Preis dafür zu bezahlen, wenn ich sie ranlassen würde. Ich war entsetzt. Ich war so schockiert, dass mir der Atem stockte. Doch an der Art, wie Greg mir diese Mitteilung machte, bemerkte ich, dass er keinerlei Widerspruch duldete.

„Du weißt doch, mein Engel, dass wir dringend Geld brauchen. Du musst doch an den Kleinen denken", säuselte er und immer noch strich er über meine roten, nassen Wangen.

„Nein!", wollte ich schreien. „Nein, ich werde mich niemals für so etwas hergeben!"

174

Ich wollte ihm ins Gesicht spucken und auf ihn einschlagen und dann einfach auf und davon. Doch im Geiste sah ich Christophers kleines Gesicht vor mir und seine großen Kulleraugen. Ich sah ihn weinen, weil er Hunger hatte und ich hatte jetzt schon Schuldgefühle deswegen. Warum ich eingewilligt habe, das Geld von den beiden zu nehmen und mit ihnen ins Schlafzimmer zu gehen, kann ich nicht erklären. Es ist alles schon viel zu lange her. Doch ich würde es nie wieder tun. Denn so elend wie damals, als die beiden wieder gegangen waren, habe ich mich nie mehr in meinem Leben gefühlt. Ich habe Greg gehasst und mich selbst verabscheut. Doch ganz egal, wie man es auslegt, es war meine Schuld und nur ich selbst war dafür verantwortlich.

Ich machte die ganze Nacht kein Auge zu. Ich habe mich von einer Seite zur anderen gewälzt, immer wieder die Gesichter der beiden vor Augen. Ich spürte, wie sie auf mir lagen, mich benutzten, meinen Körper beschmutzten und vor Lust stöhnten. Es war alles so ekelhaft gewesen, dass ich mich noch übergeben musste, wenn ich daran dachte. Greg lag neben mir und schlief. Tief und fest, so als ob gar nichts gewesen wäre. Es war ihm egal, dass zwei miese Penner seine Frau beschmutzt und ihr jede Ehre genommen hatten. Und ich hasste mich so abgrundtief, dass ich das Gefühl hatte, eine große, starke Hand würde meine Kehle zudrücken, fest und unbarmherzig. So viel war an diesem Abend in mir gestorben, dass mein Körper nur mehr eine leere Hülle war, ohne jedes Leben. Ich weiß, dass ich damals schon aufgehört habe zu existieren. Wäre Christopher damals nicht gewesen, hätte ich niemanden mehr gehabt, für den es sich lohnte zu leben. Ich hätte mich aus dem Fenster gestürzt und wäre dabei noch ein letztes Mal glücklich gewesen. Doch ich tat es meinem Kind zuliebe nicht, denn ich liebte Christopher mehr als alles andere.

8. Kapitel

Obwohl ich mir geschworen hatte, nie wieder mit einem Mann für Geld zu schlafen, tat ich es immer wieder. Ich tat es, um Christopher ein halbwegs schönes Leben zu bieten. Ich muss jedoch zugeben, dass sich Greg mir gegenüber gar nicht so schlecht verhielt. Ich durfte den größten Teil des verdienten Geldes behalten. Greg erhielt nur einen relativ kleinen Anteil, den er versoff. Dafür brachte er mir die Kunden. Er war so gesehen nur noch mein Zuhälter, nicht mehr mein Ehemann und ich liebte ihn auch längst nicht mehr. Eigentlich hätte ich mir vom Anfang an denken können, dass es so nicht weitergehen konnte. Irgendwann würde ich zu alt dafür sein. Aber ich weigerte mich, an die Zukunft zu denken, denn ich hatte damals schon das Gefühl, dass ich überhaupt keine Zukunft hatte, dass mein Leben und Sterben mit der Geburt meines Sohnes begonnen hatte. Mit der Zeit wurde ich richtig professionell. Ich hatte keine Scheu mehr, mich vor den geilen Blicken der Kunden auszuziehen. Ich schloss dabei einfach die Augen und schob Christophers Bild davor. Das Bild eines kleinen, blondgelockten Jungen, für den ich seit dem Tag seiner Geburt verantwortlich war. Und ich wollte alles für ihn tun. Selbst wenn es für mich bedeutete, das Leben einer Hure zu führen. Zumindest glaubte ich, es tun zu müssen.

Nachdem ich eine gewisse Scheu überwunden hatte – das bedeutet, nachdem ich jede Achtung vor mir selbst verloren hatte –, war es für mich eine Arbeit wie jede andere auch. Ich musste mich nicht einmal besonders anstrengen. Nach einiger Zeit gelang es mir sogar, mit einigen Kunden eine Art Freundschaft zu entwickeln. Naja, Männer, die schon länger zu mir kamen, schütteten mir sogar oft ihr Herz aus, wenn es ihnen einmal nicht gut ging. Sonst passierte dann nichts. Wir saßen einfach nur zusammen und sie redeten und redeten, die ganze gebuchte Stunde. Dann bezahlten sie und gingen, getröstet und voller neuer Hoffnung. Und ich blieb wieder einmal alleine zurück, einsam und verlassen mit meiner verlorenen Persönlichkeit, einem Trinker als Mann und einem kleinen, unschuldigen Kind, das die wenigste Schuld an meinem verpatzten Leben traf. Heute bin ich mir meiner Fehler bewusst, doch damals, an jenem Tag, wusste ich es noch nicht.

2. Oktober 1984

Ich war in Christophers Zimmer. Wie groß er doch geworden war. Und so hübsch. Er war seinem Vater wie aus dem Gesicht geschnitten. Diese strahlend blauen Augen, diese ebenen Züge seines Gesichts und diese wunderschön geschwungenen Lippen. Wenn ich ihn sah, glaubte ich, Ted sehen zu können. Niemand kann sich vorstellen, wie grauenvoll es ist, jemanden zu lieben, der so aussieht wie jemand, den man hasst.

Greg saß wie immer im Wohnzimmer. Er rauchte eine Zigarette nach der anderen. Es war eigentlich wie an jedem Tag und wenn ich es genau betrachtete, sah es für den Tag gar nicht so schlecht aus. Greg war gut gelaunt und irgendwie war ich froh, dass ich noch keinen Kunden gehabt hatte. Verrückt, nicht? Wie fürchterlich mein Leben gewesen sein musste, wenn Dinge wie ein betrunkener Ehemann, der aus seiner Frau eine Hure gemacht hatte, ein uneheliches Kind aus einer Beziehung mit einem Typen, der es geschafft hatte, mich aus der Stadt zu verbannen, und Schulden bis über beide Ohren auch durchaus angenehm sein konnten. Aber ich hatte wirklich beinahe das Gefühl, glücklich zu sein. Doch es vergingen keine zehn Minuten, als Greg plötzlich in der Tür stand, eine Bierdose in der Hand, und lächelte.

„Was willst du?", fuhr ich ihn unwirsch an.

„Ich habe eine Überraschung für dich", sagte er mit diesem typischen ironischen Lächeln. „Ich habe für heute Abend einen äußerst netten Herrn eingeladen, der dich unbedingt kennenlernen möchte."

Ich begann, laut zu lachen. Das war ja wirklich die Höhe. Bei jedem Kunden tat er so, als käme er nur zu Besuch auf eine

Tasse Kaffee und ein Stück Kuchen. Wie verlogen er doch war. Ich konnte seine miese Fratze einfach nicht mehr sehen.

„Sag doch gleich, was du willst", sagte ich, ohne ihn anzusehen. Ich beschäftigte mich weiter mit Christopher, in der Hoffnung, Greg würde einfach wieder verschwinden, so wie er gekommen war.

„Also, um es kurz zu machen. Ich habe ihm ein Foto von dir gezeigt. Mann, war der hingerissen von dir. Der Preis, den ich ihm genannt habe, war kein Hindernis. Also habe ich ihn für heute Abend eingeladen. Naja, sagen wir, damit du ein bisschen nett zu ihm bist. Na, was hältst du davon?"

Am liebsten hätte ich mit einem eiskalten Lächeln auf meinen Lippen gesagt: „Nein, mein Lieber. Nie wieder. Ich bin mir einfach zu gut dafür, deine persönliche Hure zu sein, die du nach Belieben vermieten kannst." Aber ich tat es nicht. Ich drehte mich nicht einmal zu ihm um, während ich stumm nickte. Ich war einfach zu feige. Ich hörte, wie Greg das Zimmer verließ.

„Ach ja", sagte er, bevor er die Türe schloss, „dieser nette Herr hat eine kleine Angewohnheit, eigentlich zu unwichtig, um es überhaupt zu erwähnen. Er liebt es, jemanden zu schlagen. Ich glaube, das ist eine gute Lehre für dich. Die meisten Männer stehen auf diese Art von Sex. Und du kannst mir glauben, sie werden jeden Preis dafür bezahlen. Also stell dich darauf ein. Er wird dich erst zusammenschlagen, dann wird er dich ficken. Das macht ihn geil." Mit einem Blick auf Christopher stellte er fest: „Und mit dem Geld, das du dann verdienst, kannst du Christopher die wundervollsten Dinge kaufen. Stell dir vor, wie dankbar er dir sein wird." Er lachte, dann schloss er die Türe.

Er machte sich über meine Situation lustig. Er wusste genau, dass ich all seine Forderungen akzeptieren würde, um Christopher zu behalten. Mit den Nerven völlig am Ende, zog ich Christopher an mich und drückte seinen Kopf sanft auf meine Brust.

„Mein Gott, wie soll es nur weitergehen?", flüsterte ich und plötzlich fühlte ich Christophers kleine Hand, wie er mir die Tränen von meinen Wangen wischte. Gerührt über diese liebevolle

Geste, begann ich, haltlos zu weinen, wie so oft in letzter Zeit. Und Christopher blickte mich mit traurigen Augen an.

„Mami traurig?", fragte er.

„Nein, es ist alles in Ordnung", antwortete ich. „Aber jetzt muss mein kleiner Liebling schlafen. Es ist schon spät." Ich legte ihn in sein Bett, deckte ihn zu und küsste ihn liebevoll auf die Stirn.

„Gute Nacht", sagte ich.

„Hab dich lieb", rief er noch, als ich die Türe öffnete.

„Ich dich auch."

Obwohl ich den Gedanken kaum ertragen konnte, heute Abend für diesen Mann eine lustvolle Gespielin zu sein, wusste ich auch, dass Greg mich grün und blau schlagen würde, wenn ich nicht mein Bestes gab. Ich ging daher ins Badezimmer und machte mich ein bisschen frisch. Ich sah dabei nicht in den Spiegel. Ich konnte mich einfach nicht ansehen, so sehr hasste ich mich selbst für meine Feigheit und dafür, was ich tat. Ich duschte also und zog mir hübsche Spitzenunterwäsche an. Darüber warf ich nur meinen Bademantel, denn dieser Mann wollte mich ohnehin nur nackt wie all die anderen. Greg schien soweit zufrieden mit meinem Aussehen zu sein.

„Du müsstest nur irgendetwas mit deinem Haar machen", sagte er, mich kritisch betrachtend. „So wundervolles Haar wie deines muss ein bisschen mehr gepflegt werden, wenn du noch lange Erfolg in deinem Beruf haben möchtest. Du weißt, die Konkurrenz ist groß."

Er wusste nicht, wie egal mir das eigentlich war. Er wusste auch nicht, dass ich keinesfalls vorhatte, als Hure alt zu werden um dann, wenn ich nicht mehr jung und schön genug war, mich in irgendeinem Wirtshaus Betrunkenen für einen Spottpreis anzubieten. Ich wusste, irgendwie würde ich aus dem Sumpf meiner Existenz herausfinden. Klar war mir nur noch nicht, wie ich es anfangen sollte. Ich setzte mich neben ihn und wartete auf meinen Kunden, während ich auf die wechselnden Bilder des Fernsehers starrte, ohne wirklich zuzusehen.

Es war kurz nach acht, als es an der Tür läutete. Ich fuhr auf. Mein Herz klopfte vor Angst. Doch Greg drückte mich in die Couch zurück.

„Bleib sitzen, mein Schatz. Ich mach das schon. Und bitte denk daran, sei nett. Du willst doch nicht, dass ich deinem hübschen Gesicht Schaden zufüge." Ich hörte, wie Greg die Tür öffnete und den Eintretenden mit überschwänglichem Charme begrüßte. Ich hatte mir den Mann anders vorgestellt. Gar nicht so, wie er jetzt vor mir stand. Ein großer, stattlicher Mann mit graumeliertem Haar und braungebranntem Teint.

„Madam, ich bin entzückt, Sie kennenlernen zu dürfen. Ihr Mann hat mir schon so viel von Ihnen erzählt", sagte er liebenswürdig, während er sich verbeugte und meine Hand küsste. Ich war verwirrt. Ein solcher Mann hatte es doch nicht nötig, zu einer Prostituierten zu gehen. Ein attraktiver Mann wie er könnte doch jede haben. Greg, als höflicher Gastgeber, brachte eine Flasche Wein, schenkte dem Gast und sich selbst ein Glas ein und sagte:

„Nun, mein Freund, besser ist es, Sie nehmen eine Stärkung zu sich. Elaine kann sehr – nun sagen wir – kräfteraubend sein." Dann lachten beide.

Erst als wir uns ins Schlafzimmer zurückgezogen hatten, erfuhr ich, dass sein Name Joe war und dass er im Grunde ein schüchterner Mensch war. Und dann wurde mir auch klar, warum er zu einer Hure gehen musste und warum er keine Frau hatte. Wir sprachen nur wenig. Plötzlich fiel er über mich her. Der Ausdruck in seinem Gesicht verhärtete sich, während er mich an meinem Haar riss.

„Komm her, du miese, kleine Ratte. Du dreckige Hure. Du weißt, dass ich dich jetzt bestrafen werde, denn ich hasse Nutten!", rief er. Ich schrie auf. Die Schmerzen, die mir das Zerren an meinen Haaren bereiteten, waren unerträglich. Doch es sollte schlimmer kommen. Er warf sich auf mich, zeitweise küsste er mich, dann wiederum schlug er mit der Faust auf mich ein. Ich blutete aus der Nase, hörte mich nur mehr schreien. Ich weinte und flehte, er möge doch endlich damit aufhören. Doch er lachte nur und schlug weiter. Das Ganze dauerte über eine halbe Stunde. Ich war schon halb bewusstlos, als er sich endlich laut aufstöhnend in mich entleerte.

Als er aufstand und sich anzog, blieb ich mit geschlossenen Augen liegen. Ich spürte die Striemen auf meinem Körper und ein wenig Blut tropfte aus meiner Nase. Joe verabschiedete sich mit einem Handkuss, wieder ganz Gentleman. Nichts war von seinem wahren Ich geblieben. Er legte die vereinbarte Summe auf den Tisch und ging. Es dauerte lange, bis ich mich halbwegs erholt hatte. Greg würdigte mich trotz meiner Schmerzen keines Blickes. Er musste das Ganze wahnsinnig komisch gefunden haben, denn jedes Mal, wenn er mich sah, lächelte er belustigt. Was für ein Arschloch. Es war einfach unvorstellbar, was aus Greg geworden war. Bis vor kurzem noch war er der Mann meiner Träume, mein liebevoller Ehemann und ein wunderbarer Vater für Christopher. Und wie Recht hatte ich gehabt an dem Tag, an dem ich an der Dauerhaftigkeit meines Glücks zweifelte. Nach dem Erlebnis mit Joe wusste ich erst, was es wirklich bedeutete, eine Nutte zu sein. Nicht die, die normalen Sex mit einer Frau haben wollen, sind gefährlich. Nein, es waren diese stinknormalen Typen. Nach außen hin schienen sie alle perfekt zu sein. Keiner von ihnen hätte mich auf der Straße erkannt. Aber abends, wenn sie kamen, um ihre perversen Neigungen bei mir auszuleben, taten sie so, als würden sie mich schon ein Leben lang kennen. Greg respektierten sie alle. Er spielte ihnen immer den perfekten Mann vor, den alle in ihm sehen wollten. Doch wie und was er war, das wussten nur Christopher und ich. Er war einfach ein mieser Penner, ein elendes Arschloch, ein hinterhältiges Miststück. Und nur ich war so blöd, ihm zu gehorchen und alles mitzumachen, was er wollte.

Irgendwann bemerkte ich, dass es nicht mehr um Christopher alleine ging. Er war nur eine Ausrede dafür gewesen, dass ich immer tiefer im Sumpf versank. Und um das alles vergessen zu können, um wenigstens einmal für ein paar Stunden glücklich sein zu können, begann auch ich, Alkohol zu trinken und nach einiger Zeit – es dauerte gar nicht lange – entschied ich mich für Drogen. Es waren keine harten Drogen. Nur ab und zu etwas Hasch, um ein wenig Freude am Leben zu haben. Natürlich wusste niemand etwas davon. Auch Greg nicht. Er hätte es sicher nicht erlaubt und ich möchte mir gar nicht ausmalen, was er mit mir gemacht hätte. Doch trotzdem probierte ich es und ich hatte Gefallen daran.

9. Kapitel

Der Alkoholsucht war eine der schwersten Krisen in meinem Leben. Denn der Alkohol ruinierte nicht nur mein Verhältnis zur Realität. Langsam, aber sicher ertappte ich mich sogar dabei, ab und zu Christopher anzuschreien, wenn er einmal einen seiner Weinanfälle bekam und nicht aufhören wollte zu brüllen. Ja, ich habe ihn vernachlässigt. Mein armes Baby. Er muss Schreckliches mitgemacht haben. Aber eines ist sicher. Ich habe ihn niemals geschlagen. Ich frage mich, welcher Teufel mich wohl geritten haben mag, dem einzigen Menschen, den ich liebte, so viel Leid zuzufügen. Am Anfang trank ich nur, bevor ein Kunde kam. Es war leichter für mich, diese schmutzigen Spiele zu ertragen, wenn ich etwas getrunken hatte. Doch dann wurde es immer mehr und schließlich war ich dann so weit, dass ich immer eine Flasche bei mir hatte, ohne aber wirklich abhängig zu sein. Meine Alkoholsucht hörte aber schlagartig auf und zwar am:

2. Mai 1985

Es war Fred zu verdanken, einem meiner Stammkunden, dass ich das erste Mal Hasch ausprobierte. Am Abend dieses Tages kam er zu mir. Greg war nicht zu Hause. Ich wusste zwar nicht, wo er war, aber eines war sicher. Er war ganz bestimmt nicht auf Arbeitssuche. Fred gehörte zu meinen Lieblingskunden. Irgendwie mochte ich ihn. Besonders deshalb, weil er ausnahmslos normalen Sex praktizierte und sogar ziemlich zärtlich war. Obwohl er mit einer sehr attraktiven Frau verheiratet war, kam er recht oft. Sie dürfte ihm Bett wohl etwas emotionslos gewesen sein. Und das bei einem so zärtlichen Mann. Nach vollbrachtem Schäferstündchen setzte er sich auf den Bettrand.

„Ich glaube, wir brauchen eine kleine Stärkung. Meinst du nicht?"

Anfangs verstand ich nicht, was er meinte. Aber da ich ziemlich ausgelaugt war, war ich einverstanden. Zuerst dachte ich an einen Schluck Alkohol. Doch er meinte ein anderes Aufputschmittel. Ich konnte nicht sehen, was er tat, da er mit dem Rücken zu mir saß. Als er mit der Haschischzigarette fertig war, beugte er sich zur mir herunter und steckte sie mir zwischen meine Lippen.

„Ich kann mir vorstellen, wie du dich fühlen musst. Es muss furchtbar sein, so zu leben wie du", sagte er und ich war verwundert über seine Worte. Er war der erste meiner Kunden, der sich richtig über mich Gedanken machte und der mich nicht nur ausnutzte. Ich war mir zwar nicht ganz im Klaren, ob ich das Richtige tat, aber ich ließ mir von ihm Feuer geben. Schon nach dem ersten Zug musste ich fürchterlich husten. Fred lachte.

„Nicht so schnell", sagte er und klopfte mir auf den Rücken. „Du darfst nicht so schnell inhalieren."

Ich befolgte seinen Rat und ich tat mich tatsächlich leichter. Gott sei Dank musste ich dann nicht mehr husten. Nachdem Fred die Kippe ausgedämpft hatte, legte er sich neben mich.

„Ich muss sagen, jetzt geht es mir wirklich gut", sagte er und ich konnte ihm nur zustimmen. Von einem Moment auf den anderen kam es mir so vor, als sei ich der glücklichste Mensch. Ich dachte nicht mehr daran, wer ich eigentlich war. Dazu war mein Kopf viel zu vernebelt, Ich glaube, ich hatte mich seit Jahren nicht mehr so wohl gefühlt. Die Situation, in der ich mich befand, fing plötzlich an, lächerlich zu werden. Ich ertappte mich dabei, dass ich ständig lächelte und ich wusste nicht, wieso. Fred und ich hatten an diesem Abend noch sehr viel Spaß miteinander. Wir scherzten und lachten. Mir kam es wie Stunden vor, wobei ich natürlich nicht sagen kann, ob dies korrekt war.

Als er ging, wurde ich müde. Ich drehte mich um und kuschelte meinen Kopf in das Kopfkissen. Ich schlief dann ein und erwachte erst, als Greg, betrunken wie immer, nach Hause kam. Und wie immer war er nicht alleine. Ich sprang aus dem Bett, zog mir schnell etwas über und wartete mit klopfendem Herzen voller Angst auf die Dinge, die folgen würden. Wenn Greg betrunken war, hatte ich Angst und da er immer betrunken war, hatte ich immer Angst. Vor allem wenn er jemanden mitbrachte. Meist waren es irgendwelche Typen, die er in einer Kneipe kennengelernt und denen er von mir erzählte hatte. Deswegen hatte ich auch solche Angst. Es waren schon Typen dabei gewesen, die mich brutal vergewaltigt und missbraucht hatten und ich höre noch, wie Greg lachte und das Geld einkassierte. Ich schickte ein Stoßgebet zum Himmel, als die Türklinke heruntergedrückt wurde.

„Elaine, komm mein Schatz. Bring meinen Freunden und mir etwas zu trinken", sagte Greg, der den Kopf zur Türe hereinstreckte.

„Was sind das wieder für Typen?", fragte ich und ich spürte, wie meine Stimme bebte.

„Ich verstehe nicht, wieso du dich immer so aufregst, wenn ich jemanden mitbringe."

Ich hörte den lauernden Unterton in seiner Stimme. Ich wusste, dass es besser wäre, nichts darauf zu antworten und lieber stumm seinem Wunsch Folge zu leisten. Ich zündete mir eine Zigarette an, fuhr mit den Fingern durch meine Haare und folgte ihm ins Wohnzimmer, wo es sich drei Männer bequem gemacht hatten. Sie grinsten unverschämt, als sie mich sahen. Und ich spürte, wie sie mir mit ihren Blicken folgten, als ich in die Küche ging und Bier aus dem Kühlschrank holte. Ich knallte ihnen die Dosen auf den Tisch.

„Lasst es euch schmecken", sagte ich, nur um irgendetwas zu sagen. Und ich versuchte, es so freundlich wie möglich zu sagen, um Greg nicht zu verärgern. Er hasste es, wenn ich zu seinen Freunden unhöflich war.

Sie kamen nicht gleich zur Sache. Der Abend verlief relativ ruhig, bis Greg und die drei anderen so betrunken waren, dass sie begannen, mir Bier einzuflößen. Es war Gregs Idee, wie hätte es auch anders sein können? Sämtliche miesen, erniedrigenden Ideen stammten von ihm. Er hatte bemerkt, dass ich mich die ganze Zeit über ruhig verhalten hatte. Zusammengekauert, mit angezogenen Beinen, saß ich auf der Couch und rauchte. Obwohl es mir sogar wie eine Erlösung vorkam, zuckte ich innerlich zusammen, als er sagte: „Elaine, mein Schatz, du siehst so traurig aus."

Ich hatte die ganze Zeit gewusst, dass er irgendwann etwas sagen würde, denn er starrte mich unentwegt an.

„Vielleicht nimmst du einen Schluck von meinem Bier. Das wird dich bestimmt etwas auflockern."

Ich hielt meinen Blick gesenkt und schüttelte den Kopf. Ich wusste, er würde gereizt sein. Obwohl ich ihn nicht ansah, fühlte ich seinen hasserfüllten Blick auf mir.

„Mein Schatz, du widersprichst mir doch nicht wieder, oder?", sagte er dann so freundlich, dass ich ihm am liebsten den Hals umgedreht hätte.

„Nein, natürlich nicht", antwortete ich mit rauer Stimme. Ich hätte wissen müssen, dass er es nicht auf sich beruhen ließ. Er bohrte weiter, lachte herausfordernd und seine Freunde stimmten ein. Ich versuchte, mich zurückzuhalten, biss die Zähne zusammen und rauchte schweigend in rasch aufeinander folgenden Zügen.

Die erste Ohrfeige kam unerwartet und traf mich wie ein Hammerschlag. Meine Zigarette, die ich noch zwischen den Lippen hatte, flog in hohem Bogen über den Tisch und fiel zu Boden, wo sie unbeachtet kurz weiterglühte und dann erlosch. Meine Wange brannte höllisch und Blut tropfte aus meiner Nase. Ich saß wie versteinert da, die rechte Hand auf meine glühend heiße Wange gepresst und starrte ihn an. Trotz der Schmerzen und der Schmach vergoss ich nicht eine einzige Träne. Ich war beschämt, aber meine Augen starrten ihn trotzig an. Greg wurde noch wütender, als er sah, dass die gewünschte Reaktion, nämlich mich weinen zu sehen, nicht eingetreten war. Er packte mich an den Armen, zerrte mich von der Couch auf den Boden und drückte mir sein Knie auf den Brustkorb.

„Du wirst mich nie wieder vor anderen so bloßstellen", flüsterte er mit zusammengekniffenen Lippen. Seine Stimme war fast tonlos und sein Gesicht weiß vor Wut. Dann zwang er mich, Bier zu trinken. Er schüttete es mir direkt in den Mund. Anfangs saßen die anderen nur stumm da und beobachteten erschrocken, teils mit erregt glänzenden Augen, die Szene, die sich ihren Füßen abspielte. Und ich hoffte – nein, ich betete zu Gott –, einer von ihnen möge genug Mitleid haben, um Greg zur Vernunft zu zwingen. Doch ich hätte es besser wissen müssen. So sehr ich auch bettelte, er hörte nicht auf, bis mir schlecht wurde und ich mich übergab. Erschöpft blieb ich auf dem Boden liegen. Erst dann, als Gregs Freunde sahen, dass ich mich nicht mehr bewegte, hörten sie auf zu lachen. Sie erschraken und ihr widerliches Lachen blieb ihnen förmlich im Hals stecken. Ich hoffte, sie würden daran ersticken. Doch leider erstickten sie nicht. Sie erhoben sich von ihren Plätzen, entschuldigten sich mit einer fadenscheinigen Ausrede und gingen, ohne ihr Bier ausgetrunken zu haben.

Peinlich für Greg. Seine Späße hatten nicht gefruchtet. Er ließ von mir ab und rannte seinen Freunden hinterher, um sie zum Bleiben zu überreden. Doch sie gingen. So viel Charakter hatten sie wenigstens. Ich befürchtete, dass Greg seine Wut über die Niederlage an mir auslassen würde. Denn es gab nichts Schlimmeres für ihn. Doch er fiel auf die Couch und war in kürzester Zeit eingeschlafen.

Bis in den frühen Morgen war ich damit beschäftigt, wieder halbwegs fit zu werden. Ich versuchte, mit kalten Umschlägen aus meinem verschwollenen Gesicht und dem blauen Auge das Beste zu machen. Anschließend nahm ich zur Beruhigung ein Glas Gin und schluckte einige Tabletten, um mich aufzuputschen. Dann blieb ich vorsichtig und aufmerksam, bis Greg die Wohnung verließ, um in die Kneipe zu gehen.

Ich legte mich ins Bett und schlief ein. Erst Christophers Gebrüll weckte mich auf. Und ich hasste es, aufzuwachen. Denn jedes Mal, wenn ich die Augen aufmachte, wurde ich mir wieder der Sinnlosigkeit meiner Existenz so richtig bewusst.

10. Kapitel

Die größte Freude bereitete mir mein Leben dann, wenn ich Christophers Heranwachsen so hautnah wie möglich miterleben konnte. Es entschädigte mich für vieles. Jeder, der ihn kannte, war vom ersten Augenblick an vernarrt in ihn. Was für ein hübscher Junge er doch sei. Doch niemand konnte ihn so sehen wie ich. Die Augen einer Mutter sehen immer viel mehr und viel tiefer. Ich war nur dann glücklich, wenn er in meiner Nähe war.

Eines Tages saß ich vor dem Fernseher und aß Chips, als Christopher auf meinen Schoß krabbelte. Er umklammerte mich mit seinen stämmigen kleinen Ärmchen und küsste mich. Erstaunt fragte ich ihn:

„Womit hab ich das verdient?"

„Mami soll nicht mehr traurig sein", antwortete er.

25. Jänner 1986

Als ich früh am Morgen in Christophers Zimmer kam, stand er bereits auf einem Stuhl beim Fenster und blickte mit großen, staunenden Augen auf die dicht mit Schnee bedeckten Häuser unserer kleinen Stadt. Ein leichtes Lächeln huschte über sein Gesicht, als er mich sah.

„Mami, guck mal. Schnee! Gehen wir in den Park, einen Schneemann bauen?", rief er aufgeregt und lief mir mit kleinen, hastigen Schritten entgegen. „Bitte!!", bettelte er.

Ich wusste, dass ich bis zu meinem ersten Kunden noch genug Zeit hatte und als ich seine großen, flehenden, blauen Augen sah, konnte ich ihm diese kleine Bitte nicht abschlagen. Als ich jedoch nicht gleich antwortete, wich sein fröhliches Kinderlachen einem eher traurigen Blick.

„Oder kommt ein Onkel zu dir?", fragte er ernst und plötzlich sahen seine Kinderaugen wie die eines Erwachsenen aus.

Ich erschrak, als er das sagte. Ich hatte immer gehofft, er hätte nichts von meinem Doppelleben bemerkt. Ich schämte mich vor meinem vierjährigen Sohn. Schnell nahm ich ihn auf den Arm und wiege ihn hin und her.

„Nein, es kommt niemand, denn jetzt gehen wir beide in den Park und bauen den größten Schneemann der Welt!"

Und seine Augen begannen wieder zu leuchten. „Jaaaa!", rief er und klatschte in die Hände.

Die Zeit, die ich mit Christopher im Park verbrachte, war die glücklichste in meinem Leben. Ich vergaß, wer und was ich war. Es zählte nur mein Kind und dass wir beide zusammen waren. Wir hatten immer so viel Spaß zusammen. Er war ausgelassen und einfach nur ein glückliches Kind. Wenn Greg nach Hause kam, sprach er oft stundenlang kein Wort und blieb in seinem Zimmer. Ich wusste, dass es keine dauerhafte Lösung war, so zu leben, wie wir es jetzt taten, doch ich war mir sicher, dass für uns andere Zeiten kommen würden. Irgendwann würde ich den Mut haben, Greg zu verlassen und ein neues, besseres Leben zu beginnen.

Leider vergingen die Stunden, die Christopher und ich unbeschwert zusammen verbringen konnten, viel zu schnell. Wenn wir wieder zu Hause waren, war die Ernüchterung – die Erinnerung an meine Existenz – erdrückend. Doch da ich solche Zeiten immer noch irgendwie überstanden hatte, machte ich mir auch an diesem Tag keine Gedanken darüber. Hätte ich doch bloß geahnt, was auf mich zukam, ich hätte mein Kind an der Hand genommen und wäre nur mit dem, was ich auf dem Körper trug, weit weg gelaufen.

Es war knapp nach zwei Uhr.

Es läutete an der Tür.

Ich war gerade im Badezimmer und frischte mein Make-up etwas auf. Ich öffnete in der Annahme, dass es sich dabei um meinen Kunden handelte, der etwas zu früh dran war. Umso erstaunter war ich, als statt des erwarteten Mannes eine etwas ältere, schlicht gekleidete Frau mit streng zurückgekämmtem Haar im Hausflur stand. Sie blickte mich über den Rand ihrer Brille hinweg abschätzend an.

„Mrs Elaine Henning?", fragte sie.

„Ja, was kann ich für Sie tun?", fragte ich verblüfft.

Sie hatte noch nicht geantwortet und trotzdem erfüllte mich wieder diese ungute Vorahnung, dass irgendetwas Schreckliches passieren würde.

„Ich glaube, es wird besser sein, wenn wir das drinnen besprechen", sagte sie völlig emotionslos, ohne mir dabei in die Augen zu schauen.

Zuerst war ich zu verwirrt, um etwas zu sagen und als ich wieder reagieren konnte, war sie bereits eingetreten.

„Ich will nicht lange um den heißen Brei reden", begann sie und schob ihre Brille hinauf, die ihr von der Nase gerutscht war.

„Es geht um Ihren Sohn. Ich gehe doch recht in der Annahme, dass Sie einen vierjährigen Sohn haben. Christopher, nicht wahr?"

„Ja", stammelte ich und die Angst, als Christophers Name fiel, krampfte mein Herz zusammen. Die Dame stellte sich als Miss Bowers vor. Sie war vom Amt für Kinder- und Jugendfürsorge.

„Uns liegen Anzeigen wegen Kindervernachlässigung vor. Außerdem haben wir Beweise, dass Sie als Prostituierte arbeiten, hier ein ständiges Kommen und Gehen verschiedener Männer herrscht und dass auch reichlich Alkohol konsumiert wird. Es wurde jetzt per gerichtlichem Beschluss verfügt, Ihnen vorübergehend die Erziehungsberechtigung für Ihren Sohn zu entziehen ihn vorübergehend in einer Pflegefamilie unterzubringen."

Mit diesen Worten drückte sie mir den Gerichtsbeschluss in die Hand, mit einem kalten, ausdruckslosen Gesicht, als ob es sich um die Übernahme einer Ware handelte.

„Ich verstehe nicht, was Sie meinen", begann ich. Doch ich verstand sehr rasch, als ich die Zeilen auf dem Papier gelesen hatte.

„Ich soll mein Kind hergeben? Niemals!", schrie ich.

„Sie werden", sagte Miss Bowers, immer noch ruhig und gelassen. „Sie müssen. Die Kollegen von der Polizei stehen unten vor der Tür. Wenn sie jetzt heraufkommen müssen und Sie sich weigern, dann müssen sie Sie verhaften. Das wiederum ist mit Schwierigkeiten verbunden. Also lassen Sie uns die Sache so schnell wie möglich über die Bühne bringen."

„Über die Bühne bringen?", rief ich. „Was heißt, über die Bühne bringen? Ich soll mich von dem trennen, das ich am meisten auf dieser Welt liebe. Und Sie nennen das über die Bühne bringen? Wissen Sie überhaupt, was Sie da sagen?"

Ich brüllte und schrie so sehr, dass sich meine Stimme überschlug und Miss Bowers wurde so blass, als wäre ihr Körper blutleer. Ich versuchte, sie aus dem Zimmer zu drängen, schob sie zur Tür hinaus und prügelte verzweifelt mit beiden Fäusten auf sie ein. Miss Bowers war wie erstarrt und ich sah noch ihren erstaunten Blick, als ich die Türe hinter ihr zuschlug. Weinend lief ich in Christophers Zimmer, hob ihn aus dem Bett und drückte ihn an mich. Als er mein tränenüberströmtes Gesicht sah, erschrak er und riss die Augen auf. Er fragte, wieso ich weinte und ich wusste nicht, was ich ihm sagen sollte. Ich konnte ihm nicht sagen, dass ihn wildfremde Leute mitnehmen wollten, weil seine Mutter eine Hure und sein Vater ein Säufer waren. Und selbst wenn ich ihm sagte, dass ich ihn mehr als alles andere liebte und alles für ihn tun würde, würde er es nicht verstehen. Ich verstand es doch selbst nicht einmal. Deshalb beschloss ich, mit ihm aus diesem Haus und dann aus dieser verdammten Stadt zu fliehen. Ich wusste, es würde keinen Sinn haben, doch ich war mir sicher, ich würde ihn, wenn es sein musste, mit meinem Leben verteidigen.

Als ich die Wohnungstüre öffnete, um mit Christopher die Wohnung zu verlassen, prallte ich entsetzt zurück, da ich beinahe in die Arme zweier uniformierter Polizeibeamter gelaufen wäre. Im Hintergrund stand Miss Bowers und lächelte. In die Enge getrieben, begann ich mit den Füßen nach den beiden Polizisten zu treten. Ich hielt mein Kind an mich gepresst und Christopher, vor Angst brüllend, klammerte sich an mich. Nach kurzer Zeit jedoch hatten mich die Polizeibeamten gebändigt. Miss Bowers riss mir den Kleinen vom Arm und einer der Beamten legte mir Handschellen an, um sich vor meinen Fausthieben zu schützen. Ich weiß noch, wie Christopher weinte und sich auf Miss Bowers Armen wild gebärdete.

„Nein, ich mag nicht. Mami, hilf mir!", schrie er.

Mein Herz schmerzte, als ich mein Baby so leiden sah. Und ich wusste, ich musste tatenlos zusehen und konnte nicht das Geringste dagegen tun. Es kam mir alles vor wie in einem Alptraum. Erst als mich die Beamten von den Handschellen befreit und sie zusammen mit Miss Bowers und meinem schreienden Kind das Haus verlassen hatten, wurde ich in die Realität zurückgeholt. Ich versuchte, ihnen nachzulaufen, doch als ich die Straße erreichte, konnte ich nur mehr die Rücklichter ihres Wagens sehen. Resigniert kehrte ich in die Wohnung zurück. Ich ging in Christophers Zimmer und brach bei dem Anblick seines leeren Bettchens kraftlos zusammen. Sanft betastete ich sein Kopfkissen und begann zu weinen.

Als ich ins Wohnzimmer zurückkehrte und meine Zigarettenschachtel vom Tisch nahm, versiegten meine Tränen blitzartig und wichen einem ganz anderen Gefühl. Ich spürte, wie sich meine Gesichtszüge verhärteten und ich dachte an Greg. Es war seine Schuld, dass sie mir mein Kind genommen hatten, dass mein Leben keinen Sinn mehr hatte.

„Mit mir nicht, mein Lieber", dachte und setzte mich auf die Couch. Ich schaltete den Fernseher ein. Ich rauchte, trank Gin und wartete mit unbeschreiblicher Geduld auf Greg. Ich wusste, es konnte zwar Stunden dauern, doch jetzt war das Maß voll. Es war mehr als nur voll. Und das würde er heute zu spüren bekommen. Kurze Zeit lang hatte ich sogar in Erwägung gezogen, ihn umzubringen. Ich hätte mich mit einem Messer in der Hand hinter der Tür versteckt und es ihm zwischen die Rippen gestoßen, wenn er wieder bis zum Rand vollgelaufen war. Doch dann besann ich mich wieder. Denn nicht einmal das wäre Strafe genug für ihn gewesen. Ich würde ihm etwas antun, das schlimmer war als der Tod. Ich würde ihn verlassen, ihn beschimpfen, ihn ohrfeigen und dann über ihn lachen. Anschließend würde ich ihn in seinem Sumpf aus Alkohol und Schmutz versinken lassen. Er hatte nicht die geringste Überlebenschance ohne mich. Er würde – hoffentlich – elend zugrunde gehen. Als mein Kunde an der Tür läutete, öffnete ich nicht. Ich reagierte nicht, ich bewegte mich nicht einmal. Ich wartete über zehn Stunden in dieser Position, hatte bereits zwei Schachteln Zigaretten und fast die ganze Flasche Gin verbraucht. Ich bewegte mich nicht von der Stelle. Ich hatte immer wieder nur ein Bild vor Augen. Ich sah das verweinte Gesicht Christophers und seine tief erschrockenen Augen, mit denen er mich anstarrte, als ob er mir sagten wollte: „Warum hast du das zugelassen? Warum hilfst du mir nicht?"

Er hatte so verraten ausgesehen. Ich versuchte erst gar nicht, dieses Bild aus meinem Kopf zu bekommen, so sehr es auch schmerzte. Es bestärkte mich darin, mein Vorhaben durchzuführen. Denn ich wusste, dies war eine einmalige Chance.

Als Greg nach Hause kam, war schon der Morgen angebrochen. Das war also der Zeitpunkt, auf den ich gewartet hatte. Ich war überrascht, dass ich immer noch so gelassen war. Ich hatte erwartet, dass ich nervös sein würde, doch so ruhig wie jetzt war ich noch nie vorher gewesen. Greg wankte ins Wohnzimmer und als ich ihn sah, sein aufgedunsenes Gesicht und seinen versoffenen Blick, spannten sich alle Muskeln in mir an. Ohne ein Wort zu sagen, fiel er neben mich auf die Couch. Unwillkürlich rückte ich ein Stück von ihm weg und starrte ihn an.

Er musste den hasserfüllten Blick sofort bemerkt haben, denn plötzlich wandte er mir seinen Blick zu.

„Ist irgendetwas?", fragte er und seine Stimme klang eher unsicher als aggressiv wie sonst. Und dann begann ich zu schreien. Ich fand nicht einmal genügend Schimpfworte, die zu ihm passten. Denn nicht einmal die ärgsten Beleidigungen konnten annähernd beschreiben, was ich in diesem Moment empfand. Mehr als zwanzig Minuten sprudelte all das aus mir heraus, was ich jahrelang unterdrückt hatte. Greg saß einfach nur da und starrte mich erstaunt, ja sogar verängstigt an. Es war das erste Mal, dass ich in seinen Augen diese Angst sehen konnte, die bisher nur in den Augen meines Sohnes zu zu sehen gewesen war. Und es bereitete mir Vergnügen und unheimliche Befriedigung, ihn so vor Angst schwitzen zu sehen. Denn nie hätte er einen solchen Ausbruch von mir erwartet. Ja, es überstieg sogar all das, was er sich in seinen kühnsten Träumen hätte vorstellen können. Erst als meine Stimme anfing, rau zu werden und die Nachbarn gegen die Wände klopften, weil ich so laut brüllte, kam ich zu mir. Ich bemerkte, dass ich aufgestanden war und mit in die Seiten gestemmten Armen vor Greg stand, der sichtlich in sich zusammengesunken war. Ich sah seinem Blick an, dass er überhaupt nicht verstand, worum es eigentlich ging.

„Man hat mir Christopher weggenommen", sagte ich und meine Stimme war nur mehr ein heiseres Flüstern. Ich hatte Halsschmerzen und plötzlich weinte ich wieder. Greg starrte mich weiter an.

„Was?", fragte er.

Ich erzählte ihm von Miss Bowers und davon, dass ich nicht länger vorhatte, mit ihm unter einem Dach zu wohnen und für ihn Geld zu verdienen.

„Ich werde dich verlassen, Greg", sagte ich. „Du bist schuld daran, dass Christopher nicht mehr da ist. Und ich hasse dich, weil du wie mein Vater bist, der schuld daran ist, dass seine Tochter nicht mehr zu Hause lebt. Und du bist schuld, dass ich zur Nutte geworden bin." Ich drehte mich um, lief ins Schlafzimmer und begann, meine Kleider in den Koffer zu packen. Ich beschloss, nur das Notwendigste mitzunehmen. Die Hauptsache war für mich, so schnell wie möglich diese Wohnung zu verlassen.

Als ich dann mit dem Koffer in der Hand gehen wollte, stand Greg vor der Tür. Er wirkte zerknirscht und in seinen Augen war der liebevolle Glanz zurückgekehrt, den ich einst so sehr an ihm geliebt hatte. Damals, als ich mich noch wie ein Mensch fühlte. Doch das war schon lange vorbei.

„Es tut mir leid, Elaine. Es tut mir so leid. Ich wollte nicht, dass du Christopher verlierst. Ich war ein Schwein. Das stimmt. Aber ich liebe dich. Ich verspreche dir, dass ich mich ändere. Ich werde Arbeit finden und du musst nie wieder arbeiten. Und dann holen wir uns den Kleinen zurück. Ich verspreche es Elaine. Bitte."

Er weinte, während er das sagte und er versuchte, mich an sich zu zerren.

„Sag einmal, spinnst du? Glaubst du wirklich, dass ich wieder auf dich und deine leeren Versprechungen hereinfalle? Glaubst du im Ernst, dass ich alles von heute auf morgen vergesse und so tue, als ob überhaupt nichts geschehen wäre? Weißt du überhaupt, was du mir angetan hast in all den Jahren? Ich würde Tage brauchen, um dir alles zu erzählen. Und nicht einmal das würde reichen, um dir meine Schmerzen annähernd zu erklären."

„Dann werde ich dir eben tagelang zuhören, wenn es hilft", versuchte er, mich doch noch zu überzeugen.

„Nein, mein Bester. Es hilft mir nicht. Nicht einmal annähernd. Ich habe schon Jahre mit dir vergeudet. Und ich bin noch zu jung, um noch weitere an dich zu verschwenden. Und jetzt geh mir sofort aus dem Weg!", sagte ich so ruhig, dass ich beinahe vor mir selbst erschrak und ich spürte die Erleichterung, die mich überkam. Ich hatte mich noch nie so stark und mächtig gefühlt wie in diesem Moment. Greg sagte nichts mehr, als ich ihn zur Seite drängte und die Wohnung genauso verließ, wie ich gekommen war. Mit meinen alten Kleidern, meinem alten Koffer und etwas Bargeld in der Tasche. Nur dass ich nicht mehr derselbe Mensch war, dass ich alles verloren hatte, was einen Menschen vom Tier unterscheidet und ihn zum Menschen macht. Alles konnte ich zurücklassen, nur meine Erinnerungen würden ewig bleiben und mein wundes Herz, das mir mehrfach gebrochen worden war, als man mir Christopher aus dem Arm gerissen hatte.

11. Kapitel

Und wieder irrte ich ziellos durch die Straßen und ich glaube, ich hatte schon so viel in meinem Leben geweint, dass ich keine einzige Träne mehr vergießen konnte. Doch der Schmerz, den mir der Verlust meines Sohnes bereitete, schien trotzdem grenzenlos zu sein. Hätte ich weinen können, hätte es wahrscheinlich gut getan. Und wieder einmal hatte ich kein Ziel. Doch diesmal war es mir egal. Am liebsten wäre ich ganz einfach gestorben. Diese Lösung fand ich am vernünftigsten. Denn was ich bisher alles verdrängt hatte, sprudelte auf einmal aus mir heraus. Es war mir endgültig bewusst geworden, dass ich keine Zukunft hatte, dass ich nie eine gehabt hatte. Und es war mir auch egal, was aus mir wurde. Der Koffer in meiner Hand wurde immer schwerer und meine Schritte, mit denen ich mich durch die schmutzigen Straßen schleppte, wurden langsamer. Ich wusste nicht, wie spät es war, aber mein müder, ausgebrannter Körper sagte mir, dass es bereits sehr spät sein musste. Es wurde mir bewusst, dass ich keine Möglichkeit sah, irgendwo zu übernachten. Ich kannte hier niemanden, bei dem ich hätte bleiben können und meine Freier würden mir wohl kaum helfen. Ich hatte ja schon erlebt, dass sie mich nicht einmal auf der Straße grüßten. Erinnerungen kehrten zurück und damit die Gewissheit, dass mein Leben sich dem Ende zuneigte. Als ich bereits so müde war, dass ich kaum noch gehen konnte, betrat ich einfach das nächste Lokal, das um diese Zeit noch offen hatte. Natürlich fiel mir gleich auf, dass es sich nicht gerade um das beste Lokal handelte, aber angesichts meiner Situation achtete ich nicht weiter darauf, da ich sowieso kaum andere Möglichkeiten sah. Ich nahm an einem der kleinen Tische Platz und spürte gleich die Blicke der anderen Gäste. Der Kellner, der ebenfalls anzüglich grinste, brachte mir mein Getränk. Erst dann fiel mir auf, dass es hier hauptsächlich männliche Gäste gab. Es handelte sich vorwiegend um solche Typen, die Greg immer mit nach Hause gebracht hatte – ungepflegte Säufer.

„Hat das denn nie ein Ende?", fuhr es mir durch den Kopf. „Werden die Geister nie aus meinem Kopf verschwinden?"

Doch obwohl ich es so herbeisehnte, verschwanden die Geister nicht. Nicht an diesem Tag und auch nicht an einem der nächsten. Es wäre auch zu absurd gewesen, wäre es anders gekommen. Ich nippte an meinem Glas, rauchte eine Zigarette und fühlte mich unbehaglich. Die Spannung, die mich umgab, war unerträglich. Ich fühlte mich direkt erlöst, als einer der Männer aufstand und sich zu mir setzte. Er war abstoßend; seine Hände waren schmutzig und voller Warzen. Seine Haare waren lang und ungepflegt. Dennoch war der Anblick für mich nichts Neues. Die Erinnerungen an meine Zeit mit Greg kamen zurück, obwohl ich versuchte, nicht mehr daran zu denken. Trotzdem blieb ich ruhig. Ich sah den Typen nicht einmal an.

„Na, Hübsche", sagte er mit seiner rauen Stimme. Er lehnte sich bequemer in seinem Sessel zurück, sodass dieser knarrte.

„Ich weiß genau, was du hier willst", fuhr er fort und nahm einen Zug von seiner Zigarre, die er zwischen den Zähnen hielt. Ich fuhr erschrocken hoch.

„Was meinen Sie damit?", fragte ich.

„Na, ich weiß, dass du Arbeit suchst. Mädchen in deinem Alter kommen aus zwei Gründen hierher. Erstens, wenn sie sich Stoff kaufen wollen und zweitens, wenn sie Arbeit im Puff suchen. Und da du anscheinend mit all deinen Habseligkeiten hier sitzt, nehme ich an, dass du dir einen Job suchen willst", antwortete er mit Seitenblick auf meinen Koffer. Ich schob ihn mit dem Fuß unter den Tisch und stand auf.

„Du verdammter Scheißkerl", schimpfte ich los. „Du kommst einfach an meinen Tisch, ohne dass ich dich dazu aufgefordert habe, stinkst und siehst unappetitlich aus und dann beleidigst du mich noch. Wofür hältst du dich eigentlich?"

Ich war erstaunt darüber, dass er nicht aufstand und mir eine Ohrfeige gab. Ich konnte mir nicht vorstellen, dass sich irgendjemand so etwas sagen lassen würde. Doch trotz meiner Befürchtungen tat er nichts dergleichen. Er saß nur da, paffte an seiner

Zigarre, deren Glut langsam und unaufhaltsam wuchs und lächelte weiterhin auf diese anzügliche Art, wie schon die ganze Zeit.

„Du musst nicht mit mir schreien", sagte er ruhig. „Ich dachte nur, ich könnte dir helfen. Ich nehme an, dass du gar nicht weißt, was für ein Lokal das ist." Ich musste zugeben, dass er Recht hatte. Ich kannte noch nicht einmal diesen Teil der Stadt. Geschweige denn dieses Lokal. Ich sah es an diesem Abend das erste Mal.

Erschöpft fiel ich wieder auf meinen Sessel zurück. Beim Aufstehen hatten meine Füße sofort wieder höllisch zu schmerzen begonnen. Der Mann beugte sich vor und versuchte, meine Hand zu nehmen, die ich ihm angewidert sofort entzog.

„Verzeih, dass ich so unhöflich war. Ich wusste nicht, dass du fremd hier bist", Er winkte dem Kellner, der nickte und uns dann noch zwei Drinks brachte.

„Das kann ich nicht annehmen. Ich kann das nicht bezahlen", gab ich kleinlaut zu. Doch er lachte nur und schob mir das Glas hin.

„Wo drückte denn der Schuh, Mädchen?", fragte er und trank das Glas in einem Zug leer Ich wusste, dass es ein Fehler war, den Drink anzunehmen und nicht sofort aufzustehen und das Lokal zu verlassen. Doch er war einfach da und ich konnte mit ihm reden. Ich hatte seit Jahren mit niemandem mehr über meine Probleme geredet. Ich sackte in mich zusammen und plötzlich fing ich wieder an zu weinen. Ich erzählte ihm natürlich nicht alles. Es wäre zu weit gegangen, einem Fremden meine ganze Lebensgeschichte zu erzählen. Doch im Großen und Ganzen lief es darauf hinaus, dass ich zugeben musste, dass ich keine Ahnung hatte, wovon ich in Zukunft leben sollte. Er hörte mir aufmerksam zu, während ich erzählte. Eigentlich hätte das allein schon mein Misstrauen wecken müssen. Doch ich war zu verzweifelt, um vernünftig und klar darüber nachzudenken.

„Okay, du hast Probleme. Vielleicht kann ich dir ein bisschen dabei helfen, sie zu bewältigen", sagte er und dämpfte seine Zigarre aus. Er zahlte und nahm mich an der Hand.

„Komm", sagte er. „Vielleicht habe ich da etwas für dich."

Obwohl ich bereits ahnte, dass nichts Gutes auf mich zukommen würde, stand ich ohne Widerspruch auf. Er nahm meinen Koffer und wir verließen das Lokal.

Wir fuhren in Jims Auto durch die Nacht. Er hatte mir immer noch nicht verraten, wohin wir fuhren und auch sonst kaum ein Wort mit mir gesprochen. Das Radio war laut aufgedreht und harter Metal dröhnte aus den Boxen an meine Ohren. Ich war so müde, dass ich irgendwann einschlief. Jim weckte mich, als er anhielt.

„Hier sind wir", sagte er, nahm meinen Koffer und stieg aus.

„Wo sind wir?", fragte ich, immer noch etwas verschlafen. Die Gegend, in der ich mich befand, kannte ich nicht. Doch eines wusste ich. Hier wohnten sicher nicht die vornehmsten Leute. Die Straßen waren dürftig beleuchtet und die Häuser, die verstreut den Straßenrand säumten, waren verfallen und wirkten ungastlich und kalt. Überhaupt schien das keine gute Wohngegend zu sein. Angesichts dieser tristen Umgebung wurde ich doch ziemlich unruhig. Ich wollte wissen, was ich hier eigentlich zu suchen hatte. Es war schließlich mein Recht, das zu erfahren. Immerhin ging es ja um mich. Doch so sehr ich Jim auch bat, mir zu sagen, was er denn jetzt vorhatte, er antwortete immer nur:

„Vertrau mir. Du hast sowieso keine andere Wahl."

Und ich vertraute ihm, denn ich hatte wirklich keine andere Wahl. Ich musste sogar noch dankbar sein, dass mich überhaupt irgendjemand irgendwohin mitnahm. Wir mussten nicht sehr weit gehen. Er betätigte die Türglocke des Hauses, an dem wir anhielten. Durch die verschlossene Tür klang ähnliche Musik wie die aus dem Auto. Es dauerte ziemlich lange, bis jemand öffnete. Insgeheim hoffte ich, es würde überhaupt niemand aufmachen. Doch gerade als wir uns wieder umdrehten, um zum Wagen zurückzugehen, öffnete sich die Türe. Eine aufgedonnerte Blondine in Strapsen und hochhackigen Pumps stand in der Tür.

„Jim!", rief sie mit rauchiger Stimme. „Was machst du denn in dieser Gegend? Man sieht dich hier sonst hier nie." Dann ging sie auf ihn zu und umarmte ihn begeistert.

„Hallo, Baby", sagte Jim. „Ist Frank da?"

„Klar ist er da." Sie drehte sich um und rief laut seinen Namen. Während ich vor der Tür neben Jim wartete, versuchte ich, durch den Türspalt in das Innere des Hauses zu blicken. Doch jeder Versuch war umsonst. Durch den dichten Rauch von Zigaretten, Zigarren und Joints konnte ich leider nichts erkennen. Nach einiger Zeit löste sich aus dem Nebel eine Gestalt. Es musste sich um Frank handeln. Ein großer, breitschultriger Mann mit Vollbart und einer Pfeife zwischen den Zähnen erschien.

„Hey, Jim, was gibt es denn? Bist du gekommen, um endlich deine Spielschulden zu bezahlen? Die sind seit sechs Wochen überfällig. Ich hoffe, du erinnerst dich. Sonst muss ich deinem Gedächtnis ein wenig nachhelfen", sagte er in schneidendem Ton. Jim zuckte merklich zusammen.

„Ich kann im Moment nicht bezahlen. Ich hatte gehofft, du lässt mir noch ein paar Tage Zeit."

„Deine Zeit ist abgelaufen", antwortete Frank. Plötzlich stutzte er und sah mich an.

„Wer ist das denn?", fragte er.

Jim schien erleichtert, dass Frank vom Thema abgekommen war.

„Sie ist eine Bekannte von mir. Ich hab sie in der Bar kennengelernt. Sie ist auf Arbeitssuche und da ich weiß, dass du immer Frischfleisch brauchst, habe ich mir gedacht, ich bring sie zu dir."

Frank musterte mich von oben bis unten. Seine Blicke wanderten von meinem Gesicht bis hinunter zu meinen Beinen, die er dann etwas länger betrachtete.

„Sie hat wirklich hübsche Beine", stellte er fest und klopfte seine Pfeife an der Hausmauer aus.

„Moment einmal", unterbrach ich ihn. „Um welche Art Arbeit handelt es sich hier?"

Frank lachte. „Das ist ja wieder typisch für dich, Jim. Du hättest es ihr sagen sollen. Wir können es uns nicht leisten, dass sie irgendwann abhaut und die Polizei herbringt. Du weißt, unser kleines Hotel ist nicht unbedingt legal."

„Hotel?", rief ich. „Ich möchte in keinem Hotel arbeiten. Ich will das nicht mehr."

Hilfesuchend wandte ich mich Jim zu, der nur dastand, mit den Schuhen im Staub scharrte und mit den Achseln zuckte.

„Du hast keine andere Wahl. Du weißt ja nicht, wie schwer es ist, Arbeit zu finden, wenn du nichts gelernt hast. Und ohne Arbeit gibt's kein Geld und ohne Geld keine Wohnung. Oder möchtest du unter der Brücke schlafen? Hier hast du ausgesorgt. Frank bietet seinen Mädchen ein Leben mit allen Vorteilen. Wenn du gut bist, kannst du hier echt was verdienen."

Ich stand da und blickte von einem zum anderen. Ich wusste nicht, was ich tun sollte. Einerseits wollte ich endlich ein anständiges Leben führen und andererseits wollte ich aber auch überleben und das wiederum konnte ich nur, wenn ich einen Job hatte.

„Entscheide dich, Mädchen. Hier drinnen wird es langsam kalt", sagte Frank. Es fiel mir nicht leicht, diese Entscheidung zu treffen. Doch ich war müde, hungrig und ich fror entsetzlich. Das Einzige, was ich jetzt wollte, war ein warmes Bad, ein warmes Essen und dann in ein warmes Bett kriechen. Ich folgte Frank in das Haus mit dem Gedanken, ich könne ja immer noch aufhören, wenn es mir besser ging. Doch als sich die schwere Tür hinter mit schloss, hatte ich plötzlich das Gefühl, dass sie sich für lange Zeit nicht mehr öffnen würde.

12. Kapitel

Ich lebte mich in Franks Etablissement recht schnell ein Das lag nicht nur daran, dass ich meine Arbeit aufgrund jahrelanger Erfahrung sehr rasch erlernte. Eine besondere Hilfe waren mir die anderen Mädchen. Sie waren sehr aufmerksam und warmherzig. Sie waren das beste Beispiel dafür, dass auch Nutten Menschen waren; manchmal glichen sie mehr einem Menschen als die, die es immer von sich behaupteten. Sie unterstützten mich besonders in der Anfangszeit seelisch, wenn mir mein Dasein wieder einmal so richtig beim Hals heraushing. Und mit der Zeit wurden wir fünf richtige Freundinnen. Eine besondere Freundin war mir Tiffany geworden. Sie war so ziemlich am längsten bei Frank. Drücken wir es so aus: Sie hatte es am längsten bei ihm ausgehalten. Frank war auf seine Art ein richtiges Arschloch. Obwohl es uns bei ihm wirklich an nichts fehlte, gab es oft Krach und die meisten Mädchen, die bei ihm arbeiteten, hielten es nicht länger als ein paar Monate aus. Frank duldete keinen Widerspruch. Wenn er etwas sagte, hatte man zu gehorchen. Er ließ kein Gegenargument gelten.

Ich kann mich noch an meinen ersten Arbeitstag erinnern. Mandy, die einzige dunkelhäutige Schönheit in unserem Kreis, hatte sich geweigert, mit einem Kunden aufs Zimmer zu gehen. Den Grund dafür weiß ich nicht mehr. Aber eines war sicher. Sie hatte bestimmt ihre Gründe. Außerdem hätte es Claire für sie getan. Und dem schon äußerst betrunkenen Kunden war es egal, wer ihn betreute. Doch Frank sagte nein und als sie ihm weiter widersprach, schlug er sie mit seinem Gürtel so hart, bis sie bewusstlos auf dem Boden lag. Und obwohl sie am ganzen Körper wund und voller Striemen war, zwang er sie zum Beischlaf mit dem Freier.

Nachdem ich Zeugin dieser Szene geworden war, stand eines für mich fest: Wenn du überleben willst, musst du gehorchen. Und sollte es noch so grauenhaft sein. Mach die Augen zu und lass es über dich ergehen. Und ich versuchte so gut es ging, mich daran zu halten, obwohl es mir manchmal verdammt schwerfiel, einfach alles über mich ergehen zu lassen, ohne aufzumucken.

Man kann über Frank sagen, was man will. Er war bestimmt das mieseste Stück Dreck – wenn man mal von Greg absah –, doch wenn wir brav waren, gab es immer jede Menge Koks und anderes Zeugs. Für Mädchen wie uns der einzige Hoffnungsschimmer am Horizont. Tiffany und ich hatten uns angewöhnt, uns immer vor den Schäferstunden etwas aufzuputschen. Wir konnten dann alles viel leichter ertragen und manchmal, wenn wir besonders gut drauf waren, machte es uns richtig Spaß und wir bemühten uns.

Und Frank war zufrieden. Und wenn er richtig zufrieden war, bekamen wir noch mehr Koks, als Belohnung. So sah also unser tägliches Leben aus: Rauschgift – Bumsen – noch mehr Rauschgift – und irgendwann: Heroin.

Doch trotz dieser Annehmlichkeiten, die uns das Leben in „Frank's Heaven" bescherte, gab es manchmal Situationen, in denen es einem verdammt schwerfiel, sich zusammenzunehmen und sich nicht einfach die Pulsadern aufzuschneiden, um seinem verseuchten Lebenssaft freien Lauf zu lassen und hinüberzudämmern in ein besseres, leichteres Leben. Und in einer dieser Situationen rettete mir Tiffany das Leben ...

2. August 1986

Gleich nach dem Frühstück rief mich Frank zu sich. Ich bemerkte noch, wie Tiffany leicht zusammenzuckte. Ich wusste zwar noch nicht, was dies zu bedeuten hatte, aber dennoch fühlte ich, dass etwas Ungutes auf mich zukam. Deshalb ging ich schon mit einem extrem unbehaglichen Gefühl in der Magengegend zu ihm. Ich klopfte an die gepolsterte Tür des Büros, wartete kurz und als niemand antwortete, trat ich ein.

Frank saß hinter seinem Schreibtisch, den Kopf eingenebelt im dicken Rauch einer Zigarre, und er studierte gerade irgendwelche

Abrechnungen. Ich hüstelte leise und als Frank aufblickte und mich sah, schien er angenehm überrascht.

„Elaine, setz dich zu mir. Ich hoffe, ich hab dich nicht beim Frühstück gestört. Das täte mir wirklich leid. Besonders in deinem Fall. Du bist ohnehin schon etwas zu mager", sagte er und bot mir den Platz ihm gegenüber an. Er gab mir einen Drink und ich wartete mit klopfendem Herzen auf das, was er mir zu sagen hatte. Doch eigenartigerweise dauerte es ziemlich lange, bis er endlich zur Sache kam und eigenartig war auch, dass er jedes seiner Worte so behutsam wie möglich auswählte.

„Es handelt sich um Folgendes: Ein sehr guter Bekannter von mir, sehr reich und auch sehr gutaussehend, veranstaltet in seinem Haus ein kleines Zusammentreffen einiger Geschäftsfreunde, denen er einmal etwas ganz Besonderes bieten möchte. Deswegen hat er mich gebeten, ihm ein Mädchen zu schicken. Und ich weiß, dass er besonders blonde, zarte Mädchen bevorzugt. Und genau deshalb ist es mein persönlicher Wunsch, dass du diesen Job übernimmst. Außerdem kannst du dir bei dieser Gelegenheit einiges dazuverdienen. Mit dem Trinkgeld ist er niemals geizig und alles, was du von ihm bekommst, gehört dir."

Obwohl ich dem Gespräch mit Frank anfangs eher skeptisch gegenüberstand, war ich jetzt doch erfreut über die Aussicht, üauf einen Zuverdienst. Ich nahm dankend an und bemerkte, wie Frank über sein ganzes pockennarbiges Gesicht strahlte, als er mir die Adresse von dem Kunden gab und mir noch gebot, mich besonders hübsch zu machen, weil dieser Freund von ihm so ein außergewöhnlicher Mann sei. Ich hatte beschlossen, mit diesem Leben endlich so schnell wie möglich Schluss zu machen. Deshalb wollte ich Geld sparen, um ein neues Leben anzufangen. Insgeheim hatte ich schon daran gedacht, vielleicht irgendwann mein Kind wieder zu mir zu holen. Als ich meinen Freundinnen diese Nachricht mitteilen wollte, erntete ich statt der erwarteten freudigen Gratulation nur betrübte Blicke und mitleidiges Kopfschütteln.

„Was ist denn mit euch los?", fragte ich und ich fühlte, wie die Röte auf meinen Wangen einer spürbaren Blässe wich. Doch sie sagten kein Wort. Erst nach einiger Zeit stand Tiffany auf, nahm mich an der Hand und ging mit mir in ihr Zimmer.

„Ich wollte nur nicht, dass Frank vielleicht hört, was ich dir jetzt zu sagen habe. Er würde mich sicher umbringen, wenn er wüsste, dass ich jetzt mit dir darüber spreche, aber ich mag dich viel zu sehr, um dich über deine Situation im Unklaren zu lassen."

„Ich verstehe kein Wort", sagte ich und setzte mich verwirrt auf ihr Bett. Tiffany setzte sich zu mir, strich mir liebevoll über mein Haar und lächelte schwach.

„Er hat dir doch diesen Job bei diesem Mr Hunter angeboten, habe ich Recht?"

Ich nickte, verstand aber immer noch nicht, worum es eigentlich ging.

„Ich war schon einmal bei ihm. Aber all diese Geschichten, die Frank dir wahrscheinlich über ihn erzählt hat, sind dicke Lügen. Er wollte es dir nur schmackhafter machen, damit ich es dir nicht ausreden kann. Dieser Mr Hunter ist das Fürchterlichste, das mir je passiert ist. Und seine Freunde sind perverse Peiniger. Du darfst dort nicht hingehen, wenn du irgendwann wieder ein normales Leben führen willst, verstehst du? Sie würden dich schlagen, so lange, bis du dich nicht mehr rührst und dann würden sie dich alle vergewaltigen. So oft, bis du aus deiner Vagina blutest. Als ich dort war, hätten sie mich bald umgebracht. Er zahlt gut. Das stimmt. Doch wenn du wieder hier bist, wirst du das Geld nicht einmal anrühren, so sehr wirst du es hassen und vor allem den, von dem du es bekommen hast."

Ich konnte einfach nicht glauben, was Tiffany mir da erzählte. Ich hatte in meinem Leben schon viele Sorten Männer erlebt, doch so etwas Extremes hatte ich noch nie gehört. Ich konnte es nicht fassen. Doch als ich Tiffanys warmherzigen Blick sah, wusste ich sofort, dass sie nicht gelogen hatte.

„Was soll ich denn jetzt um Gottes Willen machen?", stammelte ich. Ich sah nicht die geringste Möglichkeit, dem zu entkommen, denn Frank würde es auf keinen Fall akzeptieren, wenn ich diesem, für ihn so überaus wichtigen Kunden absagte. Tiffany sagte nichts. Sie stand auf, nahm eine Packung Zigaretten vom Tisch, zündete sich eine an und setzte sich wieder zu mir, die Zigarette zwischen den Lippen und wischte mir die Tränen von den Wangen.

„Du darfst nicht aufgeben, Elaine. Ich werde es nicht zulassen, dass du zu diesem Mann gehst. Dafür bist du viel zu jung. Du kannst noch etwas aus dir machen. Du kannst dir deinen Sohn zurückholen und ein Leben haben."

Und als ich ihr Gesicht sah, konnte ich erkennen, dass der Glanz in ihren Augen plötzlich einem matten Grau gewichen war. Ein starrer Blick, den ich noch nie an ihr bemerkt hatte. Sie fing sich jedoch rasch wieder und dann lächelte sie und warf ihr schwarzes Haar zurück.

„Ich gehe für dich", eröffnete sie mir und dämpfte ihre Zigarette aus.

Ich saß da wie versteinert und glaubte, mich verhört zu haben. Das konnte doch unmöglich ihr Ernst sein. Niemand würde so etwas für einen anderen tun. Tiffany musste meine Gedanken erraten haben, denn sie lachte und sagte:

„Ich meine es ernst. Bei mir ist es egal. Ich komme schon irgendwie darüber hinweg. Denn mein Leben ist sowieso nur mehr eine Kloake, verstehst du? Aber du bist noch viel zu jung. Ich bin schon vierzig und habe die besten Zeiten hinter mir. Ich nehme, was ich kriegen kann, um Geld zu sparen, denn in meinem Alter muss man ans Aufhören denken, sonst ende ich noch in irgendeiner Kneipe, alkoholkrank und für ein paar Dollar für jeden zu haben."

An diesem Tag verstand ich noch nicht, was Tiffnay mir zu sagen versuchte. Ich fand, sie sah einfach fantastisch aus und hatte doch gar keinen Grund, so zu denken. Sie würde niemals so enden müssen. Und egal in welchem Alter man war, man hatte immer eine Chance im Leben – das dachte ich. Ich wusste nicht, ob ich ihr Angebot so einfach annehmen konnte. Ich dachte mir: „Ich kann sie doch nicht einfach dorthin schicken, nur damit mir das alles erspart bleibt." Doch sie bestand darauf und wurde, als ich immer noch unsicher war, richtig stur und wirkte ein wenig beleidigt. Und schließlich, nachdem sie mir gedroht hatte, mir das Leben zur Hölle zu machen und mir die Freundschaft zu kündigen, willigte ich ein.

Um nicht Franks Misstrauen zu wecken, verließ ich so gegen acht Uhr abends das Haus. Für Tiffany war es ein Leichtes, einfach zu gehen. Sie hatte ihren freien Tag und behauptete, sie würde mit ihrem Freund ins Kino gehen. Es schien also alles perfekt zu funktionieren. Wir gingen zusammen zu der Villa des Kunden. Es war ein riesiges Haus, modern und irgendwie übermächtig. Es machte mir Angst. Tiffany atmete noch einmal tief durch. Ich bemerkte, dass sie versuchte, ihre Angst vor mir zu verbergen. Sie lächelte noch einmal, setzte ihre blonde Perücke auf und ging hinein. Ich versteckte mich. Erst nach längerer Zeit wagte ich mich aus dem Versteck. Eigentlich hatte ich vor, so schnell wie möglich zu verschwinden. Doch irgendetwas zwang mich dazu, eine Runde um das Haus zu gehen und durch die Fenster ins Innere zu sehen, in der Hoffnung, ich würde Tiffany entdecken. Irgendwie, so blöd das vielleicht klingt, hoffte ich, dass ich mich so davon überzeugen könnte, dass es ihr im Großen und Ganzen gut ging. Ich hätte es bleiben lassen sollen. Es wäre besser für mich gewesen, ich wäre einfach gegangen, hätte mich in irgendein Café gesetzt und gewartet, bis alles vorbei war. Doch das tat ich nicht.

Ich zog meine Runden ums Haus, bis ich plötzlich durch eines der Fenster Tiffany in den Armen eines fetten, unappetitlichen Mannes sah, wie er sie küsste und ihr die Bluse förmlich vom Körper riss. Und ich sah, wie sie mich anblickte. Mit einem kurzen Wink bedeutete sie mir, zu gehen. Ich musste mich zurückhalten, um nicht einfach ins Haus zu gehen und meine Freundin herauszuholen. Dann begann ich zu laufen. Ich stürmte die Auffahrt hinunter, schlug das Tor hinter mir zu und rannte bis meine Füße schmerzten.

Erst als ich wieder klar im Kopf war, bemerkte ich, dass ich nicht einmal wusste, wo ich war. Die Erinnerung an Tiffany und an diesen ekeligen Typen kehrte zurück und ließ mich nicht mehr los. Ich hatte das Bedürfnis, dieses Bild mit Schnaps zu betäuben. Ich weiß nicht mehr, in welchen und auch nicht, in wie vielen

Lokalen ich war. Ich ging einfach von einem Lokal zum nächsten und trank so lange einen Schnaps nach dem anderen, bis ein Nebel des Vergessens mein Bewusstsein betäubte.

Als ich am frühen Morgen an der Theke einer Diskothek eingenickt war, wurde ich plötzlich von der Stimme eines Mannes geweckt, der seinen Arm um meine Schulter gelegt hatte.

„Ist Ihnen nicht gut?", fragte er.

Ich hob schwerfällig meinen Kopf und konnte verschwommen einen jungen Mann mit dunklem Haar und Brille wahrnehmen. Ich blinzelte, um ein klareres Bild zu bekommen. Er lächelte.

„Wohl etwas zu viel getrunken?", sagte er.

Ich nickte und fuhr mir durch die Haare. „Ja", sagte ich. „Ja, ich denke schon."

Er bot mir eine Zigarette an, die ich dankbar annahm und ich bestellte mir einen Kaffee.

„Sie müssen jetzt auf alle Fälle ein bisschen nüchtern werden."

Er zahlte und fuhr fort: „Wollen Sie vielleicht darüber sprechen?"

Ich verneinte, rauchte und trank meinen Kaffee. Stumm, ohne ein Wort zu sagen. Zu tief quälte mich die Erinnerung an meine Freundin, die ich im Stich gelassen hatte. Ich fühlte mich wertlos und mies. Und obwohl ich ein vom Weinen verschwollenes Gesicht hatte und ich nur stumm vor mich hin sinnierte, blieb er bei mir sitzen und beobachtete mich.

„Was zum Teufel wollen Sie eigentlich von mir?", fuhr ich ihn plötzlich an.

Ich wollte alleine sein und außerdem hasste ich Männer, die mich einfach so ansprachen und meinen Gemütszustand ausnutzen wollten. Doch er lächelte nur und einer plötzlichen Gefühlsregung folgend strich er mir durch mein Haar.

„Ich will Ihnen wirklich nur helfen. Frauen trinken nur, wenn sie Kummer haben. Und Sie sind viel zu sympathisch, um alleine an Ihrem Kummer zugrunde zu gehen", sagte er und seine großen, dunklen Augen strahlten so viel Wärme und Herzlichkeit aus, dass ich beinahe unsicher wurde und fast hätte ich mich an seine Schulter gelehnt und ihm alles erzählt. Doch im letzten Moment wurde ich wieder vernünftig. Ich stand auf, bezahlte die noch offene Rechnung und wollte gehen. Doch er hielt mich zurück.

„Bleiben Sie doch. Bitte", sagte er.

Und dann nahm er mich an der Hand und zog mich sanft auf die Tanzfläche. Wir tanzten zu langsamer Musik und ich schloss meine Augen. Als ich sie wieder öffnete, war sein Gesicht so nahe und es war mir so heiß und ich war so betrunken. Und plötzlich nahm er meinen Kopf in beide Hände und küsste mich.

Ich wehrte mich nicht. Als sich seine Lippen von meinen lösten, wurde mir klar, dass er doch überhaupt nichts von mir wusste. Er wusste nicht, dass ich eine Hure war, dass ich mit Männern ins Bett ging und lustvoll stöhnte, wenn sie nur ordentlich zahlten. Je höher der Preis, desto besser meine schauspielerische Leistung.

„Ich muss jetzt wirklich gehen", sagte ich.

Er hielt mich nicht mehr zurück.

„Ich werde hier auf dich warten. Jeden Tag. Und wenn du möchtest, dann komm zurück und wir machen weiter, wo wir aufgehört haben", sagte er und dann ging er von der Tanzfläche und verschwand in der Menge. Meine Augen suchten ihn noch, doch er blieb verschwunden.

Als ich nach Hause zurückkam, sah ich Tiffany vor der Haustür sitzen. In zerrissenen Kleidern und sie zitterte. Sie weinte. Ich lief auf sie zu, nahm sie in meine Arme und drückte sie an mich, um sie zu trösten. Und sie lehnte ihren Kopf an meine Brust und schluchzte lautlos vor sich hin. Sie erzählte nicht, was an dem Abend passiert iwar. Nicht an diesem Tag und auch nicht an einem anderen. Wir schlichen ungesehen in unsere Zimmer. Ich duschte und schlief bald ein. Und am nächsten Tag lachte sie wieder und tat so, als sei nichts passiert. Doch jeder Versuch meinerseits, etwas über jenen Abend zu erfahren, scheiterte. Doch eines war sicher. Was immer ihr diese Männer angetan hatten, es musste so schrecklich für sie gewesen sein, dass sie es aus ihrem Gedächtnis streichen wollte. Und obwohl ich mir so schlecht vorkam, dass ich sie dorthin gehen ließ, sie machte mir nie Vorwürfe deswegen.

13. Kapitel

Tiffany und ich hatten große Angst, dass Frank diesen Schwindel erfahren würde, doch Gott sei Dank war dem nicht so. Mr Hunter reiste am nächsten Morgen ab. Er rief vorher noch an und bedankte sich bei Frank für die hervorragende Bedienung und er würde ihn wieder kontaktieren, sollte er wieder einmal im Lande sein. So weit war alles gut gegangen. Eigentlich hätte ich wenigstens halbwegs mit meinem Leben zufrieden sein sollen. Doch ich war dennoch deprimiert. Den ganzen Tag über waren meine Gedanken woanders. Denn obwohl ich es nicht zugeben wollte, ich hatte den jungen Mann aus der Diskothek, mit dem ich getanzt hatte, nicht vergessen. Und jeden Abend rang ich mit mir und mit der Frage, ob ich ihn nicht suchen sollte, denn die Sehnsucht wuchs von Tag zu Tag. Tiffany bemerkte sofort, dass etwas nicht mit mir stimmte. Ich war launisch, trank und rauchte viel und aß wenig. Doch immer wenn sie nach dem Grund fragte, wurde ich grantig und verschwand auf mein Zimmer. Ich schämte mich, dass ich wieder drauf und dran war, mich zu verlieben. Und ich hatte Angst, dass es wieder der Falsche war. Vor allem hatte ich Angst davor, wie er reagieren würde, wenn er erfuhr, wer ich eigentlich war. Und wenn er es erfahren würde, würde er mich nie wieder sehen wollen. Ich wusste, dass es so war und deshalb zwang ich mich, nicht mehr an ihn zu denken. Ich wollte nicht mehr verletzt werden. Ich war froh, dass wenige Männer unseren Club besuchten. Ich war nicht so in Stimmung, für jemanden gegen Geld die Beine breitzumachen und so zu tun, als würde es mir gefallen. Vor allem, wenn es jemanden gab, der sich in mich verliebt hatte und dem es nicht egal war, wie ich mein Geld verdiente.

Ich lag auf meinem Bett, hatte die Augen geschlossen, rauchte einen Joint und dachte an jenen Abend und an jenen Kuss, von dessen Sanftheit ich überwältigt gewesen war. Ich hörte nicht, dass jemand die Türe öffnete und eintrat. Ich schrak auf, als ich eine Berührung an meiner Schulter spürte. Es war Tiffany.

„Möchtest du nicht mit mir darüber sprechen?", fragte sie. Ich verneinte. Es hatte keinen Sinn. Denn nicht einmal meine lebenserfahrene Freundin könnte mir einen Rat geben. Sie würde sicher nur sagen: „Vergiss ihn." Und das wusste ich selbst.

„Ich glaube, du hast Liebeskummer", bohrte sie weiter. „Was ist los?"

Als ich keine Antwort gab, nahm sie meine Hand, drückte sie und sagte dann: „Sei froh, dass es jemanden für dich gibt, der dich liebt. Du hast endlich die Chance, auszusteigen und ein normales Leben zu beginnen, mit einem Mann, der dich liebt und vielleicht wirst du sogar eine richtige Familie gründen und Christopher zurückholen."

Sie wusste selbst, dass sie nur träumte. Es war zu schön, einen Traum zu haben und so zu tun, als sei es Realität. Ohne daran zu denken, dass es niemals so sein würde. Und mein Leben war doch sowieso schon zu Ende. Und ein Kind hatte ich schon. Christopher! Ich begann zu weinen, während ich an ihn dachte.

„Er weiß nicht einmal, wer ich bin", sagte ich und wischte meine Tränen weg. „Er weiß nicht einmal meinen Namen." Tiffany schien sehr erstaunt.

„Und trotzdem liebst du ihn?", fragte sie ungläubig.

Als ich nickte, lächelte sie. „Na dann ist ja alles okay. Dann sagst du ihm gar nichts. Du wirst einfach in einer Nacht- und Nebelaktion von hier verschwinden und so tun, als sei nichts gewesen. Wenn dir das gelingt, bist du schon auf dem richtigen Weg in ein neues Leben."

Doch ich glaubte ihr nicht. Und es wäre besser gewesen, wenn ich über ihre Idee nicht einmal nachgedacht hätte. Vielleicht würde ich dann heute noch leben. Doch ich war wie geblendet von dem Gedanken, ein normales Leben einer normalen Hausfrau zu führen und würde ich die Möglichkeit haben, Christopher zurückzuholen und wirklich glücklich zu werden. Ich setzte mich auf, streckte die Beine aus und zündete mir eine Zigarette an.

„Vielleicht werde ich ihn auch gar nicht mehr finden", sagte ich.

„Das kannst du immer noch sagen, wenn du ihn gesucht hast", sagte meine Freundin. „Jetzt werde ich aber wieder gehen", fügte sie hinzu. „Frank wird sauer, wenn er erfährt, dass wir während der Dienstzeit so viel quatschen."

Als sie gegangen war, blieb ich noch eine Zeit lang auf dem Bett sitzen und versuchte, die letzten Zweifel zu ignorieren. Mitten in meinen Überlegungen hörte ich Frank, wie er ungeduldig meinen Namen rief und ich dämpfte meine Zigarette aus.

Kurz nach Ende meines Dienstes entschloss ich mich, Frank zu ersuchen, mir einen freien Abend zu gewähren. Ich wollte wieder in diese Diskothek gehen, um den Mann zu finden, von dem ich glaubte, dass er in mich verliebt war. Frank war sehr verständnisvoll, als ich ihm erklärte, dass ich überarbeitet sei und dringend ein paar Stunden zur Erholung brauchte.

„Das ist eine sehr gute Idee", sagte er. „Du hast in letzter Zeit wirklich viel gearbeitet und außerdem siehst du gar nicht gut aus. Und du musst doch hübsch sein. Von deinem Aussehen leben wir beide ja. Okay, du kannst heute Abend frei haben."

Ich hatte nicht damit gerechnet, dass Frank so verständnisvoll reagieren würde und ich war sogar gerührt. Als ich mich umdrehte, um zu gehen, sagte ich noch: „Danke, Frank." Doch er schien mich nicht zu hören.

Mein Herz klopfte vor Aufregung, als ich die Diskothek betrat. Noch hatte ich Zeit, umzukehren und ich begann, wieder mit mir selbst zu ringen. Doch so sehr sich der eine Teil bemühte, mich eines Besseren zu belehren und mir zu sagen: „Geh zurück. Du weißt genau, dass es keinen Sinn hat" – ich ging trotzdem hinein. Ich bezahlte den Eintritt an der Kasse und ging gleich in Richtung Theke. Ich setzte mich auf denselben Platz wie an jenem Abend, an dem ich ihn zum ersten Mal gesehen hatte. Doch so sehr meine Augen ihn auch suchten, ich konnte ihn in der Menschenmenge nicht sehen. Ich war so sehr in meinen Gedanken vertieft, dass ich gar nicht hörte, wie der Kellner nach meinen Wünschen fragte. Er tippte mir kurz auf die Schulter.

„Was darf ich Ihnen bringen?", fragte er nochmals und schaute mich mit einem sonderbaren Blick an. Ich konnte diesem Blick ganz klar entnehmen, dass er glaubte, ich wäre schon wieder so betrunken, dass ich ihn nicht hören konnte.

„Orangensaft, bitte", sagte ich und spürte wie ich rot wurde. Er lächelte und drehte sich um. „Einen Orangensaft", wiederholte er leise.

Und so trank ich meinen Orangensaft, rauchte und je später es wurde, desto mehr schwand meine Hoffnung, dass er noch kommen würde.

„Wahrscheinlich war doch alles nur eine Lüge", sagte ich zu mir selbst.

Gerade als ich zahlte und mich vom Hocker erhob, hörte ich seine Stimme. „Endlich bist du gekommen", sagte er. Ich drehte mich um und erschrak. Er stand direkt hinter mir und lachte.

„Ich bin ja so glücklich, dass du hier bist."

Er nahm mich in den Arm und küsste mich, leidenschaftlich und doch zärtlich. Und obwohl ich mich immer noch innerlich wehrte, ließ ich mich plötzlich fallen, immer tiefer in meine Gefühle, und ich spürte, wie glücklich ich dabei war. Der Kellner hüstelte diskret.

„Sie wollten zahlen", sagte er.

„Ich hab's mir überlegt", antwortete ich, als ich mich aus den Armen meines Geliebten gelöst hatte.

„Mein Name ist Stan", sagte er nach einiger Zeit des Schweigens.

„Ich bin Elaine", sagte ich.

Wir sahen uns dabei nicht an. Unsere Blicke waren gesenkt.

„Eigenartig", sagten wir plötzlich gleichzeitig und dann begannen wir zu lachen.

„Was wolltest du sagen?", fragte ich ihn.

„Ich wollte nur sagen, dass es eigenartig ist, dass wir noch nicht einmal unsere Namen kannten und trotzdem haben wir uns ineinander verliebt."

Ich nickte.

„Ich wusste, dass du kommen würdest – irgendwann", sagte er. „Ich hätte jahrelang auf dich gewartet."

Ich war überwältigt von seinen Worten und mir kamen vor Glück fast die Tränen. Vielleicht hatte Tiffany doch Recht.

„Weinst du etwa?", fragte er und schien erschrocken darüber.

„Ich glaube nicht an unser großes Glück", sagte ich.

„Ich liebe dich wirklich", sagte er.

Die nächste Lüge in meinem Leben.

•••

Ich erzählte ihm nichts von mir und meinem Leben, so sehr er mich auch darum bat. Ich hatte zu große Angst davor, dass er dann wieder gehen würde und dass ich plötzlich wieder alleine war. Ich hatte vor, zumindest um meine Träume zu kämpfen. Denn ich hatte doch nichts anderes mehr. Ich hatte nicht einmal mehr mein Kind. Tiffany erwartete mich bereits, als ich auf mein Zimmer zurückkam. Sie saß vor dem Fernseher und stopfte sich mit Schokolade voll.

„Elaine, endlich bist du da. Ich bin schon so gespannt auf das, was du mir gleich erzählen wirst. Hast du ihn gefunden?"

Ich nickte stumm, doch ich bemerkte, dass ich bereits die ganze Zeit über lächelte, so glücklich war ich.

„Also hast du ihn gefunden. Wie fantastisch!", rief Tiffany und stürzte sich mit ausgebreiteten Armen auf mich. „Ich freue mich ja so für dich", sagte sie.

Ich wusste, dass sie auch tief in ihrem Innersten verbittert über ihr eigenes Leben war. Und das wurde ihr wieder einmal so richtig bewusst.

„Ich habe ihm nichts über mich erzählt", sagte ich.

Tiffany nickte. „Das war die richtige Entscheidung."

„Was soll ich denn jetzt machen?" fragte ich. „Irgendwann werde ich es ihm sagen müssen."

Doch Tiffany schüttelte den Kopf. „Nein, du wirst ihm gar nichts sagen. Du wirst deine Koffer packen und irgendwann einfach von hier verschwinden. Nur Frank darf es nicht erfahren. Er würde es niemals zulassen, dass du gehst. Eher würde er dich umbringen. Wir müssen das auf ganz geschickte Art und Weise machen", sagte sie und ich wusste, dass sie Recht hatte, obwohl ich große Angst vor Frank hatte. Ich beschloss, auch Stan nichts zu sagen. Ich würde einfach irgendwann mit meinen Sachen vor seiner Tür stehen und ihm erzählen, dass man mich aus meiner Wohnung geworfen hatte. Und er würde glücklich sein und mir sofort anbieten, bei ihm einzuziehen. Oh, wie herrlich würde meine Zukunft sein. Mit ihm und vielleicht … vielleicht mit Christopher. Mit meinem kleinen Christopher, den man mir einfach weggenommen hatte.

Tiffany half mir bei meiner Flucht. Und es gelang mir tatsächlich, die Haustüre zu erreichen, ohne dass Frank es bemerkte.

„Ich werde dich vermissen", sagte Tiffany, als es daran ging, uns voneinander zu verabschieden.

„Ich werde dich auch vermissen", sagte ich und schluckte. „Du bist meine beste Freundin." Ich umarmte sie und wir weinten beide.

„Ich werde dir schreiben", versprach ich ihr.

„Vielleicht lädst du mich zu deiner Hochzeit ein", sagte sie noch.

Dann öffnete ich die Tür und ich ging. Ich ging, ohne mich noch einmal umzudrehen und ich wusste, Tiffany würde in der Tür stehen und sie würde mir nachblicken und sie würde weinen. Und gerade deshalb drehte ich mich nicht um. Und irgendwann, nachdem ich schon einige Zeit gegangen war, hörte ich, wie sie ganz leise die Türe schloss. Und plötzlich fühlte ich mich wieder alleine.

Ich suchte mir Stans Adresse aus dem Telefonbuch heraus. Eigentlich hatte ich vorgehabt, ihn von einer Telefonzelle aus anzurufen und ihm mein Kommen anzukündigen. Doch plötzlich überkam mich Angst, dass er böse deswegen sein könnte. Daher suchte ich mir seine Adresse heraus und fragte mich bis zu seinem Haus einfach durch. Als ich dann vor der Tür stand, atmete ich tief durch.

„Ruhig Blut", sagte ich zu mir selbst. „Es wird schon gut gehen. Du wirst sehen, er wird überglücklich sein, dass du kommst." Doch irgendwie glaubte ich nicht daran. Es wäre zu schön. Ich klingelte und plötzlich hoffte ich, dass er nicht zu Hause war. Doch er war zu Hause. Die Tür öffnete sich und ein ziemlich verschlafener Stan lugte durch einen Spalt. Als er mich erkannte, war er sehr erstaunt.

„Du?", sagte er. „Was machst du denn hier?"

Seine Stimme klang alles andere als erfreut. Ich spürte, wie ich innerlich zusammenzuckte.

„Ich wollte dich einfach sehen", sagte ich schnell, nur um irgendetwas zur Erklärung zu sagen.

„Na dann komm herein", sagte er dann.

Am liebsten wäre ich davongelaufen, so sehr schämte ich mich plötzlich. Ich hätte nicht einfach unangemeldet kommen dürfen. Ich fühlte mich nicht erwünscht.

„Hab ich dich geweckt?", fragte ich.

„War gestern eine lange Nacht", sagte er. „Ich hatte Besuch von Freunden."

Ich blickte mich um. Ja, Freunde waren bei ihm gewesen. Auf dem halbvollen Glas auf dem Tisch konnte man noch Lippenstift sehen. „Nur nicht eifersüchtig werden. Du musst ihm vertrauen", sagte ich zu mir selbst. „Oh, verstehe. Wenn du willst, komme ich später wieder", sagte ich zu ihm. Doch er winkte ab.

„Nein, mein Liebling. Ich bin froh, dass du hier bist."

Dann nahm er mich in die Arme.

„Entschuldige, dass ich so unfreundlich war. So bin ich leider immer, wenn ich geweckt werde."

Er drückte mich an sich und küsste mich auf die Wange. Aber dieser Kuss war so anders als seine Küsse, die ich von ihm kannte.

„Hast du vor, zu verreisen?", fragte er mit einem Blick auf meinen Koffer.

Ich schluckte und wusste nicht, was ich ihm jetzt sagen sollte. Ich schämte mich viel zu sehr, dass ich überhaupt hier war und ich wusste auf einmal, dass es ihm gar nicht angenehm war, dass ich jetzt vor ihm stand, so ganz unangemeldet und so voller Hoffnung. Ich glaubte nicht mehr, dass er mich liebte.

„Ja, ich fahre weg", hörte ich mich sagen. „Ich bin hier, um mich von dir zu verabschieden. Ich werde wahrscheinlich nicht mehr zurückkommen."

„Oh nein, muss denn das sein?", sagte Stan. Am liebsten hätte ich ihm zu seiner schauspielerischen Leistung gratuliert. Nicht die geringste Regung war in seiner Stimme zu erkennen. Doch ich wollte nicht mit ihm streiten.

„Ja, es muss ein", sagte ich.

Ich nahm meinen Koffer.

„Musst du jetzt schon gehen?", fragte er und zog mich wieder an sich.

„Ja, mein Flugzeug geht in einer Stunde."

„Soll ich dich fahren?", fragte er.

Ich verneinte. Dann löste ich mich aus seiner Umarmung, küsste ihn auf die Wange und ging. So kurz konnte Liebe sein.

14. Kapitel

4. August 1986

Ich stand wieder einmal auf der Straße und dachte daran, dass mein Leben vor zwei Tagen noch ganz anders ausgesehen hatte. Vor zwei Tagen hatte ich noch einen Funken Hoffnung, heute hatte ich nicht einmal mehr das. Eines war für mich sicher. Ich würde mein Leben alleine verbringen.

Ich wanderte durch die Straßen und versuchte, so weit wie möglich von Frank und Stan wegzukommen. Das war für mich am wichtigsten. Wohin ich ging, war nicht wesentlich. Während ich mit dem Koffer in der Hand die Straße entlangging, musste ich unwillkürlich lächeln, obwohl es bei Gott nichts zu lachen gab. Ich fand es nur furchtbar komisch, dass ich in meinem Leben nichts anderes getan hatte, als von einem Ort zum anderen zu wandern, immer mit der Hoffnung im Herzen, dass es irgendwo besser sein würde. Außer dass es immer schlimmer geworden war und ich mich immer schlechter fühlte, änderte sich gar nichts. Egal in welchem Ort ich war und wo ich landete. An diesem Tag war es mir egal geworden. Es konnte nicht mehr schlimmer werden und schon alleine diese Aussicht gab mir wieder Hoffnung. Also würde ich es noch einmal an einem anderen Ort versuchen und sollte sich nichts ändern, war es auch nicht mehr schlimm. Denn inzwischen hatte ich mich an vieles gewöhnt. An Dinge, die andere Menschen nicht einmal sehen konnten. Ich hatte vieles an Leib und Seele verspürt und ich lebte immer noch. Es hatte mich stärker gemacht.

Ich setzte mich auf eine Parkbank, stellte den Koffer neben mich und zündete mir eine Zigarette an. Ich wollte mich etwas ausruhen, etwas verschnaufen und auf andere Gedanken kommen als die, die mich im Moment quälten. Es war Nacht und die Leere der Straßen erschien mir äußerst angenehm. Ich hätte es im Moment nicht anders haben wollen.

Ich streckte meine Beine aus und während ich rauchte und meine schmutzigen Füße anstarrte, begann ich wieder, darüber nachzudenken, wie es jetzt weitergehen sollte. Ich wusste, es würde mir nichts anderes übrig bleiben, als mir hier irgendwo eine Wohnung zu suchen und auf meine altbekannte Art Geld zu verdienen. Ich ertappte mich dabei, wie ich lächelte. Ich hatte nicht einmal dazu die Kraft, damit aufzuhören. Aber ich wusste, dass es jetzt eigentlich auch schon egal war. Dann dachte ich an gar nichts mehr. Ich hatte die Augen geschlossen und versuchte, mich von den Strapazen der letzten Stunden zu erholen. Ich öffnete meine Augen erst wieder, als es leicht zu regnen begann und die sanften, weichen Tropfen mein Gesicht benetzten. Ich erhob mich, nahm meinen Koffer und ging diesmal ein wenig schneller, um nicht zu nass zu werden. Als es jedoch immer stärker zu regnen begann, stellte ich mich in einem Hausflur unter. Ich stand dort nicht sehr lange, als plötzlich eine alte Frau aus dem Fenster sah und einen Blick auf meinen Koffer warf.

„Suchen Sie vielleicht eine Wohnung?", fragte sie.

Sie blickte auf mich auf eine Art herunter, die ich nicht mochte. Es sah überheblich aus. Und ich fragte mich, ob man mir meinen Beruf vielleicht doch ansah und sie sie sich deshalb so verhielt. Doch ich verwarf diesen Gedanken wieder.

„Haben Sie etwa eine Wohnung frei?", fragte ich.

Die Alte lachte und ich konnte ihren zahnlosen Mund sehen.

„Na klar. Hätte ich sonst gefragt? Kommen Sie herein. Ich zeige sie Ihnen."

Dann verschwand sie, schloss das Fenster und erschien kurze Zeit später an der Türe. Als sie vor mir stand, bemerkte ich, wie klein und ausgemergelt sie aussah. Plötzlich tat sie mir leid und ich lächelte.

„Kommen Sie mit mir", sagte sie und ging mit kleinen, trippelnden Schritten vor mir her.

Ab und zu drehte sie sich zu mir um, um zu sehen, ob ich ihr immer noch folgte und sie mich nicht vielleicht verloren hatte oder ich es mir angesichts der schmutzigen Wände anders überlegt hatte. Die Wohnung, in die sie mich führte, war nicht gerade

Luxus. Ich hatte mir nicht so eine verschmutzte und verwahrloste Wohnung erwartet. Doch in Anbetracht meiner Situation und meinem mageren Portemonnaie willigte ich ein und unterzeichnete den Mietvertrag.

Ich überlegte, irgendwann eine neue Tapete oder einen neuen Bodenbelag anzubringen, doch irgendwie wusste ich, dass meine Zeit dafür nicht reichen würde. Ich wusste, dass ich vorher sterben würde und ich hatte gar keine Angst davor.

„Ich hoffe, Sie fühlen sich hier wohl", sagte sie mit ihrer krächzenden Stimme, drehte sich um und verließ die Wohnung mit den kleinen, trippelnden Schritten, mit denen sie gekommen war. Ich musste lächeln. Eine schrullige, alte Dame, dachte ich und ich dachte auch, dass sie sicher schon eine Ewigkeit hier im Haus lebte, genauso wie die anderen Leute hier. Und ich war froh, dass ich unter „normalen" Menschen leben durfte. Unter Menschen, die ein einfaches Leben führten und normale Berufe hatten. Wie herrlich würde das sein. Ich packte meine wenigen Sachen aus, die ich in meinem Koffer bei mir hatte und hängte sie in den gesäuberten Schrank im Schlafzimmer. Die Türe quietschte erbärmlich, als ich sie öffnete und es roch angenehm nach Lavendel. Es dauerte nicht lange, bis ich meinen Koffer ausgepackt hatte. Grinsend stellte ich fest, dass ich dieselben Sachen mitgenommen hatte, die ich schon bei mir hatte, als meine Eltern mich aus dem Haus warfen.

Mein Gott, wie lange war das her. Und mein kleiner Christopher, der der Grund für den Streit mit meinen Eltern gewesen war, war auch schon lange nicht mehr bei mir. Nicht einmal das hatte ich geschafft. Nicht einmal meinen Sohn konnte ich großziehen. Sogar das war mir verwehrt geblieben. Ungerechtigkeit war durch mein ganzes Leben geschlichen. Ich dachte an Dad und Mum, an meine Freundinnen aus der Schule, die schon lange ihren Abschluss hatten und ein ganz normales Leben führten. Mit Männern, die sie liebten und nicht schlugen,wie Greg, und mit Kindern, die sie behalten durften und die man ihnen nicht einfach wegnahm.

Ich spürte einen Stich im Herzen und Tränen rannen über meine Wangen. Ich ging durch die kleine Wohnung über das aufgeworfene Parkett und ich betastete die Möbel, welche auch schon in die Jahre gekommen waren. Das hatte ich in meinem Leben geschafft. Ich wohnte nach so vielen Jahren in einer kleinen, heruntergekommenen Absteige und hatte keinen Cent mehr. Es vergingen einige Stunden, bis ich mich dazu entschloss, einmal die Gegend zu erforschen und meine beruflichen Aussichten als Nutte zu prüfen. Es war die einzige Möglichkeit für mich, um Geld zu verdienen, um zu existieren. Nein, nicht um zu leben, sondern um meinen Magen zu füllen und nicht zu erfrieren. Als ich die Wohnungstür hinter mir abschloss und die Stiege hinunterging, kam mir eine etwas ältere Dame entgegen. Der Mann, der sie begleitete, musste ihr Ehemann sein.

„Guten Tag", grüßte ich.

Sie starrte mich an, neugierig und etwas befremdet.

„Guten Tag", sagte sie, ohne mich anzusehen. Es war das erste Mal, dass mich ein ganz normaler Mensch gegrüßt hatte. Und das auch nur, weil sie nicht wusste, wer ich war.

Da die Gegend ganz und gar nicht zum Anschaffen geeignet war, entschloss ich mich am nächsten Tag, ein Inserat in die Zeitung zu stellen: „Kleiner Blondschopf verwöhnt dich gerne." Und meine Telefonnummer dazu. So konnte ich meinen Beruf in meinen eigenen vier Wänden ausüben. Und ich hoffte, niemand im Haus würde davon erfahren.

Ich hatte nicht damit gerechnet, dass so viele einsame Männer mein Inserat lesen würden. Doch es kamen recht viele und sie alle zahlten wirklich gut – bis zu jenem Tag, als plötzlich der Ehemann meiner Nachbarin vor der Tür stand. Zuerst erschrak ich, als ich ihn sah.

„Was kann ich für Sie tun?", fragte ich, in der Hoffnung, der Grund für sein Kommen sei ein anderer. Er stotterte, hatte den Blick gesenkt und er schwitzte, als er antwortete.

„Ich komme auf Ihr Inserat in der Zeitung", sagte er.

Ich zog ihn in die Wohnung, damit ihn niemand aus dem Haus sehen konnte.

„Aber Sie sind doch verheiratet", warf ich ein.

Er stand immer noch vor mir mit diesem gesenkten Blick und seinen angelaufenen Brillengläsern.

„Meine Frau versteht mich nicht", sagte er. „Und außerdem schlafen wir schon seit Jahren nicht mehr miteinander. Sie möchte das nicht mehr."

Irgendwie tat er mir leid und wir gingen zusammen ins Schlafzimmer. Ich gab ihm etwas zu trinken, um ihn aufzulockern und wir redeten fast eine Stunde lang. Er erzählte mir alles. Von seiner Frau, die durch ihre Gefühlskälte seine Freude am Leben genommen hatte, von seinem Beruf, in dem er von seinem Chef unterdrückt wurde, und von seiner Verklemmtheit anderen Frauen gegenüber. Ich glaube, er war sehr glücklich, als wir miteinander schliefen. Er war schüchtern, sehr zärtlich und als er kam, küsste er mich leidenschaftlich. Als er sich anzog und mir das Geld in die Hand gab, fragte er:

„Darf ich wiederkommen?"

Ich nickte. Er tat mir wirklich leid. Andererseits wäre es besser gewesen, ich hätte nein gesagt.

8. Januar 1988

Ich schlief noch, als es an der Tür läutete. Ich schrak auf, als das Läuten immer fordernder klang. Als ich öffnete, erschrak ich. Meine Nachbarin stand vor der Tür. Sie war eine große, stattliche Frau mit kurzem Haar und einer Brille auf ihrer Nase.

„Darf ich hereinkommen?", fragte sie mit zusammengekniffenen Lippen.

Ich war so erschrocken, dass ich kein Wort herausbrachte. Sie schob mich zur Seite und schloss die Tür. Sie blieb in der Mitte des Raumes stehen und sah sich prüfend um.

„Das ist vielleicht ein Loch, in dem Sie wohnen", sagte sie mit einem so herablassenden Tonfall, dass ich mir noch schlechter vorkam, als ich eigentlich schon war.

„Aber wahrscheinlich wohnen alle Schlampen so", sagte sie und blickte mich herausfordernd an.

Ich wollte etwas sagen. Irgendetwas, um mich zu verteidigen. Doch ich brachte kein Wort über die Lippen. Ich war zu verwirrt. Ich konnte mir keinen Reim darauf machen und ich wusste überhaupt nicht, worum es eigentlich ging. Mir ging erst ein Licht auf, als sie sagte:

„Ich hätte meinem Mann einen besseren Geschmack zugetraut, was Frauen angeht. Ich wusste gar nicht, dass er es so nötig hatte, dass er zu so einer gehen muss."

Plötzlich sah ich klar. Er hatte es ihr gesagt. Er hatte ihr erzählt, dass er regelmäßig zu mir kam, weil er ein schlechtes Gewissen hatte.

„Er hat es Ihnen gesagt?", fragte ich ungläubig.

„Natürlich. Was haben Sie denn gedacht?", sagte sie und ihr stechender Blick machte mir ein wenig Angst.

Doch bevor ich etwas sagen konnte, begann sie, mich zu beschimpfen. Die fürchterlichsten Worte prasselten wie ein Hurrikan auf mich herab und ich kam mir von Sekunde zu Sekunde kleiner und schmutziger vor. Sie ließ mich nicht einmal zu Wort kommen. Sie nannte mich Hure, Schlampe, Miststück, Missgeburt, stinkender Haufen Scheiße und noch vieles mehr. Die meisten Worte kannte ich nicht einmal. Ich wusste nicht einmal, dass es so viele grauenhafte Worte überhaupt gab.

Nachdem sie ihre ganze Wut an mir ausgelassen hatte, stand sie keuchend vor mir, sie weinte und ihre Schultern zuckten. Und trotz allem, was sie zu mir gesagt hatte, tat sie mir leid. Ich konnte verstehen, was sie jetzt empfand. Als ich jedoch auf sie zuging, um sie zu trösten und ihr alles zu erklären, drehte sie sich um und ging zur Tür. Ohne sich noch einmal umzudrehen, sagte sie:

„Ich hoffe, ich muss Sie nie wieder sehen."

Dann ging sie. Ich stand immer noch wie versteinert da, mein Herz verkrampfte sich, so sehr hatte sie mich verletzt und ich wusste, in kürzester Zeit würden alle im Haus über mich Bescheid wissen.

15. Kapitel

Ich hatte Recht. Bereits am nächsten Tag wussten es alle. Ich bemerkte es erst, als mich nicht einmal mehr die alte Dame, die mir die Wohnung vermittelt hatte, grüßte, als ich ihr im Stiegenhaus begegnete. Keiner grüßte mich mehr. Sie würdigten mich keines Blickes. Sie waren alle so peinlich berührt, dass ihre Schritte schneller wurden und sie sich beeilten, das Haustor zu erreichen. Ich kam mir schon vor, als hätte ich Lepra oder sonst eine ansteckende widerliche Krankheit.

Gerührt war ich allerdings von der Reaktion meines Nachbarn. Er stand nämlich eines Tages vor meiner Tür.

„Ich muss mich beeilen, bevor meine Frau wiederkommt. Ich wollte nur sagen, dass mir das alles wahnsinnig leidtut. Dass habe ich nicht gewollt. Aber eines solltest du wissen. Ich weiß, dass du alles andere als eine Schlampe bist. Du bist der beste Mensch, den ich kenne."

Er beeilte sich, mir das zu sagen und er sah mich dabei nicht einmal an.

„Also dann. Nimm es dir nicht zu sehr zu Herzen."

Dann lachte er mir aufmunternd zu und ging zurück in seine Wohnung. Ich kämpfte mit den Tränen, so gerührt war ich. Als ich in meine Wohnung ging, hatte ich plötzlich das Gefühl der totalen Einsamkeit, als würde mir die Decke auf den Kopf fallen. Ich zog meinen Mantel nicht einmal aus. Ich machte auf dem Absatz kehrt und lief auf die Straße hinaus, nur um unter Menschen zu sein. Denn ich wusste, was es bedeutete, wenn ich mir so eingeengt vorkam. Es endete immer damit, dass ich versuchte, mir das Leben zu nehmen. Das war bis jetzt immer so gewesen.

Ich ging eine Runde um den Häuserblock und kehrte dann in einem Lokal ein, wo ich mir einen doppelten Wodka bestellte, nur um zu vergessen. Ich trank einige an diesem Vormittag, mit dem einen Erfolg, dass ich noch deprimierter war als vorher. Anschließend holte ich mir eine Flasche aus dem Geschäft gegenüber und ging in meine Wohnung zurück. Ich traf die ältere

Dame aus der Wohnung im Erdgeschoss im Hausflur. Gerade als ich an ihr vorbeigehen wollte, sagte sie:

„Darf ich kurz mit Ihnen reden?"

Ich blieb stehen und war irgendwie froh darüber. Vielleicht wollte sie ja ein wenig mit mir plaudern. Ich lächelte.

„Aber gerne", sagte ich.

„Wir sind hier ein anständiges Haus", sagte sie. „Und wir alle wären Ihnen dankbar, wenn Sie … naja, Ihren Beruf etwas unauffälliger ausüben würden und vor allem die Hausbewohner verschonen würden. Wissen Sie, wir hatten noch nie ein … leichtes Mädchen hier bei uns. Wir sind nicht daran gewöhnt."

Und schon wieder ein Schlag auf mein Herz. Ein Schlag auf meine Würde. Welche Würde eigentlich? Hatte ich denn überhaupt noch eine?

„Ja", sagte ich und ging, ohne mich zu verabschieden, die Stufen zu meiner Wohnung hinauf. Ich fühlte, dass die alte Frau immer noch da unten stand und mir nachblickte und wahrscheinlich noch dabei lachte.

Daheim angekommen, warf ich den Mantel und meine Tasche in die Ecke und setzte mich auf den Bettrand, die Flasche in der Hand und fühlte mich wie ausgetrocknet, ausgelaugt und kraftlos. Ich öffnete die Flasche und schaltete das Radio an. Langsame Musik kam aus den Boxen und anstatt mich besser zu fühlen, fühlte ich mich noch einsamer und noch schlechter. Ich überlegte, ob ich mir ein Glas nehmen sollte, verwarf den Gedanken jedoch wieder und nahm einen Schluck aus der Flasche, der irgendwie belebend wirkte. Und ich trank weiter und als ich nach ungefähr einer Stunde den letzten Schluck Wodka meine Kehle hinunterrinnen ließ, war ich schon so betrunken, dass mir die leere Flasche aus der Hand auf den Boden fiel, wo sie in kleine Teile zerbrach. Ich lachte und lallte:

„Der Flasche geht es wie mir. Ausgelaugt bis auf den letzten Tropfen und jetzt ist sie kaputt und niemand braucht sie mehr."

Ich stand auf, torkelte umher, fiel auf mein Bett und starrte an die Decke. Diese schmutzige, schimmelige Decke. Das war also mein Heim. Das Heim einer Hure, das Heim eines total heruntergekommenen amerikanischen Bürgers.

„Es lebe Amerika und seine Bürger!", rief ich und dann lachte ich wieder und es kam mir vor, als sei ich total glücklich und als sei alles in bester Ordnung. Für mich war das ein herrliches Gefühl, weil ich es im nüchternen Zustand nie hatte. Doch plötzlich begann sich alles um mich zu drehen und mir wurde furchtbar übel. Ich schaffte es nicht mehr bis auf die Toilette und übergab mich im Bett und mein ganzer Mageninhalt verteilte sich auf dem Kopfkissen.

„Verdammt", lallte ich, doch ich hatte nicht mehr die Kraft, aufzustehen und mein Bett frisch zu überziehen. So warf ich das schmutzige Kissen einfach auf den Boden und schlief ein.

Ich hatte einen wirren Traum. Ich träumte von den Menschen in diesem Haus. Ich träumte, dass sie alle vor meiner Tür standen, als ich nach Hause kam und dass sie mich beschimpften und mich anspuckten und plötzlich war ich so klein, dass meine Nachbarin ihren Fuß hob und auf mich stieg. Und ich fühlte den Schmerz und hörte, wie sie lachte und dann hörte ich ihren Mann, wie er sagte:

„Bitte, Cora, lass sie in Ruhe. Sie ist so ein lieber Mensch."

Dann nahm sie den Fuß von meinem Körper und trat ihrem Mann ins Gesicht.

Ich schrie, als ich erwachte und ich war in Schweiß gebadet. Als ich mich aufsetzte, schmerzte mein Kopf. Ich sah die Scherben der leeren Flasche auf dem Boden und den Kopfpolster, auf den ich mich übergeben hatte, und überall roch es säuerlich. Mir wurde sofort wieder übel und ich lief auf die Toilette, wo ich mich wieder übergab. Und als ich die Wohnung säuberte und das Bett überzog, fragte ich mich, ob das alles überhaupt noch einen Sinn hatte.

31. Dezember 1989 – Silvester

Wie immer war ich an diesem Tag alleine. Die Straßen waren menschenleer. Wie konnte es auch anders sein. Jeder saß gemütlich im Kreis seiner Familie und mit Freunden zusammen und hatte Spaß.

Ich spürte wieder den puren Neid in mir aufkommen und wie ich am liebsten allen den Tod gewünscht hätte. Und ich erschrak über mich selbst. Ich wollte doch nicht so ungerecht sein. Sie hatten es verdient, glücklich zu sein und ich selbst hatte eben nichts anderes als das Leben verdient, das ich hatte. Jeder ist seines Glückes Schmied. Und ich hatte es vermasselt. Ich saß vor dem Fernseher, hatte mir für diesen besonderen Abend Koks und Wodka besorgt und wollte die Jahreswende eben so feiern. Auf die einzige Art, die ich kannte. Doch nach einigen Stunden, in denen ich nur vor dem Fernseher gesessen und die wechselnden Bilder auf dem Bildschirm beobachtet hatte, wurde es mir zu eng. Ich überlegte, was ich dagegen tun konnte und plötzlich dachte ich an meine Freunde aus der High School und daran, dass ich sie schon so lange nicht mehr gesehen hatte. Dann dachte ich an Tiffany, meine beste Freundin, die ich je hatte.

Ich verspürte den Wunsch, mit ihr zu sprechen. Ich wollte wissen, wie es ihr geht. Ich holte mein Telefon und stellte es neben mich auf die Couch. Dann wählte ich die Nummer von Franks Etablissement. Ich wusste, dass sie heute da sein musste, denn an Silvester gab es immer eine Menge Arbeit. Es dauerte auch nicht lange, bis sich eine weibliche Stimme meldete.

„Frank's Heaven.“

„Hallo, hier spricht Elaine. Bist du Claire?“, sagte ich und mein Herz klopfte wild vor Aufregung, endlich wieder eine bekannte Stimme zu hören.

„Ja, ich bin es!“, rief sie. „Elaine, wie geht es dir denn? Wo bist du?“

„Oh, ich habe hier eine nette Wohnung mit Stan. Du weißt, der Typ, den ich kennengelernt habe. Mir geht es gut“, log ich.

Ich weiß nicht, warum ich das sagte. Ich glaube, ich wollte niemanden mit meinen Ängsten und meiner Einsamkeit belasten.

„Eigentlich wollte ich mit Tiffany sprechen. Ist sie da?", fragte ich.

Am anderen Ende der Leitung wurde es plötzlich still. Ich hörte Claires Atem und ich wusste sofort, dass sie mir etwas sagen musste.

„Claire, bist du noch dran?", fragte ich nach schier unendlich langer Zeit.

„Ja, ich bin noch dran. Äh, Tiffany ist nicht da", sagte sie und ihre Stimme klang irgendwie anders. Ich wurde unruhig.

„Was heißt, sie ist nicht da?", rief ich. „Das kann nicht sein. Wo ist sie?"

„Elaine, ich muss dir etwas sagen." Sagte Claire. „Tiffany ist schon lange nicht mehr bei uns."

„Und wo ist sie? Wo kann ich sie erreichen?", fragte ich und hatte Angst vor ihrer Antwort.

„Sie ist tot", flüsterte Claire. „Sie hat von Frank vergiftetes Heroin bekommen. Er hat ihr die Schuld an deinem Verschwinden gegeben."

Ich war sprachlos. Ich konnte nicht glauben, was Claire mir da sagte.

„Nein!", schrie ich ins Telefon. „Nein, das glaube ich nicht. Das kann ich nicht glauben."

„Doch. Es ist so", sagte die Stimme am anderen Ende der Leitung. „Bitte, du musst jetzt stark sein. Wir wissen, dass dich keine Schuld trifft", versuchte sie, mich zu beruhigen. Doch ich konnte mich nicht beruhigen. Ich warf den Hörer auf die Gabel und starrte das Telefon an, als ob es dessen Schuld war, dass meine beste Freundin tot war.

„Oh mein Gott, nein", flüsterte ich und weinte.

Ich stand auf, ging zum Schrank, nahm eine halbvolle Flasche Schnaps, und nahm einen großen Schluck. Dann warf ich sie in meiner Verzweiflung gegen die Wand.

„Nein!", schrie ich und schluchzte haltlos vor mich hin, verzweifelt und noch hoffnungsloser als vor einigen Minuten. Ich gab mir die Schuld an ihrem Tod. Es musste meine Schuld gewesen sein. Ohne mich würde sie noch leben. Alles, was passiert iwar, war meine Schuld. Meine Eltern, die jetzt mit der Schande leben mussten, die verzweifelt waren, Christopher, den ich aus reinem Egoismus das Leben geschenkt hatte, lebte jetzt weiß Gott wo und meine beste Freundin war durch meine Schuld gestorben. Und plötzlich wusste ich, dass ich nicht der bedauernswerte Mensch war, für den ich mich immer gehalten hatte, sondern all die anderen, denen ich immer die Schuld für mein Versagen gegeben hatte. Und auf einmal wusste ich, dass ich so nicht mehr weiterleben konnte. Mit dieser Schuld auf meinen Schultern. Oh Gott, wäre ich doch nur nie geboren worden. Wie vielen Menschen wäre dann all ihr Leid erspart geblieben.

Ich nahm das Kokain vom Tisch, sniefte alles auf einmal und ein Nebel umgab plötzlich meine Gedanken. Ein Schleier des Vergessens und ich war dankbar dafür. Ich liebte Drogen und Alkohol, denn sie halfen mir, zu vergessen und weiterzuleben. Stundenlang blieb ich dann in diesem Zustand und alles kam mir vor wie in Trance. Unwirklich, aber wahnsinnig schön.

Ich hoffte inständig, es würde immer und ewig so bleiben. Doch ich wusste, dass es bald vorbei sein würde und dass ich dann wieder alleine war in meiner hoffnungslosen Welt. Das alles musste endlich ein Ende haben. Es dauerte schon viel zu lange. Und so beschloss ich, endlich zu sterben. Jetzt war die Zeit gekommen. Denn jetzt war ich mir ganz sicher, dass ich den Tod wollte. Es gab nichts mehr, das mich am Leben erhielt. Denn jetzt gab es nicht einmal mehr Tiffany.

MEIN LETZTES KAPITEL

Liebe Mama!

Bevor ich dir die Geschichte meines letzten Kapitels erzähle, möchte ich dir ein paar Fragen stellen:

Hast du jetzt endlich verstanden, worum es mir im Leben eigentlich ging?

Und hast du verstanden, jetzt, da du alle Kapitel in meinem Leben kennst, warum es keinen anderen Weg für mich gab?

Wie fühlst du dich jetzt?

Fühlst du dich schuldig?

Oder glaubst du, dass du nichts mit meinem Tod zu tun hast?

Ich werde diese Fragen nicht beantworten. Ich kann dir nur sagen, dass ich euch verziehen habe. Alles andere musst du selbst herausfinden. Und wenn du es herausgefunden hast, dann hast du verstanden.

4. Januar 1990

Es ist jetzt neun Uhr morgens. Ich liege in meinem Bett, starre wieder einmal an die Decke und ich frage mich, ob es morgen, nachdem ich gestorben bin, vielleicht besser sein wird. Ich bin mir sicher, dass es besser sein wird. Es kann nur besser sein. Irgendwann halte ich es in meinem Bett nicht mehr aus. In dem Bett, in dem ich mit zu vielen Männern geschlafen habe. Ich hasse dieses Zimmer. In jedem Quadratzentimeter dieses Raumes kann ich mein vorgespieltes Stöhnen hören und ich kann sehen, wie ich mit jedem Mal mehr an Würde verlor. So vertraut mir dieses Zimmer ist, so fremd ist es mir in diesem Moment. Ich lausche dem Ticken der Wanduhr und ich weiß, meine Zeit läuft ab. Irgendwie fühle ich mich glücklich, wenn ich daran denke, dass dies mein letzter Tag ist.

Ich habe in den letzten Tagen alles genau durchgeplant. Wie ich es machen werde. Ob ich Schmerzen haben werde oder ob es für mich wie eine Erlösung sein wird und ob ich mich fragen werde, warum ich es nicht schon früher getan habe. Ja, es muss so sein. Ich halte diese Gedanken plötzlich nicht mehr aus. Ich habe Kopfschmerzen. Es kommt mir so vor, als würde mein Körper sagen wollen: Fühlst du nicht, dass es dich noch gibt? Als ob er mich zurückhalten will. Doch ich höre nicht auf ihn. Plötzlich spüre ich die Schmerzen in meinem Kopf nicht mehr. Ich gehe ins Badezimmer, schaue in den Spiegel und ich erschrecke nicht mehr vor mir selbst. Ich habe endlich akzeptiert, wer ich bin und ich mag das Bild, das ich sehe. Ja, ich fühle mich gut dabei, wirklich gut.

Ich habe mich noch nie so gut gefühlt, wenn ich in den Spiegel schaute. Es ist für mich das erste Mal. Ich dusche und ich spüre die angenehme Wärme des Wasserstrahls, der mir auf meinen Rücken peitscht und noch einmal fühle ich meinen Körper, der die ganze Zeit über gelitten hat, nicht meine Seele. Meine Seele ist schon lange gestorben.

Ich dusche lange. Abwechselnd heiß und kalt. Nur um diese Gefühle in ihrer verschiedenen Form zu erleben. Denn es ist das letzte Mal. Als ich aus der Dusche steige, fühle ich mich erfrischt und belebt. Es geht mir besser als je zuvor. Ich föhne mein Haar trocken und schminke mich. Ich schminke mich ausführlich und sehr gekonnt. Ich möchte schön aussehen, wenn ich sterbe. Als ich fertig bin, freue ich mich, dass ich so gut aussehe und plötzlich denke ich an Greg, als er zu mir sagte:

„Du siehst toll aus."

Ich gehe zu meinem Schrank und suche mir das schönste Kleid heraus, das ich besitze. Als ich es anziehe, überkommt mich ein wenig Wehmut, denn es wird mir bewusst, dass ich es das letzte Mal anziehe. Dann räume ich die Wohnung auf. Es sollte nicht unaufgeräumt aussehen, wenn die Polizei meine Leiche findet.

Als ich so gut es geht sauber gemacht habe, lege ich eine Platte auf und hole eine Flasche Gin und die Schlaftabletten, die ich mir besorgt habe. Als ich die Kühlschranktür öffne, sehe ich die Flasche Sekt, die mir mein Nachbar einmal zu einem unserer Schäferstündchen mitgebracht hat und ich nehme sie heraus.

„Das war wirklich eine gute Idee, Ed", sage ich. „Ich werde sie heute trinken und dabei an dich denken. Du bist wirklich ein guter Mensch."

Mit den beiden Flaschen und der Tablettenschachtel gehe ich wieder ins Wohnzimmer zurück. Ich setze mich an den Tisch, öffne die Flasche Sekt und lache, als der Korken knallt.

„Na, dann prost", sage ich zu mir und schenke mir ein Glas ein.

Und ich fühle mich gut, als ich die schäumende Flüssigkeit in einem Zug austrinke. Und zur Feier des Tages zünde ich noch eine Kerze an. Ich trinke die ganze Flasche leer. Ich bin beschwipst und irgendwie auch fröhlich. Und in Hochform gekommen, beginne ich, zur Musik zu tanzen. Ich drehe mich im Kreis, lache dabei, bis mir schwindelig wird. Ich falle wieder auf den Stuhl und atme schwer.

„Ja, meine Kleine. Jetzt hast du bald ausgeatmet", sage ich und es klingt wie ein gut gelungener Scherz. Ich muss lachen. Ich lache, bis mir die Tränen kommen und plötzlich werde ich wieder traurig.

„Na los, lass es uns hinter uns bringen", sage ich und öffne die Flasche Gin. Ich gieße ein großes Glas voll, leere die Tabletten aus der Verpackung und bilde ein kleines Häufchen, gleich neben dem Glas. Dann betrachte ich das Bild, das sich mir bietet.

Plötzlich habe ich Hemmungen, die Tabletten zu nehmen und den Alkohol zu trinken. Es fällt mir schwer, die Hand auszustrecken, mir die Tabletten zu nehmen und dann zusammen mit dem Gin zu schlucken.

„Nein, das kann ich nicht", fährt es mir durch den Kopf. Doch dann wieder beruhige ich mich wieder und ich bestärke mich selbst, diese Hemmschwelle zu überwinden, nur diese kleine Schwelle. Dann würde alles anders werden. Ich kann einfach nicht mehr zurück in mein altes Leben. Ich würde morgen aufwachen, ich würde mich als Versager fühlen, noch mehr, als ich es jetzt schon tue und würde noch mehr Überwindung brauchen, um aufzustehen und weiterzumachen.

Und ich überwinde die Hemmungen tatsächlich. Ich nehme die Tabletten, die mir wie Feinde vorkommen und ich stecke sie in den Mund. Noch ist es Zeit, alles rückgängig zu machen, die Tabletten auszuspucken und wegzuwerfen. Doch ich tu es nicht. Als ich sie mit einem großen Schluck hinunterspüle, weine ich wieder. Es kommt mir so vor, als tue es mir trotz allem noch leid um mein Leben.

Ich spüre den brennenden Alkohol, wie er meine Kehle hinunterrinnt und ich spüre, wie ich plötzlich Schwierigkeiten habe zu atmen, weil die Flüssigkeit in meiner Kehle brennt. Doch dann fühle ich mich besser. Als ich den Rest der Tablette schlucke, geht es schon leichter. Ich habe mich überwunden. Ja, ich habe es geschafft. Ich setze mich etwas bequemer hin, strecke die Beine aus und nehme das Glas zur Hand, das ich dann ich kleinen, genießerischen Zügen austrinke.

Ich spüre die Wirkung der Tabletten nicht. Und ich beginne schon zu fürchten, dass es vielleicht nicht genug waren. Ich habe Angst davor, dass es schiefgehen könnte. Ich denke, ich hätte nie wieder den Mut dazu. Ich bemerke, dass die Musik aufgehört hat und ich drehe die Platte um. Als ich mich wieder hinsetzen will, wird mir schwindelig. Ich schaffe es gerade noch bis auf meinen Stuhl und es fällt mir auch schon schwer, diese Geschichte meines Lebens zu Ende zu schreiben. Ich hoffe, ich halte durch. Ich muss. Meine Schrift beginnt, etwas zittrig auszusehen und der Kugelschreiber in meiner Hand wird schwer.

Liebe Eltern, ich glaube nicht, dass ich noch lange durchhalten werde. Hiermit beende ich mein Leben und meine Geschichte. Es ist jetzt mittags. Ich denke, ich werde spätestens in einer Stunde tot sein. Ja, eine Stunde noch. Dann habe ich es endlich überstanden. Und wisst ihr, worauf ich mich am meisten freue? Ich freue mich, George wiederzusehen. Meinen Bruder.

ENDE

Die Autorin

Manuela Weiss kam 1965 in Wien zur Welt. Nach ihrer
Volksschulzeit übersiedelte sie mit ihrer Familie nach
Niederösterreich. Hier machte sie Abitur, besuchte
die Handelsschule und arbeitete in unterschiedlichen
Betrieben im Büro.
Zu schreiben begann sie schon als Achtjährige. Sie
verfasste (Kurz-)Geschichten und einen Roman. Derzeit
arbeitet sie an mehreren Krimis und einem Thriller.
Manuela Weiss ist verheiratet und hat eine
erwachsene Tochter. Sie ist sportlich, besonders
gerne geht sie laufen. Daneben gehört Lesen zu ihren
Lieblingsbeschäftigungen.

Der Verlag

*Wer aufhört
besser zu werden,
hat aufgehört
gut zu sein!*

Basierend auf diesem Motto ist es dem novum Verlag
ein Anliegen, neue Manuskripte aufzuspüren, zu ver-
öffentlichen und deren Autoren langfristig zu fördern.
Mittlerweile gilt der 1997 gegründete und mehrfach
prämierte Verlag als Spezialist für Neuautoren in
Deutschland, Österreich und der Schweiz.

**Für jedes neue Manuskript wird innerhalb
weniger Wochen eine kostenfreie, unverbind-
liche Lektorats-Prüfung erstellt.**

Weitere Informationen zum Verlag und
seinen Büchern finden Sie im Internet unter:

www.novumverlag.com